もののふうさぎ!

坂井 のどか
SAKAI Nodoka

文芸社文庫NEO

――居合とは、瞬時の抜刀で敵を倒す剣術。
現在では居合道として、心技体を磨く武道の一つに数えられる。

プロローグ

ぬいぐるみの隣に、日本刀。
それが、私の日常風景だ。
うさぎのぬいぐるみが守っている刀へ手を伸ばし、腰の帯へ差し込む。
高校の制服スカートの上から巻いた男物の角帯《かくおび》は、自分でも不自然だとは思うが、
どうせ一人暮らしの部屋の中だ、だれも見ていない。肩幅程度に脚を開いた姿勢で、
「ふう……平常心だ、網戸《あじと》うさぎ。剣術にはそれが必要だ」
深く、息を吐く。立ち姿勢は、あくまで自然体をめざす。

刀を腰に差した時だけ、つかの間、女子高生の私は現代の「武士《もののふ》」と化す。

今宵、斬るべき相手は一人の少女。私の挑むような眼光を前に、彼女の臆病な目は焦点が定まらず、自分は何も悪くないと言い訳したいのか、涙目で口をぱくぱく動かしている。

問答無用。私は眼を針のように細め、いつでも抜刀できる状態へ。

転瞬。

恐怖でひきつった少女を、横一文字に一刀両断。

斬撃の手応え、奴の下半身が跳ね落ちた。

「…………斬れた！」

稽古を重ねて約一年。今日こそ行けると確信していた。昂《たかぶ》る喜びを深い呼吸で平らに均《なら》し、とどめの威力を乗せた刃を、大上段から――。

ガッ！

それは、しかし、嫌な衝撃とともに勢いが削がれた。

「あちゃ……」

斬ろうとした姿勢のまま、私は固まった。そっと天井を仰ぎ見る。刀の先端がめり込み、白い壁紙がやぶけ、茶色い建築素材が見えていた。

「これ、どうあがいてもごまかしが利かない事案だよね」

そんな私を嘲笑《あざわら》うがごとく、目の前の少女、じゃない、大根が激しくゆれている。部屋干し用の物干し竿《ざお》から吊《つ》り下がり、上下斜めにすっぱり切れた大根だ。残る下半身は初撃の横一文字で切り飛ばされ、激しい回転でベッドの上へ墜落していた。

ふかふかな布団の谷間からそれを拾いあげ断面を眺めると、先ほどまでのたしかな手応えはどこへやら、落胆におそわれて肩を落とした。

「斬り口が斜めすぎる……瞬発力がまだ足んないせいなのかな。模擬刀だから、しょうがないのかな。いや……」

愛刀へ視線を移す。刃の入っていない、稽古用の斬れない模擬刀だが、技術さえ高まれば大根くらいならすっぱり真横に斬れると、部活の師範代は言っていたけど。

「まだまだ、未熟」

その時——チャイム。続いて、アパートのドアを乱暴に叩《たた》く音と、男性の声。

「おい、うさぎ、いるんだろ。おーい！」

「まずい！」

あたふたと大根を片づけようとし、いやまずは刀をしまわねばと、鞘《さや》へ納めてぬいぐるみの棚へ。大根をキッチンの冷蔵庫へ放り込む。

「いま開けるぅ！」

ドアへ駆け寄ろうとしたところで、角帯を巻いたままであることに気づく。もどかしい手つきでほどき、蹴って隅へ転がす。

「お待たせ、泰明《やすあき》！」

「今日はうちで食べる日だろ。おかんが、ご飯用意できたってさ」

ドアの向こうにいたのは、従兄《いとこ》だ。

「あー、うん、行く。制服着替えるから待って」

「ああ待つさ。ついでだから上がらせてもらうぞ」

「これから女子が着替えるのに、部屋へ押し入るわけ？」

「安心しろ、従妹《いとこ》の裸なんかどうでもいいよ。それより、さっき聞こえた怪しい音に興味があるだけさ」

「音？　何の音？」

「何か、硬いものが壁とかにぶつかった感じの、ガッて音。お前、ごまかせないぜ。壁とかに当たった物音って、建材を伝ってよく響くもんなんだからな」

「あ、伯母《おば》さんを待たせちゃ悪いよ、行こ！」

「着替えは？」

「ご飯のほうが大切だしさ、いいよ。行こ！」

「……上がるぞ」

「ちょっと、泰明！」

入らせまいとする私を押しのけ、泰明は部屋の中へ。

「あー、これか音の正体は。お前さあ、また刀を振り回してたな。敷金ますます減ったなこりゃ。アパートの大家が親戚でも、そこは甘くないから覚悟しとけよ」

泰明は、天井を見あげていた。

「伯父《おじ》さんと伯母さんには内緒で！」

「親戚のよしみで安くしてる部屋なんだが。卒業するまでの残り二年たらずで、どれだけ傷だらけになるかな。千葉の叔父《おじ》さんたちに相談すべきかもしれん事案だな」

「お母さんとかにも内緒でお願い！」

「どうすっかな。そこのポスターの裏とか、そっちの柱とかも気になるしなー」

「そっちの傷はもうすでに『陰陽師会戦』の最新刊で手を打ったでしょ」

「そうだっけ。じゃ、この天井は太秦冬彦の『燭陰刑天《しょくいんけいてん》の匣《はこ》』で手を打とう。あのシリーズ、分厚くて高いから俺の小遣いじゃあ厳しくてな。つらいよな、高校生って」

「わたしも高校生……ううっ」

「俺、知ってるぞ。お前さ、バイトでエグいくらい貯め込んでるだろ」

「あれは真剣を買うための資金……ああもうわかったよ、わかったから！」

「よし、じゃあさっさと行こうぜ。姪《めい》っ子の栄養失調を心配した優しいうちのおかんが、今日はオムライスを恵んでくれるそうだ」

結局着替え損ねた私は、最後にちらり、部屋の方々へ視線を這《は》わせる。泰明がまだ知らない刀傷は、他に五ヶ所。全部ばれたら一体何を要求されるのやら……情けない気分でローファーへ足を突っ込み、とんとんと爪先を叩いて履く。

外は暮れなずむ春。風の気持ちよい季節。遠く、北千住《きたせんじゅ》の駅ビルが黄昏《たそがれ》に光を放っていた。足立区《あだち》だけど、

（ああ、東京の風景だ）

地元から離れたい、ただそれだけを一心に願い東京の私立高校を受験したのは、もう一年と少し前のこと。昔の自分から、どれだけ遠ざかれたかな。二年生となり、もうすぐ部活の後輩ができるかもしれないという気持ちが、私の心を引き締める。

「俺より遅かったら、他の小さい傷の分も脅迫するぞ！」

泰明が、古ぼけて錆《さび》の浮く階段をいきなり駆け下りる。

「え、待って、卑怯者！」

「居合道部とか言ったっけ。部活で武道やってんだから、楽に追いつけるだろ！」

「いや無理、待ってってってば！」

アパート隣の伯父伯母の家へと、転び落ちそうな勢いで階段を駆け降りた。

目次

おもな登場人物

網戸《あじと》うさぎ　青愛《せいあい》高校二年、伝統的剣術の一種である居合道部に在籍。過去の弱い自分を後悔し、それを克服すべく武道にうち込む。

山口始《やまぐちはじめ》　大学三年生。青愛高校ＯＢで居合道部のコーチ役。通称・師範代。

楠木美里《くすのきみさと》　山口始の彼女。不思議ちゃんの印象に反して、居合の有段者。

嶋田泰明《しまだやすあき》　うさぎと同年齢の従兄。何かにつけてうさぎをからかう。

松山芽衣《まつやまめい》　居合道部の二年生。クレバーかつ堅実な優等生。

中池香奈《ちゅういけかな》　居合道部の二年生。不器用ながら、刀剣の知識は超一流。

高内《たかうち》　慈境流居合の宗家。山口始の師匠で、青愛高校居合道部の指導もする。

萩園旭《はぎぞのあさひ》　慈境流居合・四段。好奇心旺盛な天才剣士で、スキルも豊富な女性。

窪沼《くぼぬま》　夢涯流という居合流派の中で、窪沼会を率いる会長。楠木美里の師匠。

土屋芹奈《つちやせりな》　小学生の頃、いじめを受けていたうさぎをかばった同級生。しかしそんな彼女へ、うさぎは激しい罪悪感をともなう行為を……。

居合道で使用する刀の種類

居合では、決まった形《かた》を一人で黙々と稽古するほか、試し斬り稽古、組太刀稽古など、状況に合わせて様々な刀を使い分ける。

模擬刀　居合の稽古で主に使用する、合金製の斬れない刀。遠目には本物と区別しづらいので、稽古場以外の、知らない人が見ている場所で使用すると、通報されかねないので注意。

真剣　本物の日本刀。試し斬り稽古で巻き藁《わら》を斬るほか、上級者ともなれば普段の稽古でも使用。扱いには細心の注意が必要。何しろ斬れちゃう本物なので。所持する場合、都道府県の教育委員会へ届出書を提出する。

木剣　ビニール製の鍔《つば》と鞘《さや》つき。二人一組でおこなう「組太刀」などで使用。合金製の模擬刀と違って、木製なので打ち合っても折れない。また、稽古場以外での自主稽古は、これが推奨される。なお、本作では剣術大会で使用される。

スポチャ刀　スポーツチャンバラ用の柔らかい刀。「組太刀」の稽古で使用。人体に当たっても安全なので、好きなだけ打ち合える。特に初心者はケガのないよう、木剣ではなくこちらを使う。

第1話　部活紹介演武——真の敵は、心の外にはいない

「居合とは、出会った刹那《せつな》の一撃で、敵を仕留める剣術なり」

体育館に、ナレーションが響きわたる。

新入生向けの部活紹介で与えられた時間は、五分。その短い間に、居合道部の魅力を伝えなければいけない。

ステージ上で、三年生の先輩たち二人が一礼し、いざ演武を始める。

BGMは太鼓や笛の厳かな音で、和風テイストはばっちりだ。

大学を休んで駆けつけた部活OBの山口始《やまぐちはじめ》師範代が、スタンドマイクへ向かって重々しい口調で、剣技に連動した解説を加える。

「平時の状態からいきなり抜刀し、敵をほふり、また平時へと戻る。いつ何どきでも死闘を覚悟せねばならぬ武士に必要不可欠なる剣技、それこそが――居合」

武道青年らしい爽やかさが、山口師範代の言葉に妙な説得力を宿す。

解説に呼吸を合わせ、先輩たちは抜刀一閃《いっせん》、仮想敵へ斬りつけた。

その勇姿をステージ袖の、カーテンで隠れた位置からほれぼれと眺めつつ、私たち二年生は待機している。隣にいる松山芽衣《まつやまめい》が、優等生ぶった冷静な口調で、

「うちら現代の高校生が、いきなり遭遇した敵と斬り合うとか、ないんだけどね」

言葉だけを取ると、単なる皮肉にも聞こえるけど、芽衣の稽古着は常にぱりっと整っているし、模擬刀も手入れが行き届いていて、真面目さでは部内随一の子だ。

「でもさ芽衣、急に遭遇する敵が、人とは限らないよ」

「ん、どういうこと？」

このニュアンス、わかってくれるかなと期待したけど、そうでもなかったので、

「や、何でもない……それよか、もうすぐ私たちの出番だよ」

真横の芽衣へ視線を向けると、その背後に立っている中池香奈《ちゅういけかな》が、過呼吸気味に肩を上下させていた。心配になって声をかけようとしたその時、

「武士道とは、死ぬことと見つけたり！」

山口師範代のナレーションと同時に、三年生の二人が、頭上に振りかぶった刀を斜めに斬り下ろす。鋭い風切り音が、ピュッと鳴った。

袈裟《けさ》斬りだ。上から下へ、まるでお坊さんが着る袈裟のラインを、斜めになぞるように斬るから、袈裟斬り。右から斬り下ろせば右袈裟、左からなら左袈裟。逆に下から斬りあげるのが、左右の逆袈裟《ぎゃくげさ》だ。他に真横へ斬る横一文字《よこいちもんじ》、もっとも威力のある垂直な真っ向斬り《まっこうぎり》。そして、突き。これら七種類の斬り方の組みあわせで、剣術の形《かた》は成り立っている。

三年生ともなれば、音の鋭利さが違う。

これにピリッと反応した中池さんが、

「ううう、うちは大丈夫です」

超硬度を誇るほどの緊張で、声をしぼりだした。私と芽衣は暗然たる視線をからめる。「これ、ダメかもしれない」と。春休みに浅草《あさくさ》の寺院で同じように演武した時は、もうちょっとマシだったんだけど……。

でも、自分以上にガチガチに硬くなっている人がいると、不思議、その分だけリラックスできる気がする。中池さんには悪いけど、少しだけありがたい。

「悪い悪い、遅れちまった。袴《はかま》の紐がさあ、言うことを聞かなくてよ」

ステージ袖の奥から、二年生唯一の男子の新畑純一《にいはたじゅんいち》が息も荒く走り寄ってきた。これでようやく、二年生四人が全員そろった。

「遅いよ新畑。出番まで、あと三十秒もない……ちょっ、なにその結び方⁉」

芽衣の仰天は無理もない。なにしろ新畑の袴紐は結び目がだらしなく、だらんと垂れていたから。咄嗟《とっさ》に芽衣が動き、てきぱきとほどく。迅速に結びなおす。

「出番、もう出番！」

うろたえた中池さんが、床に寝かしておいた模擬刀をとにかく拾いあげるも、

「それ、私の刀！　柄糸《つかいと》の色が似てるけど、こっちこっち」

慌てて私の愛刀と交換する。たいていの場合、模擬刀はどれも鞘が黒くて、ぱっと

見た目に印象が同じだから、柄の色や下緒《さげお》――鞘についている平たい紐で識別するしかない。

ステージ上では演武を終えた三年生たちが整列し、こちらへ退場しかけている。入れ違いに出る予定の段取りが、崩れそうだ。

「結びなおしといたけど、急いでたから自信ない！」

責任感を放り捨てた芽衣もまた自分の刀を拾いあげ、二年生の列の先頭に立つ。

「ちょっとタイムロス。時間は限られてるから、巻いていこう」

私の提案に、二年一同が小さくうなずいた。

後輩たちがもたもたしていても、ステージ袖へ戻った三年生たちは決してせかす色を見せず、落ち着きはらって見守ってくれるのは、さすがだ。

（これから数分間だけ、私は「もののふ」だ！）

上体を揺らさない摺《す》り足の歩き方で、私は目をすっと細め、高鳴る鼓動を抑える。

ステージへ出ると、空気感がさっと変わった。体育館を埋め尽くす新入生たちは、体育座りでこちらを見あげている。興味なさそうにしている子もいれば、こちらを指さして何かひそひそと囁《ささや》きあっている子もいるし、ひたすら黙々と注目している子もいる。ああ、この中の何人かが、後輩になるのだろうか。

それぞれの立ち位置にて止まり、くるり、前を向く。平行四辺形に、私と新畑が前列、芽衣と中池さんが後列。全員が見学側からよく見えるよう配慮しつつ、互いに模擬刀を抜いても危険のないよう距離をとるための陣形だ。

いざ、まともに体育館を見下ろすと、数え切れないほどの視線が私を突き刺す。

（ちょうど一年前は、私もあの見学側にいたんだ……）

とてもマイナーな部活動だけに、入部者の数は未知数。普通、剣術をやるなら剣道部へゆくだろうけど、

（遠目には本物にさえ見える模擬刀は、そこそこ目を引くはず）

あるいは逆に、ドン引きされるだろうか。見るからに物騒だし。

上体を揺らさないよう、左、右、と膝を曲げ、端座すると、ふう……腹から息を深く吐く。自然体だ、自然体を心がけよ、と。猫背は論外としても、背筋をピンと伸ばしすぎず、ほどよく普通を保《う》つ。「普通」って、意識すると案外難しい。

居合には、想定され得るさまざまな状況に応じた種類の『形《かた》』と呼ばれる技がある。私たち二年生は、それら形の中でも最初に習う『信《しん》』という座技《ざぎ》を披露することになっている。正座の姿勢から抜刀する技だ。

私たちが習っている居合は、慈境《じきょう》流と呼ばれる流派で、江戸時代から伝わる各種の形を、少しずつ覚えてゆく。まず基本的な形から始まり、やがては段位の上昇に応

じて上級の形へ移行。最終的には五十種類以上を習得することになる、らしい。

私はまだ初段だから、現時点で知っている形は、せいぜい二十種類程度だけど。

この部活紹介では、初歩的でシンプルな、入門的座技である『信』こそが、一年生へ披露するにふさわしい、と山口師範代は考えた。

とは言っても、見学側だった去年は何の感動もなく、せいぜい（ちょっとかっこいいかも……）程度の感想で、ほぼスルーに近かった。

それでも私が居合道部を選んだ理由は——。

（え、ちょっと……！）

私の思考は、突然の強制終了を喰《く》らった。

真横に座す新畑が、一人だけ真っ先に抜刀したからだ。

（先導係なのに、なに間違えてんの。抜刀は、ナレーションのあとでしょ！）

背後の芽衣や中池さんの動揺が、気配として伝わってくる。どうしよう……一方の新畑は自分のミスに気づいたのか、抜刀の姿勢のまま、すっかり固まっているし。

これは、時間がないから巻いていこう……なんて余計な提案をした私に責任がある。

ちらり、スタンドマイクの前に立つ師範代を窺《うかが》うと、向こうもまた、私へそっと視線をくれた。了解、ここからは私が先導係だ。

ここはもう、先走った新畑のことは放っておいて、打ちあわせどおりにゆく。

（平常心だ、うさぎ）

ここで慌てたら、演武がますます崩壊する。

「我は座したるまま、敵と向きあった。斬るか斬られるか……」

ナレーションが、来た。すっと鞘を滑らせ、鍔元《つばもと》をへその前まで持ってゆく。と同時に右手が動き、柄へ触れる。まるで拝むような流れる所作で、左右の手が同時に動くので、これを「拝み取り」という。

「先手必勝！」

師範代の台詞《せりふ》を合図に、転瞬、右膝を立てると同時に抜刀。その刃は左下から右上へ、逆袈裟《ぎゃくげさ》の軌道を描いて正面の仮想敵を斬る。

これでようやく、四人全員の姿勢がそろった。

「敵が刀を抜くより早く、我が初太刀《しょだち》が一閃した。これを『先《せん》の先《せん》』という」

斬りあげた姿勢から、心の中で数える。

（一、二の……三！）

今度は左足を踏み込むと同時に、右袈裟をお見舞い。敵の肩口から脇腹へかけて、斜めに斬り下ろしたのだ。

「初太刀を喰らって無念そうにうめく敵を、我はとどめの一撃で楽にしてやった」

演武に慣れた山口師範代の声音《こわね》は、剣技にふさわしい雰囲気をかもし、没入感が得られやすい。先ほどの動揺は、霧散してくれた。

あとは討ち果たした敵へ敬意を持って弔いつつ、静かに納刀。ともに端座への姿勢へとゆっくり戻る。

この、納刀の感触がとても心地よい。正面へ視線を固定しつつ、手元を見ることなく、なめらかにすっと刀身を鞘に納めるのだ。

半眼の落ち着いた表情を保ちつつ、改めて新一年生たちの反応を観察する。

興味を持ってくれたかどうかは判別がつかないが、一部の男子たちは「すげえ、刀だぜ刀」とか囁きあっているし、女子の一人がひそひそと「あれ、本物？　危なくない？」などと隣の子と指差しをしている。その他は、ほぼ無反応か。

さあ、この演武も次で最後の仕上げだ。

他の三人が退場する中で、私だけがステージに残り、所定の位置へ移動するため身体《からだ》の向きを変えたその時。視界の端っこで、あらぬものを目撃した。

（ちょ、新畑のやつ、袴の紐がほどけて引きずってた？　いやお願い、私の気のせいであってほしい……！）

ふと、自分も腰のあたりに嫌な予感を覚えて、そっと腰の刀を確認すると、

（まずい、私は下緒が外れてるし！）

平たい組紐が、鞘からだらりと揺れていた。さっき慌てて帯刀したせいで、袴紐へ

の差し込み具合が緩かったのだろう。これは素人《しろうと》が見てもだらしがない。

観衆の前でおたおたするわけにもいかない。さも何事もなかったかのように、さりげなく下緒を直してから、所定の位置へつく。

流派によって下緒の処理は随分違うらしいが、私が部活で習っている「慈境流居合」では、シンプルに袴の紐へ差し込むだけなので、実に外れやすい。

直したばかりではあったが、次にそなえて、さっと模擬刀を腰から外す。スタンバイしてくれていた男子の安曇《あずみ》先輩へそれを渡し、代わりに鞘つき木剣《ぼっけん》を受け取る。その先輩が、小声で褒めてくれた。

「刀を替える間際でも、けじめをつけて下緒を直したの、偉いぞ網戸」

素直に嬉しい。演武のラストを飾る立ち回りへの意気込みが、ぐっと上昇する。新一年生たちが、どんな感想を持ってくれたかなんて、もう気にしない。今はただ、私が振るう剣にのみ、意識を集中させよう。

「心こそ、敵と思いてすり磨け、心の外に敵はあらじな」

次なるナレーションとともに、ステージの向こう端に部長の豊岡晴《とよおかはる》先輩が立って、私と対峙《たいじ》した。

部活紹介演武を締めくくる組太刀《くみたち》。二人一組で剣を交える形だ。

「これは数ある道場訓の中の一首である。本当の敵は、おのれの心にこそある。心の外に、敵はいない。ゆえに、真に立ちはだかるは、自分の心そのものである」

去年も同じ言葉を、同じこの場所で、山口師範代の口から聴いた。新入生だったあの時の私は「本当の敵は」の部分で、はっとなったんだっけな。

剣術なんかに縁がなかった私は、それまであくびを噛《か》み殺していたのに、俄然、興味がわいてステージを注目したんだった。

あの時、豊岡先輩の姿が凛《りん》として美しく、何ものにも決して左右されない、たしかな心を体現しているようにも見え、またたく間に憧れを抱いたものだった。

その、三年生女子にして部長である豊岡先輩と、今、私は斬りあおうとしている。

互いに睨《にら》みあいながら、一歩ずつ接近。

いつ抜刀するか——間合いの読みは大切だ。身長や腕の長さによって、人それぞれだから。何度も稽古して感覚を掴《つか》むしかない。敵との接触にそなえ、歩幅を調整しながら、最後に右足で踏み込めるよう距離を測る。

——ここだ！

右足が敵の間合いへ侵入した刹那——一瞬早く、敵の剣が右下から襲ってきた。

慌てることなく抜き放った剣を、右斜め前の床へ突き立てる。

カン、木剣の乾いた音が、高らかに響きわたる。敵の初太刀を、ぎりぎりで阻んだのだ。

跳ね返された敵の刀は、そのままの勢いで円の軌道を描き、今度は左上から袈裟斬りとして襲いくる。

即座、一旦は突き立てた刀を最短距離で繰り、またも敵の一撃を受け止め、さらにぐっと押さえ込む。

しかも、可能な限りぎりぎり鍔元に近い位置で。

テコの原理と同じだ。刀の根元に近い位置で受けたほうが、より少ない力で、相手の刀身を有利に押さえ込むことが可能。

「侍同士の果たしあいである。一度《ひとたび》その剣を抜き放てば、生き残る確率はわずかに三分の一。すなわち、勝つか、負けるか、あるいは相打ちか……！」

このままでは不利とみた敵は、さっと一歩を退《しりぞ》く。

これで両者とも、正眼《せいがん》の構えで睨みあう格好となった。つまり身体の正面で刀を水平ににぎる、最も基本的な構えだ。基本的だからこそ汎用性が高く、ここからどのようにでも斬撃を繰りだせる。

右か、左か、あるいは突きか——まあ、これは組太刀だから、展開はすべて決まっているのだけど、こういう緊迫感は大切だ。

膠着《こうちゃく》状態が、不意に崩れた。

私が切っ先を横へぶれさせ、わざと隙を作ったのだ。「はいどうぞ斬ってください」と言わんばかりの、大きな隙だ。

「このままでは決着がつかぬとばかり、我は敵へ誘いをかけた。奴はその機をのがさず、即座に猛烈な真《ま》っ向斬《こうぎ》りを仕かける。好機！」

敵が一歩を踏みだし、刀を頭上へ振りかぶり、私を真っ二つにせんと振り下ろす。

正確な、縦一直線の軌道。

だが、それゆえに躱《かわ》すのは容易。

右足の動きだけで、身体の向きを真横へ変える。

これにより正中線——身体の中心線を外すことで、ぎりぎり斬撃を空振りさせる。

チャンス到来。

ガラ空きとなった敵の腰を狙い、袈裟斬りを叩き込む。

勝負、あった！

「毛すじほどの差で、奴の刃をいなした我は、体勢を整える暇《いとま》もあたえず、勝ちを収めたのであった」

ナレーションを背景に、両者は正眼に構えた姿勢のまま後ろへ下がり、ステージの両端にてそれぞれ納刀、一礼。

懸命に表情を保つよう意識しているが、心の中では反省の嵐が、すでにして吹き荒れていた。

（ああ……先輩にかなり助けられちゃったよね。斬られ役のほうが上手くないと、組太刀は成り立たないって、やっぱ本当なんだな）

実際のところ、初太刀を防ぐ時に反応がわずかに遅れた私に、豊岡先輩はタイミングを合わせてくれたし、二の太刀の直前の睨みあいでは、うっかり段取りがすっ飛んだ私のために、そっと木剣の先っぽをつんつんして、思い出させてくれたのだ。

他にも細かいところを挙げたら、キリがない。

斬り役が、傍目《はため》にも強いように見せるためには、斬られ役の伎倆《ぎりょう》がものを言う。上手に斬られることができれば、事故も起こりにくい。何なら、斬られるべき箇所を身体の動きで調整してくれる。

最後に新入生たちへの丁寧な一礼を忘れず行うと、ステージ袖へ退場した。

「よくやった。さあ行こう」

安曇先輩から力強く背中を叩かれると、緊張が解け、一気に疲れが襲ってきた。

いつの間にかモダンダンス部の人たちが次の出番にそなえ、ぎっしり密集していた。その中をどうにか通してもらい、ドアから体育館の広い空間側へ出たところで、ようやく普通の呼吸が取り戻せた。

最後に、山口師範代が呼吸を整えつつ、スタンドマイクへ向かって、

「我々居合道部がめざすのは、研ぎ澄ました剣技による、心の修練です。また、有名な神社仏閣や各種イベントに呼ばれては、演武を行っています。もし興味を持ってくれる新入生諸君がいましたら、共に修練をめざしましょう」

部活紹介を締めくくった。

「続きましてはー、モダンダンス部の皆さんによるー、ダンスを披露しますー」

生徒会の女子による、棒読みのアナウンスをきっかけに、軽快な洋楽ＰＯＰが鳴り響く。さっきまでステージに満ちていた武道的空気感は秒で霧散し、わっと躍りでたダンス部員たちが曲に合わせて軽やかに綺麗なフォーメーションを作った。

部活動も、いろいろである。

やれるだけのことをやりきった私は、他の居合道部のメンバーと目を合わせ、互いにぐっと親指を突き立てた。

(武士っぽくない仕種だなあ。演武を終えたとたん、これだよ)

と、内心苦笑しつつ。

〇

翌日、三人の新入生が入部してくれた。

私たちの黒い袴姿の稽古着をうらやましそうに見つつ、学校のジャージで不器用そうに稽古へ打ち込む様子が、実にほほえましい。

体育館で、他の運動部と同じように、準備運動や柔軟から始める。そのあとには、武道特有の摺り足移動の稽古。足の裏を床から離さないよう歩くのだ。

それからめいめい模擬刀をにぎって、素振りの時間となる。ダンス部所有の大鏡を借りて、姿勢や振り方をチェックしながら。一年生はまだ模擬刀を持っていないので、山口師範代が何本も所持している予備を貸してもらうことになる。

そうして基礎稽古に半分ほどを費やしたあとは、各部員がそれぞれ課題にしている形の稽古へ移る。

さらに翌週、そのうちの一人が、予想外に高い模擬刀の値段に尻込みし、辞めてしまったものの、入れ違いに新たな入部希望が現れた。合計三人の一年生を、居合道部は獲得したのだ。

男子一人、女子二人。

他の部に比べて少ないながらも、まずまずの成果と、部内は沸き立った。

第2話　大刀剣まつり——実用刀の値段、およそ四十万円

あれから三週間。新入生たちが部活動に慣れてきた頃。

大日本刀剣まつりの会場に、私たちは立っていた。

通称「日剣市」と呼ばれるそれは、毎年ゴールデンウィーク中の、いずれかの三日間で開催する刀剣界の一大イベントで、全国から刀剣ファンが集まる。

「よし、点呼をとるぞ」

刀のアドバイザーとして引率してくれる山口師範代が、会場前でぐるりと私たちを見わたし、

「今回刀を購入する二年生は、網戸うさぎ、松山芽衣、中池香奈の三人。よし、そろっているな。そして貯金に失敗した新畑純一。いつか刀を買うなら、よく見学しておけよ。それから新入生の……三川季楽里《さんかわきらり》、向後有紗《こうごありさ》、玉崎誠《たまさきまこと》。来年にそなえて見学とは、やる気まんまんで嬉しいぞ。これで俺をふくめて八人。もう一人あとから合流する予定だが……まあそれは気にするな。さあ行くぞ！」

最後の気になる一言で、私たちは互いに「ほかにだれか来るの？」と囁きあったが、師範代はさっさと入口をくぐろうとしているので、あわててそのあとを追う。

お台場のイベントホールの入り口をくぐった瞬間、

「広い、でかい、人がこんなにたくさん！」

私は熱気に呑まれて叫んだ。訪れるのは去年にひきつづき二度目だが、それでもやはりこの壮観っぷり、改めて驚かないではいられない。

中池さんに至っては、

「日頃まったく見かけない日本刀マニアが、こんなにもたくさん……」

感無量そうに眼鏡を光らせ、一年前と同じことをつぶやいている。

新入生の三人は、目を輝かせつつ口をあんぐり開けている。異世界に迷い込むに等しいインパクトを喰らったであろうことは、想像にかたくない。

「日本全国の刀剣商や骨董商《こっとうしょう》が一堂に会する、年に一度のイベントだ。俺たち客にとっては、じっくり比べた上で買える絶好の機会だぞ」

山口師範代が得意そうな笑みで腕組みをし、ぐるり会場を見渡す。

普段は黒い稽古着姿ばかり見ているせいで、こうして私服姿で会うと、彼がまだ大学生である事実に新鮮な驚きを禁じ得ない。普段はもっと年上のイメージだけど、実際は四つしか違わない。ちょっとばかりイキって襟を立てたシャツにダメージ加工のジーンズが壮絶にダサいことにもまた、驚きを禁じ得ない。

相手に失礼な視線を向けてしまいそうで、話しかける際には四苦八苦する。

私は身体をすっぽり覆うようなチルデンニットから、チェックのスカートが少しだけはみだしているスタイルで、そう悪くはないと自負している。無難に可愛い、お手本どおりの量産型ファッションしかできないのが、いかにも私だけど。

「師範代も、ここで買ったんでしょ？」

「網戸、お前その『師範代』はよしてくれ。俺はOBとして部活の指導に来てるだけだ。部活の最中なら仕方ないが、外でそう呼ばれるのは、さすがに恥ずかしい」

「山口、先生」

「もっと悪い！　居合などの剣術世界では『先生』という尊称は特別に重いし、気軽に使ってはいけないんだ。各流派のご宗家クラスなどの、一番偉い人じゃないと名乗れない。だから俺に恥をかかせたくないなら、くれぐれも気をつけてくれ、頼む」

「山口、先輩……は、どういうお店で買ったんです？」

「ああ、俺は長安屋《ちょうあんや》とかいう怪しい業者から格安で買ったな。物はよかったが、目利きができない者に、ああいう業者はリスキーだ。少し高くても、ちゃんとした業者を薦める」

腕組みで貫禄《かんろく》を漂わせる山口師範代だったが、

「その経験者としての目利きで、可愛い後輩さんに選んであげたら？」

いつの間にか現れた背の高い女性から、ふんわりと横槍《よこやり》を入れられ、師範代はバツの悪そうな苦笑を浮かべる。師範代の私服センスに困惑していた私たち女子メンバーは、一様に息を呑んだ。見た目からしていい匂いの漂いそうな美人だったからだ。

なるほど、あとで合流する一人って……部活メンバー同士で、意味ありげな視線と笑みを向けあう。そんな私たちの様子に気づく余裕もなく、師範代は、

「美里《みさと》さあ、余計なこと言うなよ。ていうか、なんで美里までついてくるんだよ」

きちんと紹介する気がなさそうだが、明らかに彼氏彼女の関係だ。

「ハジメがどんな感じで先輩っぽくしてるのか、一度見てみたくて」

内容だけを拾うなら、山口師範代をからかうような言葉なのに、そんな他意など微塵も感じさせない、柔らかく自然な印象の口調だ。

「みなさん、こんにちは。美里といいます。お邪魔します」

ぺこりと挨拶する美里さんはシンプルなワンピースの似合う、春風のような空気感の女性だ。私たち女子メンバーは互いに、すぐにでも話題にする気まんまんの気配をかもす。

うちの居合道部は女子率が圧倒的に高い。そんな女子たちの雰囲気を敏感にかぎとってか、

「やりづらいなあ……日本刀に興味を持つ女子が増えているとはいえ、こんなにも女子だらけだと。刀なんて男のロマンだと思ってたのにな」

師範代はぼやきながら、いざ先陣を切って歩きだした。

「じゃあまずは、一年生の模擬刀と稽古着を受け取りに行くぞ。濃尾屋《のうびや》さんだ」

その濃尾屋は、すぐ見つかった。大手業者らしく入口から程近いブースで、面積もひときわ広く取っていたから。中年男性の店員が、こちらをめざとく見つけると、

「やあいらっしゃい、山口君。注文どおり、急いで用意したよ」

模擬刀が入っているであろう長細いダンボールの筒と、ビニール袋に包まれた「青高」の刺繍《ししゅう》入り稽古着を長テーブルの上へ並べた。一年生のうちの二人が、目を輝かせる。女子の三川さんと、男子の玉崎君だ。一週間ほど遅れて入部した向後さんが、羨ましそうにしている。

「はい、じゃあ中身を確認してみてね。長さも注文どおりかどうか、ブースの内側でなら試しに構えてみてもいいからさ。さ、こっち入ってよ」

招き入れられ、めいめいに抜き身を構えてみて、その感触をたしかめている。

三川さんは、禅で精神統一するかのように目を閉じている一方、玉崎君は眉根を厳しく寄せながら、

「この刀なら、僕は『全集中』ができそうだ」

ああ、なるほど。剣術を始める動機は人それぞれ多種多様らしいけど、玉崎君の場合、どうもそれは超ヒット作の漫画だったらしい。

三週間も待たされ愛刀に触れて、二人とも興奮気味で初々《ういうい》しい。

三川さんは、青紫の下緒に同色の柄糸。その柄糸の下には、目貫《めぬき》と呼ばれる飾りものが鈍く光を放っている。これは柄と刀身を固定するための金具らしいが、どちらかというと個性をかもすための装具としての役割が強い。

「三川さんの目貫は、蝶《ちょう》ですね。鍔も影蝶で合わせてますね」

「あ、はい、中池先輩。さすが詳しいですね。可愛いですし、華麗に舞える感じで上達したいなって思ったもので」

「僕のは水波《すいは》の目貫です。鍔は日輪っぽい透かし彫りっす」

玉崎君も負けじと自慢する。実際には菊の鍔だが、日輪に見えなくもない。

居合の稽古用模擬刀を扱う業者は、下緒や柄糸の色、目貫、鍔、刀身の波紋など、ある程度自由にデザインを選べるようにしてくれている。愛着が湧かないはずがない。

ちなみに私の目貫は「うさぎ」だ。両の長い耳が、ぴょんと左右に伸びている。

「おい向後、お前のは来週あたりに配送されるそうだぞ。それまでは引き続き俺の予備刀を貸してやるから、そう悔しそうにするなよ」

山口師範代が、手持ち無沙汰にしている向後さんを慰めている。

「でも山口先輩の刀は、すごく重いんですよー」

向後さんのぼやきどおり、これまで一年生は、師範代が何本も所有している模擬刀で稽古してきた。

「あ、こっちに飾ってある刀は一万五千円で、すごく安いですよね。見た目も豪華だし、注文したほうはキャンセルして、こっちを買ってもいいです?」

「向後……そんなことしたら、濃尾屋さんに迷惑がかかるだろう。それにこの刀は飾る専用で、もろいから、素振りするだけで刀身が折れる危険性があるぞ」

「見た目、そんなに変わらないですけどね」

「強度がぜんぜん違う。稽古用に振ってもいい模擬刀は、だいたい四万円前後。ぱっと見には区別がつかんが、値段に応じた質ってものがあるんだ」

たしかに模擬刀は高い。そのせいで入部を断念した一年生がいたのは、想定内ではあった。中学時代は剣道部にいたという三川さんが、笑いながら、

「あたしと一緒に入った子、親に反対されて剣道部に移っちゃいましたけど、結局は出費がかさんじゃったって、あとで嘆いていましたよ。だって剣道の防具、居合の模擬刀とほぼ同じくらいか、もっと高いですし」

「ああ、三川のクラスメイトだったよな。まあ、現代の護身術としては、居合より剣道のほうが役に立つぞ、とでも慰めておいてくれ。居合などの剣術は、日本刀で斬ることに特化した動きだし、その点、しっかり敵へ叩き込む剣道のほうが実用的と聞く。なにしろ現代日本で本物の刀を持ち歩くわけにはいかないからな」

師範代が苦笑しながら、居合道部的には微妙なことを言ってくれた。

一年生の用事を済ませたあとは、いよいよ本日のメインイベントだ。

「いいか、今回実際に刀を買うつもりでいるのは網戸、中池、松山の三人だが、一年生たちも、いつかは買うかもしれないことを念頭に置いて、いろんな刀を観察しろ。昇段で必要な試し斬りに向けて、実用性のある刀を購入するなら、四十万円前後が妥当だ。それより安いと、折れたり曲がったりのリスクで信頼性に欠ける。それより高いと美術的価値のほうが大きくなって、結局使うのがためらわれてしまうからだ」

この広大な会場のどこかに、我が相棒となる刀が待っているのだろうか。運命的出会いを想像し、胸が膨らむ。新学期の「友達できるかな」にも似た不安と期待だ。

日本刀まわりの用品を扱っている業者のブースを見た新畑が、

「あの店、鞘だけ売ってるけど需要あんっすか？」

「鞘は美術品の価値もあるんだよ。鍔も柄の目貫も柄頭も、刀の拵《こしらえ》の部分はすべて美術品だ。そもそも……現代では日本刀はあくまで美術品という名目でのみ存在が許されているんだしな」

山口師範代の言葉の後半は、どことなく小声となる。

「大人の事情ってやつですね……」

二年生らが一斉に、苦笑を浮かべる。みんな、その「美術品」とやらを、試し斬り稽古では巻き藁へ向かって振り下ろしてきたのだから。

自分たちは実用品としての日本刀を買い求めに来た。他にも居合や抜刀術などをやっている人たちが多数この会場へ来訪しているのだろう。

でもそれはきっとあくまで一部で、多くの人たちは、美術品としての日本刀が目的なのだろう。ある者は純和風の一室の床の間あたりに飾るため、ある者は純然たるコレクションとして。

「お前ら、気になる刀を見つけたら遠慮なく言えよ。そのために来たんだからな」

「あ、師範代、これすげえよ。鉄砲だぜ、種子島だ」

「新畑、たしかに気になったら声をかけろとは言ったがなあ……あと師範代はやめろ。それに、マナー上、店に断りなく勝手に触っちゃいけないんだぞ……」

新畑が早速足を止めたのは、錆の浮く鉄砲だった。渋い顔をしつつも、山口師範代も気になったか、新畑が台座から持ちあげたその鉄砲を受け取りながら、

「ん、重いな。これ十キロはあるんじゃないか」

お店に断りもなく、一緒になって興味津々で触っている。マナー、どこ行った。

「お、山口君じゃないか、窪沼《くぼぬま》会長はお元気ですか」

店主らしき年配の男性が声をかけてきた。

窪沼会長、とは聞きなれない名だ。居合を始めて一年ほどでしかない私に比べ、経歴の長い師範代ならきっと顔が広いのだろう。としか思わなかったけれど、

「あ、越前堂《えちぜんどう》さんお久し振りです。いえ、いま僕は別の道場に通っていまして……窪沼会長とは最近はお会いしていませんね」

師範代の口調は、どこか煮えきらない。

「どうしたんだい山口君、小学生の頃からあんなに熱心だった君が。しかしこの子たちは窪沼会長の教え子なんだろう。え、違うのかい？」

微妙な空気が流れる。この居心地の悪さを気にして、私はつい口を挟んだ。

「あの越前堂さん、私たちは青愛《せいあい》高校の居合道部です。今日は師範……山口先輩に引率してもらって、刀を見に来たんです」

「ああ山口君の後輩か。楠《くすの》木《き》君も一緒だから、つい窪沼会長の門下生かと思ったよ」

また聞きなれない名前が出て、皆が途惑っていると、

「わたしは単なる付き添いです。窪沼会長は、相変わらずお元気ですよ」

屈託のない笑顔で、美里さんが答えた。なるほど楠木というのは美里さんのことだったのか。それより驚いたのは、

「え、美里さんも居合やるんですか！」

「うん、夢涯《むがい》流っていう流派の、初段」

「わぁ、初段。私たちと同じですね！」

考えてみれば師範代の彼女さんなのだ、意外とは言えないかもしれなかったが、それでも刀剣とは縁のなさそうな雰囲気なだけに、部活メンバーたちが驚いたり面白がったり嬉しそうにしたりで、それぞれに囁きあっている。

しかし、すらりと背筋の通った美里さんの容姿は、なるほど稽古着の袴姿が似合いそうではある。春の日差しを想わせる温和な笑顔は、むしろ手芸部か、和で攻めるなら茶道部こそがしっくりくる気がするけれど。

(それを言うなら、私だって日本刀に興味なんかなかったし、武道なんてまったく縁もゆかりもなかったもんなぁ。自分でもびっくり意外だよ)

とはいえ。自分自身も刀剣に興味がなければ、いくら彼氏の付きあいでも、なかなかこんなイベントへは来ないのではないだろうか。

何しろこの会場、どこを見渡しても渋い。日本刀ならではの華やかさに満ちてはいるけれど、興味のない人間にとっては、渋さの極致に決まっている。刀、刀、また刀、鍔ばかりのブースもあれば、たまに槍、レアアイテム的に鉄砲、その他骨董品。

外国人客も結構多くて目立つ一方、それでも客層の多くが年配のおっさんで、何というか、茶渋オーラが立ち込めている。

ただ、女子率も決して低いわけではない。通路をうろうろする人たちをざっと観察すれば、いわゆる刀剣女子らしき女性もちらほら行き交っている。通りすがりにも、彼女たちの目の鋭さとテンションの上がりっぷりは、見ていてたじろぐレベルだ。

実際、うちの部にも凄《すさ》まじい知識量でぐいぐい圧倒してくる刀剣女子が一人いる。

「店主さん、そこの刀を見せていただけますか」

眼鏡をきらりと光らせ、幾本もの刀に埋もれていた中の一本を指差したのは、中池さんだった。本日購入予定の一人だ。

「師範代は実用で選べと言っていましたが、うちとしてはやはり、推しの名刀に近い容姿であることが望ましいです。その刀、拵が長谷部《はせべ》写しですね。特徴的な金霰地《かねあられじ》圧出に桐三双の目貫。鍔が木瓜《もっこう》形になっていますから」

その刀剣用語は、すぐに私の理解を超えた。

この中池さん、うっかり刀剣のことを語らせると、周囲の部員を置いてけぼりにして次々と膨大な知識を披露する悪癖がある。刀剣をモチーフにした有名なゲームやアニメで日本刀に目覚めたらしい。そういう人は、剣術界にも多いと聞いたけど、おそらく中池さんは、その中でも群を抜いた知識量を誇っているんじゃないかと思う。

こんなにも刀が多い中で、埋もれ気味の中から自分の好みをめざとく見つけ、かつ滑らかな蘊蓄《うんちく》がマシンガンのようについてでるのは、さすがとしか言いようがない。

「お嬢ちゃん、詳しいねえ」

越前堂さんは目を丸くしつつ驚きを見せたが、何となく半分くらいは営業スマイル的な印象がある。ああ、きっとこの手の刀剣女子には慣れているのだろうな。

「値段も予算内でどうにかできそうなので。これは四十三万円ですね」

コピー用紙か何かを切ったものに、黒々とわかりやすく値段が書きつけてある。もっと高い刀剣には、それなりに見栄えのする値札を添えてあるが、このくらい手頃な価格帯となると輪ゴムでくくりつけるだけだ。

とはいえ。

この金額を「手頃」と思えてしまう高校生って、我ながらどうかと思う。刀の相場をさんざん見たせいで感覚が麻痺《まひ》している。

本来四十万円もあれば、ちょっとどころではない高級アイテムが好きなだけ買えるし、一般高校生には不釣りあいなブランド品にだって手が届く。夢の国ランドなんか四十回は余裕で行けてしまうし、そこまでの贅沢《ぜいたく》をしなくとも、プチプラコスメにこだわる必要がなくなる。グレードの高いスマホに乗り換えることだって可能だ。

なのに、刀なのだ。

音楽をやるためにピアノやバイオリンを買う人よりはずっと安いかもしれないし、バンドを組むためにエレキギターやドラムを買う人たちだって決して安くはない投資をするわけだが、それにしたって、刀なのだ。

楽器やスポーツ用品と違い、うっかり実用に活かしてしまうと、即刻犯罪者になってしまう銃刀法の権化なのだ。山口師範代の受け売りだが、自分の生命の危機に対して日本刀で応戦すると、過剰防衛とみなされ、正当防衛はまず間違いなく不成立になるらしい。

などと銃刀法との折りあいを気にしている間にも、ブース内で中池さんは越前堂さんの許可で鞘を払い、すでに刀身を実際に見せてもらっていた。

「ふうん……反《そ》りが浅くて切っ先が大きいところも長谷部に近いですね。前の持ち主はそこが気に入って、この拵にしたのかもしれませんね」

「ほほう、鋭いねえお嬢ちゃん」

褒められたことに気をよくした中池さんは、実に手慣れた手つきで会場の照明を避けるようにし、刀身の肌を透かし見ようと試みる。

高校生と言っても、原宿でいちご飴《あめ》を食べつつ有名動画配信者との遭遇を期待する女子もいれば、こんなふうに玄人《くろうと》っぽさをかもしながら日本刀を吟味する女子もいる。日本は広い。

「板目肌っぽさも長谷部ですね。刃紋が直刃《すぐは》なところが違っていて残念ですが……」

私たち二年生は、中池さんとの付きあいもそこそこ長いから、さほど気にならないが、入部して間もない一年生の子らは、すっかり度肝を抜かれている。

「あるいは刃紋だけ、にっかり青江《あおえ》とのカップリングによる愛の結晶とでも思えば……」

「おい中池、目的は斬れる刀なんだからな」

苦笑を向ける師範代へ、

「そのつもりです。まずはイケメンかどうかを判定した上で、実用性を吟味します。店主さん、少し構えさせていただいてもよいですか？」

「ブースの中だしねえ。振らないならいいよ。はい皆さん、念のため一歩下がって」

イケメン刀として認定できたようで、中池さんはいよいよ自分の手に馴染《なじ》むかを試すべく了承を得て、正眼に構えてみた。

時折、ゆらゆらと左右へ振って、重量バランスを腕で感じ取ってみる。

しかしまあ改めて眺めると、パーカーにサロペットという日常的姿で真剣を構える姿は、じつにシュールだ。眼鏡の奥の双眸《そうぼう》が据わっていて、何とも言えない危険な香りを漂わせている。これで本人は大真面目なのだ。

師範代も大真面目で、

「見たところ重心が少し切っ先寄りだな。居合に使うには若干不利かもしれないが、中池としてはどう感じる？」

当の中池さんは、迷っているようだ。見た目は及第点で、この一目惚れにはそう滅多に出会えるものではないのだろう。もし、構えてみた感覚がしっくりきていたなら、即座に買いを決めているはずだ。

「すみません、あの、振りかぶってみてもいいですか？」

おずおずと、中池さんは消え入りそうな声で尋ねる。

「ごめんね、さすがにそれはちょっと……営業許可を取りあげられちゃう」

中池さんはがっかり肩を落としたが、ブースの内側とはいえ抜き身を構えているだけでも本当はよくないはず。刀剣がそこに在ってあたりまえの空間だからこそ、ここまでは許されているのだろう。

考えてみれば、刃物なんてこの世にありふれているし、厨房なんかでは料理人や板前が切れ味するどい刃物を存分に振るっているのだ。どこの家庭でも包丁の一本くらいは置いている。これがもし街の中で振り回せば、逮捕は待ったなしだ。それと同じようなものか。

ふと中池さんが構えを解き、刀身を鞘へ納めた。

「これ、ください」

迷った挙句、中池さんは意を決した。

「いいのか中池。その刀は二尺一寸で、お前の模擬刀とほぼ同じではあるが、今のままだと振るうどころじゃなく、振り回されかねないぞ」

師範代はかなり真剣だ。身に合わぬ刀では事故のリスクが高くなる。

「お嬢ちゃん、ちょっと貸しなよ、重さを量ってあげるから」

店主が重量計へ抜き身状態で載せると、デジタル表示は九百七十五グラムを示した。

「あー、模擬刀より二百六十グラムも重いね」

横から芽衣が、ため息まじりにつぶやいた。理数系クラスだけあって、数値をよく把握する癖がある。彼女と中池さんは背格好が近いぶん、模擬刀も同じ二尺一寸で、約六十三センチだ。

「単純な重さの比較だけじゃ決め手にならないけど、せめて重心が手元に近ければ振りやすいはずですよね、師範代」

芽衣の分析に、師範代は無言でうなずく。同じ重量でも棒状の端を持った場合、根本に重心があるのと、先端に重心が偏っているのとでは、必要とされる筋力が大きく違ってくる。持ち手側が重くとも、先端が軽ければ振りやすい。

「どうするお嬢ちゃん。何万円か余計にかかるけど、一ヶ月待ってくれたら職人さんに樋《ひ》を入れてもらうが。そうすりゃ五十から百グラムくらいは軽くできるよ」

店主の提案に、山口師範代も深く唸《うな》りながら、

「そうだな……刀の世界で百グラムの差は大きい。その分強度が低下するが、居合刀

は軽くてすばやく振れるのが理想だし、樋を入れている刀も珍しくない。お前たちの模擬刀にも、必ず樋が入っているだろう」

樋とは、刀身に沿って掘られた溝だ。

あの溝があると、軽くなるだけでなく、振った時に「ヒュン！」と気持ちのよい風切り音が鳴ってくれる。過信は禁物ながらも、刃筋が正しく振れたかどうかの目安にもなる。刃がわずかでも傾いた素振りは、途端に鈍くみっともない風切り音になる。

店主の提案と師範代の意見は、とても筋が通っている。

「嫌です」

中池さんの返答は、しかしきっぱりしていた。いつもの、どこかおどおどした口調ながらも、譲れない想いを込めた声だった。

「愛情のためなら、うちは筋力をつけます。体幹も鍛えます」

通常は、刀を人に合わせて選ぶか、あるいはカスタマイズするものだろうが、中池さんの意思は自分を刀に合わせる方向へはっきり向いていた。

愛情を抱けるからこそ、この刀を振るうことができる。刀剣オタクというのは、一度「推し」を定めたなら、どんな艱難辛苦《かんなんしんく》も踏み越えて猛進するものなのだろうか。少なくとも一年間ずっと部活を通して見てきた、中池香奈という人間は、そういうところが強い。だからだろうか、師範代も無理に止めようとはせず、微苦笑とともに、

「そうか。そこまで言うなら頑張れとしか俺は言えない。その代わり、俺がいる前でしか振っちゃいけないぞ。怪我をされたらたまらんからな。いずれにせよ学校の体育館で抜いていいものじゃないし、浅草にある高内《たかうち》先生の道場での試し斬り稽古の時しか出番がないだろうが」

相棒に出会えた教え子を祝福する顔になった。

私には、薄暗くした自室で、夜な夜な刃紋を透かし眺めながら相棒をじっくりねっとりと愛でる中池さんを、余裕で想像できてしまったが。

中池さんは、正直なところ困惑させられることも多い。距離感の取り方が変で、少し苦手なところもある。けれど、かけがえのない相棒に巡りあえた悦びで無限の笑顔を注ぐ姿には、こちらまできゅんとくる。

居合をやっている動機が、私なんかよりずっと真っ直ぐで、まぶしくさえある。

「相棒ゲットです。いえ、愛する棒と書いて『愛棒』です！」

「そこまで気に入ってくれると、おじさん嬉しいねえ。値段を平らに均《なら》して、四十万にしてあげるよ。錦織の刀袋と下緒もサービスだ。うちの店は神田《かんだ》にあるから、機会あったら寄ってってよ。鍔が緩んだりしたら、初回は無料で調整したげるからさ」

中池さんが興奮気味に会計を終え、東京都の教育委員会へ提出する刀剣の「所有者変更届出書」を書き終えた時。

場に、ふと居心地の悪い空気が流れた。

「あ、これは窪沼会長」

店主の声に、ぴりりと緊張が走る。

なんと、大名行列がやって来た。少なくとも私の目には、そう見えた。

黒尽くめの和装に身を包んだ初老の男性が、貫禄をかもしつつ先頭を歩き、取り巻きのような人たちが、ぞろぞろとあとに続いて、こちらへ近づいてきている。

「お久しぶりです、越前堂さん」

尊大な挨拶のわりに、ずいぶんと声が小さい。

ああ、この人がついさっき話題になったばかりの窪沼会長なのだろう。

反射的に私は師範代へちらり視線を向けると、彼は明らかな不快感を押し殺しつつも、平然とした態度を保とうと努めているようだ。

たしか美里さんは、この窪沼という人の門下生のはずだが、特に気にするでもなく展示刀を流し見ている。自分の師匠降臨に気づいていないのだろうか。

窪沼会長が立ち止まると、後ろの取り巻きたちも足を止めた。人数はこちらと同等だが、それぞれ好きに散開している部活メンバーと違い、あちらは整然と「会長」についているので通路がふさがり気味になる。それを意に介する様子もない。

よほど偉い先生なのだろうし、越前堂さんの対応も最敬礼に近いものがあったが、道ゆく人たちにとっては単なる障害物でしかなく、迷惑そうに脇をすり抜けていく。

それとなく、窪沼会長を観察する。ほうれい線が特徴的に濃く、シワの多い痩せた顔面。鋭い視線を放ちつつも鷹揚《おうよう》に構えている。

その窪沼会長は、かつての門下生だったはずの山口師範代には目もくれず、というより意識的に視線を逸らし空気のように無視している。代わりに、美里さんをひたすらじっと見つめている。超絶マイペースな美里さんでもさすがに気がついたのか、

「あ、会長さん、こんにちはー」

「楠木さん、ごきげんよう。ここへ来るなら事前に一声かけてください。そうすれば門下生一同と一緒に回れたはずです」

「あ、私、デートで来てるんで、大丈夫です」

期待に反するほがらかな返答に、窪沼会長は苛立ちのため息を吐いたようだが、そんな様子をまったく気にする様子もなく、美里さんは屈託のない微笑みを返すばかり。そんな天真爛漫《てんしんらんまん》な性格に慣れているのか、窪沼会長は諦めたように、

「そうですか。しかし前途有望なキミのために言わないわけにはいきませんが、交流を持つ相手は、ぜひ選んでください。ましてや元の師匠を裏切って別の流派へ流れてしまう、所謂《いわゆる》ワタリへは、どこの流派の人たちもよい印象を持ちません。もちろんど

う考えるかはキミ次第ですが、慎重に考えてください。キミ自身のためにも」

「はい、わかりました」

美里さんの返事は明快だった。どこにも逆らおうという雰囲気がない。それでいて、山口師範代の隣から離れる様子もない。

「私の言うことを、理解していただけましたか？」

「はい、もちろんです」

やはり、離れる気配もない。

詳しい事情は知らなくとも、この窪沼会長が批難している対象は、明らかに山口師範代だろうと私でも察しがつく。師範代はこみあげる不快を押し殺しつつ、言いたいことがあるのをずっと我慢しているように見える。それなのに美里さんときたら、

（もしかして、ものすごく天然な人なのかな……？）

苛立ちが困惑へ変じたのか、窪沼会長の目がにわかに泳ぎだし、

「とにかくキミは我が窪沼会の有望株なのです。今後もぜひ期待に応えていってください」

それだけ言い残すや、また大名行列を再開した。

進む方向には、山口師範代がいる。一瞬、私たちは肝を冷やしたが、すっとさりげなくも見事な所作で、師範代は道を開けた。大人の対応だ。

通り過ぎていく門下生たちは、山口師範代へ嘲笑《ちょうしょう》の視線を送る者もあれば、ひそかに同情めいた色を浮かべる者、睨みつける者、まるで無関心な者と、様々だ。

嫌な緊張感の元凶が、去っていってくれた。

「美里、お前平気かよ。いくらハゲチビに目をかけられているからって、すごいな」

「え、何で？」

「今のあいつは派手なパフォーマンスもあって、夢涯流の各団体の中でも特に勢いがあるし、自分の意に染まらない奴を許してはおかないというじゃないか。なのに逆らうなんて、度胸あるぜ」

「え、何の話？　わたしは、何か会長さんがアドバイスしてくれたみたいだから、へえそうなんだぁ、って聞いてただけだよ」

「え？」

「交流相手は慎重に選びなさい、って言ってたから、そうしてみたの。わたしがハジメさんのことが好きかどうか慎重に考えてみたら、やっぱり好きだなって思ったの」

「お前……！」

「あと、会長さんが言うほどワタリが悪いことって感じはしないしね。だって、好きなとこで稽古するのが一番でしょ。会長さんが所属している夢涯流と、ハジメが今いる慈境流は規模が違うだけでほとんど内容が同じの、兄弟みたいな流派だしね」

「やれやれ、これだけ付きあいが長くても、お前は本当に読めないやつだよな」

　まさに、と私も思う。

「どう考えるかはキミ次第」なんて言っておきながら、あれは実質的には強要だった。意見に同調しなかったら睨まれて不利になるやつだ。しかも忠告の振りして、相手には自発的に同調したような体裁をとりたいやつだ。人に対して常に優位でいたい、いじめっ子体質な人間にありがちな心理と言動だ。

　それを意に介することもなく、美里さんは、ふわり、受け流した。ある意味、非凡なのかもしれない。

「それよりハジメ、ダメでしょ。他人のコンプレックスをつつく悪口を言うのは。ハゲてチビなの、会長さん気にしてるんだから」

「だが事実だろ。窪沼は小男のくせに、いつもシークレットブーツで身長を盛っているし。近年では、道場だと靴が履けないから稽古ももったいぶって姿を現さず、権威ぶっているって話じゃないか。そのほうが神秘性が増すとでも思ってるんだろ」

「ハジメ、そういうのやめようよ。小さいよ」

「うっせえな。後輩の前でやめてくれよ。あいつこそ小さいだろうが」

「会長さんは仕方ないよ。そろそろ前期高齢者だし、今さら背丈も器も大きくなんてならないもん」

ひとかけらの悪意もなく、ここまで鋭く人を貶《おと》める人は、そう滅多にいるものではない。

山口師範代だけでなく、私だけでなく、部活のみんなも、越前堂の店主までもが目を大きくひんむいて、美里さんを凝視した。


昼をはさむと気分もリセットできたのか、皆の好奇心はまた活発さを取り戻した。

「しかしまあ、電撃的に決まったな、松山も」

師範代は満足そうに芽衣へ声をかける。

その胸には、ついに得た芽衣の相棒が大切そうに抱えられていた。一秒でも早く布製の刀袋の口をほどいて、思う存分愛でたい欲望が、笑顔からはみでている。

「数え切れない刀の中から、ふと呼ばれた気がしたんです。まるで霊感みたいに」

芽衣の頬は上気し、声は夢見心地の響きを奏でる。

「刀剣をやっている人には、スピリチュアルなものにかぶれた輩が多いもんだが、まさかバリ理系女子の松山から霊感なんて単語が出てくるとはなあ」

「まるで磁石に吸い寄せられるみたいに、引き寄せられたんです。そしたらもう、他をどれだけ探してもこれ以上の刀には出会えない気がしちゃって。抜いて構えてみた感覚も、ぴたっとはまったんです。まるで数式の難問が見事に解けちゃった時みたいな、しっくり爽快な気持ちにも似て」

　早い話が、芽衣は一目惚れしたのだ。将来は電撃結婚するタイプかもしれない。

「さて、あとは網戸だけだな」

　ちらり、時計を見ると十四時を過ぎていた。予定では十五時には解散のはずだ。

「焦るな。日剣市は三日間ある。まだ初日だし、入場券は三日間有効なんだからな」

　そう師範代は言ってくれるけど……もし明日も私がここへ来ることになったら、師範代のことだ、予定を変更してでも愛刀選びに再び付きあってくれるだろう。美里さんも、文句ひとつ言わずすんなりと「そうしなよ」と言ってしまいそうだ。多分、デートの予定を放棄して。それは、重い。

「頑張って、あと一時間以内に探します！」

　人いきれの中、小休止的に立ち止まった一同の輪の中で、私は宣言した。から元気もいいとこだ。自分ではわかっている。刀を探すモチベーションが、どうしようもなく下がっているのだ。広大な会場内を、ぼんやり見渡す。

（なりたい自分になりたくて選んだ居合だったのに……）

　うつろに眺める風景の先、豪華金飾の宝刀が鎮座している。その値段二百五十万円なり。

（しょせん武道なんかじゃ、人は自分を磨くなんてことできないんだろうか……結局どんな人間も、虚飾に満たされたがるし、変なヒエラルキーを作りたがるだけ……）

　こんな迷い、この場のだれにも打ち明けられない。人間を磨く、魂や精神を磨くというイメージに満ちた武道の世界にも、窪沼会長みたいに虚勢をはる者、だれかを自分の意のままに動かしたい者が存在する。もう私はそんなに子供じゃないし、どんな場所にもそういう輩がいると承知したつもりでも、実例を目《ま》の当たりにすると、どうしようもなく失望する。

　大人は、なかなか憧れさせてはくれない。

「網戸、ちょっと疲れているようだな。急激に気温が上がって、みんなもへばってきている。あそこの自販機前で一息つくか」

　私の眼が余程どんよりしていたのだろうか。部活メンバーもそろそろ疲労が濃くなってきたということもあるのだろう。

　師範代の判断に従って、缶やペットボトルを片手にひとしきり雑談したあとは、

「じゃあ、ひとまずここで解散するか。みんなにとって情報量の多い一日だったし疲れただろう。特に愛刀を得た松山と中池は、一秒でも早く家でじっくり眺めたいだろうし」

　まだ個人的に見て回りたい者は自由行動とし、一同は解散した。

「じゃあな。芽衣か中池さん、どっちでもいいけど俺にも振らせてくれよな！」

「いや、新畑には貸したくないかなー」

「私も先輩たちみたいに、来年までにお金を貯めます！」

「全集中……の呼吸……」

「長谷部、青江……長谷江……青長谷……名前が決まらない……悩むぅ」

それぞれ口々に気持ちを残し、去り散る。

あとに残ったのは師範代と美里さん、私の三人のみだ。

見あげると、場内の丸時計の針が十四時十五分を指した。針が一日盛動くごとに、私の迷っていられる時間が削られてゆく。

今ここで引き返せば、四十万円超もの豪華なお小遣いが、まるまる懐に残ってくれる。友達と何度も夢の国へ行ったり、おしゃれで可愛いファッションに身を包んだり、ああ、これからは推しを作って推し活もいいよね、あれはお金がかかるから……違う、私が汗水たらすほどの動機で必死に貯めることができたのは、一体何のため？

「いいんだ、迷ってこその青春なんだ」

「ん、何か言ったか網戸」

私は慌てて首を横に振った。こんな恥ずかしい台詞、人に聞かれでもしたら切腹の一つくらいしたくなっちゃう。

「しかし参ったな。越前堂、薩摩《さつま》刀剣、信幸堂《しんこうどう》……有名どころは全部回ったし、あとは小規模な業者をひとつひとつつぶしていくしかないか。それこそ松山みたいな霊感的出会いにでも頼りたくなるよ」

「なかなか決められなくて、ごめんなさい」

「おい網戸、ここで妥協するなんて言うなよ。一生ものの愛刀に出会うためには、足を使うしかないんだ。俺たちに変な気を遣って適当な刀を選ばれたら、それこそ迷惑だ」

ぐるり見渡すと、どこもかしこも刀、刀、刀。あまりに多すぎる選択肢は、時に重荷となる。推しへ真っ直ぐな情熱を傾ける中池さん、決めたことをこつこつ重ねつつ、時に大きく飛躍できる芽衣。そのどちらにも私はなれないんだなと痛感する。

これまでの一年間、脇目も振らず刀を振るい続け、抜刀と納刀の心地よさに夢中になってきたつもりだったのに、こんなところで迷いが生じてしまうなんて。結局私は本気になれていなかったのだろうか。

「仕方ない。気は進まないが、あそこに頼ってみるか」

美里さんと二人で話しあっていた師範代はパンフレットを開き、会場マップを凝視する。どの業者がどの位置にブースを構えているか、つぶさに記してあるマップだ。

「あった。予想どおり、隅っこで小さく営業しているようだな」

師範代の目配せに、私はその背を追って歩きだす。不安五割、期待一割、無気力四割の配合で。

　やがて。

　同一フロアなのに、場所によって人口密度がこうも違うかというくらい寂しい場所へ来た。喧騒《けんそう》がやや遠のき、すれ違う人影もぐっと減って歩きやすくなる。まるで繁華街から裏町へ迷い込んだ気分だ。

「よし、ここだ」

　それは、本当に隅っこに埋もれるかのように嵌《は》まり込んだブースだった。他の業者にあるようなオープンさを、微塵も感じさせない。

　カウンター代わりの長机の向こう側に、ところ狭しと無造作に武器が積み重なっている。日本刀だけではなく、十手や鎖がま、さらに青龍刀……というのだろうか、中国っぽい武器も扱っている。

　そうした骨董武器たちの中央、わずかな隙間に、麦わら帽子の老人が身を押し込めていた。無数に積み重なった古い刀剣に埋もれ、おのれもまた骨董品の一部と化して溶け込んでいるかのような格好で。

「胡散《うさん》臭い……」

　まず口をついて出てしまった感想だ。私のうっかり失言に、老人はちらり瞳睛《ひとみ》を動かしたのみで、すぐにまた眠そうに瞼《まぶた》をおろす。

「チョーさん、お久しぶりです。四年前ここで刀を購入した山口始です」

そのチョーさんは、また私たちを一瞥《いちべつ》すると、振り返りもせず無造作に、刀剣が層を成して積み重なる中へ手を伸ばして一本を摑み取り、やや強引に抜き取った。一本分の空間があき、その上の刀たちがわずかに崩れる音を立てる。

ずいぶんと金きらりんとした見栄えの、豪華な刀だ。

「そっちの嬢さんのだろう。これでどうだね。八十万ぽっきりかのう」

「チョーさん、相手を見て選んでくださいよ。この娘はまだ高校生ですよ」

「じゃ、五十万」

いきなり値段が急落した。刀の価値がこんな適当でいいのだろうか。しかもこのカウンターへ置かれた刀、近くで見れば随分と小汚く埃《ほこり》をかぶっている。師範代が、この店は気が進まないとぼやいていたわけだ。

「五十万でも駄目かのう。ま、田舎のお大尽が作らせた悪趣味な拵だしの。中身もさほど大したことがない。よくて実質二十万たらずというところかの。多分すぐ折れるから、ノークレーム、ノーリターンで頼むぞ。ささ、中身を改めてみなさい」

「何てものを売りつけようとしやがるんだ……」

ぼやく師範代が、とりあえず店主の許可に従って鞘を払い、お義理に刀身を確認する。

「おおい、本当に何てものを売りつけようとしやがんだ。これ、刀身の肉が見えてるじゃないか。研ぎすぎて外側の鋼鉄が薄くなって、芯の軟鉄部分が露出してるぞ！」

「そうカリカリしなさんな。拵は豪華であろ。所詮、伝統文化の世界なんてそんなもんじゃろて。武道の世界も同じ。実質が足りない分、きらびやかに着飾ることでしか己の価値を高く見せることができん輩のなんと多いことか」

「そ、それは……」

「いや悪口ではないぞ。そういう輩のおかげで、わしのような商売が成り立っておるのだからの。ありがたやありがたや。伝統文化の世界なんぞ、ほれ、ミーハーの巣窟じゃて。権威ぶっただれかがアイドルよろしく皆にありがたがられる。骨董品ももったいぶればぶるほど、皆ありがたがって高く買う。そういう世界は、嫌いかの？」

突然、視線を向けられ、私は凝然と固まった。

なぜだか、

（この人から刀を買いたい）

そう思えてしまった。

チョーさんは、上から下まで私をじろじろ観察すると、やにわに三本の刀を商品の山から引き抜き、目の前に並べた。

「鞘を払って確認しなされ」

店主の許可を得た師範代が一本を両手に押し抱き、一礼、丁寧に抜き放つ。美里さんも同じように、流れるような所作で一本を抜いてみせる。ああ、やっぱり美里さんは居合をやってるんだな、と改めて新鮮に驚いてしまうほどの、堂々とした刀の扱いっぷりだ。

ブースの外ではあるが、通路には人がほとんど通らないので、店主は問題はないと判断したのだろう。それでもさっと確認したら、二人はすぐに鞘へ納める。

「チョーさん、人が悪いなあ。俺の時はさんざん碌《ろく》でもない刀を見せたあとに、ようやくまともなのを出してくれたのに、今回はすんなり良品を見せてくれるとは」

「わしだって売る相手は選びたい。売る価値のある客にのう。山口君のことはもう信頼しているから、あっさりそいつらを出した。喜んでくれてよいぞ」

「こっちの刀も手入れが行き届いてたよハジメ。刀身もそうだけど、柄糸はちゃんとしてるし、目貫に至るまで丁寧に手入れされてるね」

長安屋さんは、麦わら帽子の補修糸をいじりつつ、

「一見まともに見える業者の中には、店頭に並べる時は仰々しくもったいつけておるのに、裏に回れば雑にほん投げておる連中も珍しくない。売り手も買い手も、互いに日本刀に敬意を持つ者同士で取引したいもんだの」

その言《げん》に違《たが》わず、私が手に取った刀もまた、他の二本と同様に手入れが行き届いているように思えた。厚すぎず薄すぎず、ちょうどよい具合にひかれた刀油《かたなあぶら》。その下で鈍いながらも品のある光を静かに放つ刀身の肌。刀油は鎺にも丁寧にひかれている。よく観察すれば、柄糸の中に織り込まれている目貫すら、こまかく刀油で保護しているようだった。それでいて、油が柄糸ににじんでいる様子もない。

「ちょっとそれを貸しなさい」

長安屋さんが伸ばした手へ、刀を渡す。刃のほうを自分に向ける作法を思い出しながら。

「和紙をのう、こう折って、刃筋に滑らせると……す……と抵抗もなく和紙は滑る。どこも切れていない。斬れない刀なのだろうか。

「どこにも引っかかりがないじゃろ」

「ないですねチョーさん。いい研《と》ぎです」

「うむ、この子は研ぎ師の腕がよくてのう。つんつんには研いでない。それでいてちゃんと斬れるから安心なさい。つんつんこそが鋭利だと思う者も多いが、さにあらず。そんな研ぎはすぐ駄目になる。刃こぼれもしやすい。だが熟練の研ぎ師が手間をかけたこの研ぎは、何年でも保つぞ」

などと長安屋さんは口上を述べつつ、今度はその紙をわずかな力加減で素早く引っ張ると、あっさり綺麗な切り口で二枚に分かれた。

「その場しのぎの、鋭いだけの研ぎは、すぐナマクラになる。剣の技と同じじゃて。手入れを怠ると、容易《たやす》く錆が浮く。それも剣術と同じじゃて。ま、山口君がついておるから、その辺の心配はなかろうが……可愛がってくれるかの、この子を」

「これ、ください！」

さっきまで、ぐだぐだと悩み迷っていた自分は、いったい何だったのだろうか。居合なんかやっても得られるものなんてない、と葛藤していたことも忘れて、私は半ば叫ぶように購入を宣言していた。

「決断、早いなあ。網戸の体格に合ってるかどうか、もっと確認しないでいいのか」

あっ……と思ったが、しかしそんな必要があるのだろうかとも思う。先ほど持ってみた時、特に違和を感じなかったからだ。

「その刀は、九百三十グラムあるぞ。しかし重量バランスは居合向きだ」

思ったより重いようだが、バランスのおかげだろうか、さほど気にならなかった。

「無銘《むめい》だが、登録証をそのまま信じるなら嘉永《かえい》年間の新々刀だそうだ。そいつが気に入ったのなら他の二本は試さなくてもよいの。こういうのが『出会い』というものじゃて」

なんとなく、この刀ならば「あいつ」を斬れるような気になれた。

これまで幾度となく夢想のままに、斬撃の素振り稽古の対象としてきた、あいつ。
過去の、中学時代までの自分自身——。

第3話　試し斬り——巻き藁の斬りごたえ、およそ人の腕ほど

試し斬り台に笑われている気がする。

傷だらけになりつつもなお健在な巻き藁が、どっしり鎮座した木製の台の上にそそり立っている。実にふてぶてしい佇《たたず》まいで、腹が立ってくる。浅く刃が喰い込むことはあっても、斬り抜けるまでには至らない。

逆袈裟の壁は、想った以上に厚かった。袈裟斬りとは逆の軌道で、重力に逆らって下から上へ斜めに斬りあげる分、難易度が一気に上がると聞かされていたが……。

こんな浅草の街なかでも、したたかに鳴きしぐれる蟬《せみ》の声につつかれ、ねっとりした汗が流れ落ちる。

「普通の袈裟斬りは、さくさく行けるようになったんだけどなあ」

「巻き藁」とは称しても実際には藁ではなく、畳表をくるくる一枚分だけ巻いたものだ。これ、だれが作ったのか知らないけど、硬く巻き締めすぎなんじゃないだろうか。だからちっとも斬り抜けないんだ。そんな邪推に逃げたくもなる。

浅草にある慈境流の道場は、およそ二十畳のフローリングで、試し斬りのためにブルーシートが敷かれている。見渡せば、高校生の教養では決して読めない達筆の扁額、道場にありがちな木の札が並ぶボード。その初段の項目には、準門下生として私の名前もあるのが誇らしい。

昔はダンス教室だった物件だそうで、一方の壁を一面に覆う超巨大な鏡により、実際よりずっと広く感じる空間だ。

「網戸、そろそろ時間だ。人の集中力には限度があるからな。あとは袈裟斬りでさくっと終わらせておけ」

山口始師範代の判断に私はうなだれつつ、愛刀・宇佐飛丸《うさひまる》を振りかぶった。無銘ゆえに好きな名前をつけても構わない。うさぴが好きなので、この名前。いつも部屋で刀の番人をしてくれているぬいぐるみへの、敬意と感謝の表れである。

この名前とそのいわれを部活メンバーへ披露した時、「のほほんとしすぎて斬れなさそうだな」と新畑の野郎はからかってきたが、「その無礼、覚悟あってのことと受け止めた。月の出ない夜は背後に気をつけな」とやり返してやった。

宇佐飛丸を手にしてからの私は、ゴールデンウィーク最終日に参加した試し斬り稽古にて、あっさり袈裟斬りを成功させた。何回かに一回しかできなかった袈裟斬りが安定したのだ。あの気持ちよさは、二ヶ月半を経た今でも忘れない。

七月、期末テストも終わり、悩みのタネが綺麗さっぱり失せてくれた今、ついに逆袈裟に全神経を集中させるべき時が来た……はずだったのだけどねえ。

「逆袈裟は、普通の袈裟の十倍ムズいって本当なんですね、師範代……」

「ああ、横一はさらにその十倍は難しいぞ。しめて袈裟斬りの百倍という計算だ。なにしろ横一文字に斬るということは、つねに水平を保つよう、刃の軌道をコントロールせねばならないことを意味するし、それが一番、重力に邪魔される斬り方になるんだからな」

「大根なら、不完全ながら斬れたことあるんですけどね……しかも模擬刀で」

「気持ちはわかるが、野菜は水分含有量が豊富で斬りやすい。刀は、水を含まない物体を斬るのが苦手なんだ。この巻き藁は水に漬け込んで半日だけ。人の腕と同じくらいの硬さになっている。最低限、これを斬れなければ剣客《けんかく》は名乗れないぞ」

「なんかそれって、妙に生々しくて物騒ですよね。どうやって調べたんです？」

「多分、情報の出どころは人斬りが横行した幕末あたりかもな。きっと実際に斬り比べた奴がいるんだよ。血生臭い話だが、現代では絶対に取れないデータだよな」

道場内に苦笑が拡がる。

改めて思う。居合は楽しいけれど、刀に興味のない人へこういうことを聞かせたら、危険人物認定は待ったなしだ。

「さ、脱線はここまで。さっさと斬らないと、巻き藁が乾いて斬りづらくなる一方だぞ」

エアコンが入っているとはいえ、夏の真っ盛りなのだ。私は慌てて振りかぶった。

頭上四十五度の角度に天井を向いた愛刀から、心地のよい重量感が腕を伝う。ぴんと張った背筋へもそれは伝わり、自分の体軀《たいく》のどこにも無駄な力が入っていないことを確認する。

柄頭の位置は、頭頂部からこぶし一個分。

（ちゃんと基礎事項を確認しながらじゃないと駄目なところが、まだまだ未熟だね）

いつかは身体にすっかり染みついて、無意識でもできる日が来るのだろうか。間合いはばっちりだ。前へ出したほうの足から、自分の身長分くらい離れているのがちょうどよい。

右足《うそく》を後ろへ滑らせる。武道足袋《たび》のほどよい滑り心地と摩擦が、ブルーシートの感触を足裏へ伝える。底面が革張りになっている足袋だ。普通の着物用足袋では、つるつる滑りすぎてしまうらしい。

すっと両眼を細め、視界の中央に巻き藁をとらえる。凝視するのではない。ぼんやりと眺めるくらいがよい。視認範囲を狭めてはいけないからだ。

呼吸をはかる。

柄をにぎる手へつい余分な力が入りかけて、意識的に抜くよう心がける。小指と薬指がしっかりホールドしてさえいれば、刀がすっぽ抜けることなどない。

おもむろに……右足を滑らせ、前へ出る。と共に、刀もまた動く。

（刃筋《はすじ》はまっすぐ……腰で斬る！）

タンッ、小気味よい衝撃が腕を伝い、巻き藁が跳ね飛んだ。

気持ちいい‼

今、自分に起こった動作の一連を心の中で反芻《はんすう》してみる。袈裟斬りだからと言って、斜めに斬ろうとすれば必ず刃筋が狂ってしまう。けれど真っ向斬りと同様、刃の角度をあくまで真っ直ぐになるよう意識すれば、振り下ろしの動作につられ、自然と斜めの角度になる。これは私が独自で編みだしたコツだから、他の人はどうなのかは知らないけど。

腕で斬るのではなく、腰で斬る。

刀身の「物打ち」と呼ばれる先端約三分の一ほどの、実際にものを斬る部分が巻き藁へ当たるその刹那、腰をひねる。無理に回すのではなく、あくまで前へ出た脚の動きに連動するように。袈裟を描く腕の動きは、それらにつられた上での結果にすぎない。

腕だけの動きでは、ちゃんと斬れない。

「いいフォームだったぞ、網戸。去年のお前とは大違いだ」

師範代が喜色満面に褒めてくれると、新畑も、

「前は袈裟斬りん時、腰が『く』の字に曲がってたよな。へっぴり腰の見本みたい

に」

「うっさい！」

　でもまあ、悪い気分ではない。

「うさぎぃ、ひたってていないで残りも行っちゃってよ。あとがつかえてるんだから」

　芽衣にせっつかれ、私はまた振りかぶった。二回目、三回目、四回目と連続で。本日一本目の巻き藁は、それで終了。

　試し斬りは二本目まで許されている。チャンスはあと一回か……。順番が一巡するまでに、せめてイメージトレーニングくらいしておきたい。

「あーあ、もっと上手に薄切りできれば、もっとたくさん斬れるのになあ」

　斬り飛ばした巻き藁の幅が、太い。十五から二十センチくらいはあろうか。

「今は斬りっぷりを安定させるのが精一杯と思え。狙ったところを精密に斬るのは、さらに修練を要するんだからな。よし掃除係、行っていいぞ」

　私が納刀したのをしっかり確認した師範代の号令で、見学参加の一年生たちがそそくさと進みでる。ビニール手袋の手で、ブルーシートの上に散らばる破片を集め、ゴミ箱へ放り込む係と、細かい破片を箒《ほうき》で掃《は》く係と。

「僕も早く先輩たちみたいに斬りたいよなぁ」

「あたしは上手くいけば明日の昇級で一級を取れるし、そしたら夏休み明けには初段に挑戦できるよね。ねえうさぎ先輩、その時には、あたしに貸してくださいー！」

懸命に掃除しながらも頼ってくる後輩が可愛くて、つい得意げに、

「いいけど、本来は、他人の刀を借りる武士はいないんだからね。あくまで便宜的に、だからね」

先輩面を炸裂《さくれつ》させる私は、ちょっとカッコ悪い。


私は道場の隅っこへ移動し、手早く刀の手入れへ取りかかった。

その間に掃除が終わり、次の巻き藁がセッティングされる。水を張った巨大プラスチックのケースから未使用の巻き藁を師範代が取りだし、しずくを垂らしつつ、試し斬り台の杭《くい》へどんと載せる。なるべく真っ直ぐ立つよう、とんとんと叩いて調整。

「おい三川、その手を顔へ近づけるなよ」

作業しつつも、師範代はめざとく一年生女子へ注意した。

「すみません、前髪がちょっと邪魔だったので」

「巻き藁は雑菌の温床なんだ。うっかり目の周りを触ってしまったら、一発で結膜炎になるぞ。掃除が終わったのなら、手袋はさっさと捨てておけ」

ひいい、と三川さんは震えあがる。試し斬り稽古は、別の意味でも危険に満ちている。使い捨て手袋がなかった昔は、どうやっていたのだろうか。

私はというと、壁に向かって座り、いそいで鞘を払い刀身を綺麗にする。無水エタノールを含ませた高級ティッシュで全体的に拭き取り、次いで刀油を一滴だけ垂らしたコットンで、刀身全体へまんべんなくなじませる。

定番は椿油《つばきあぶら》を主成分とした代物だが、私はバルブオイルを使っている。金管楽器用のオイルだ。錆に強く、従来の刀油にも近い感触があり、シミになりづらいらしい。特に、錆に強いのはありがたい。

水をたっぷり含んだものを斬った直後だけに、手入れが不完全だと、うすーく白っぽい膜が張ることがある。これが錆に発展するらしいのだ。生死を共にする相棒を錆びさせては、武士の名折れ。今は時間の都合でスピード優先にしているが、帰宅したら改めて念入りにやり直すつもりだ。

一通りの手入れを終え、ほっと一息ついた私は、愛刀をうっとり眺める。物打ちの部分に微細な引《ひ》っ掻《か》き傷が走っている。使い込んできた証しだ。とは言ってもまだ二回目ではあるが、やがてこの傷が増えて、物打ちの部分だけが白く曇ってくるのだろう。

特に、この慈境流は物打ち――刀身の中でも最も切れ味の鋭い部分を多用する形《かた》のオンパレードなので、ここに斬った痕跡が残るのは、一種の勲章とも言える。

「うっとり……」

つい声に出して眺める私は、さぞかし気味が悪いだろう。しかも壁に向かった姿勢で。これは仕方がない。事故防止の観点から、人のいる側を避けて手入れするのがマナーなのだ。必然的に壁を向くことになる。

なお、壁とは言っても鏡がある面なので、私のキモ顔はしっかり他のメンバーに目撃されていたようだ。それを知って心が奈落へ突き落とされるのは、もう少しあとの話になる。

背後で、三年の豊岡晴先輩がゆっくりした素振りで動きの確認を始めた。いつまでもこうしている訳にはいかない。丁寧に納刀し、手入れ道具をポーチへぽぽいとしまい込むと、

「すみません、後ろ通ります、豊岡先輩」

先輩は動作を一旦停止し、すっと刀を斜め下へ下ろした姿勢で待機してくれた。二十畳ほどの広さでも試し斬りとなると狭い。通常の稽古でも四、五人が精一杯の道場なのだ。

浅草とかっぱ橋通りの中間ほどにある立地だけに、さほど面積がとれない。つくばエクスプレス浅草駅が近いので、私のアパートのある北千住からのアクセスは便利なのだが。

試し斬りを行う人の周囲はなるべく空けなければいけないので、他の面々は肩を寄

せあうように端っこに集まっている。そのスペースへ落ち着き、横一文字に挑戦する先輩を観察する。苦戦中だ。

斬れないなら斬れないで、どこに問題があるのかを客観的に分析するのも稽古だ、とは言うものの、

「どこが悪いのか、さっぱりわかんないや……芽衣は、どお？」

「あんな綺麗なフォームなのにね。瞬発力の問題なのかな？」

二人、囁きあっていると、

「しっ。動画に声が入っちゃったよ」

中池さんに叱られてしまった。豊岡先輩のスマホをその手に構えている。あわわ、今の会話、あとで先輩に聞かれちゃうのか……。

しょんぼりしたところで、突如として場が沸き上がった。どよめきに、はっと顔を上げると、豊岡先輩が横一文字を振り抜いた姿勢のまま、固まっていた。その正面には、半分に減った巻き藁。決定的瞬間を見逃してしまったのは悔しかったが、昂奮に突き動かされ、私もまた激しく拍手を送っていた。

豪雨のような拍手に包まれ、豊岡先輩は涙ぐんでいた。

「やったな豊岡。見事だったよ」

普通の袈裟斬りの百倍も難しい横一を達成した先輩は、

「はい、これで安心して受験勉強に専念できます」

「ああ。だが九月には三段を受ける条件が整うし、せっかくだからそれは受けておけよ」

　はい、と答えようとしたのだろうが、言葉を詰まらせてしまう。他の三年生は引退したのに、自分の目標を達成するまでは、と頑張ってきたのだ。


「綺麗に決まったねえ」

　いつの間にか入り口に、ご宗家の高内先生が立っていた。羽織袴の姿で、靴棚へ草《ぞう》履《り》を入れているところだ。短く刈ったごましお頭の下に、茶目っ気を宿したどんぐりまなこが特徴の、気さくなおじいさん。皆が慌てて立ち上がろうとしたところで、

「ああ、いい、いい、いい、そのままでお願いね。そういうのあまり好かんのでねえ」

　大袈裟に手を振る。ご宗家というと、重々しく鎮座しているイメージなのだが、

「うちはね、宗家とか言っても門下生は二十人にも満たない、小さい流派だからねえ。歴史だけは古いけど、昭和の時代には滅びかけてたくらいだし」

「しかしご宗家はご宗家なのですから」

「いやいや山口君、これは僕のわがままだと思って聞いてよ。君らは居心地悪いかもで、申し訳ないけどさ」

肩に黒くてごつい革製の刀袋をかついでいる姿、もし紋付袴でなかったら、釣りかゴルフから帰ってきた、近所のおじちゃんにしか見えないだろう。

「はいはい、ぼーっとしてないで、ほら納刀納刀。いくら嬉しくても、最後まで気を抜かず締めるとこは締めてね」

こういうところを見逃さず指摘するのは、さすがご宗家だけのことはある。

先輩は顔を上気させながらも、凛とした所作で納刀した。最後にパチンと、うっかり鍔鳴りを立てたところが、昂奮の大きさを表している。本人はしまったと顔をしかめたが。

「どんまいだ。昇段試験なら減点対象だが、そのくらいの鍔鳴り、だれでもたまにはやらかすもんだ」

ご宗家がこんなに優しいから、師範代はやたら厳しいのだろうか。

「ところで高内先生、そのお姿、本日はこのあと、稽古の予定でしたでしょうか」

「いや何、そういうわけでもないけどね、このたいそうな紋付袴はねえ、表で出くわしたカミさんに叱られたからなんだよ。いつも近所のおっさんみたいな格好で道場へ顔を出すのは、宗家としてはどうなのだ、って。ビルの前で説教されたもんで、二階のカミさんの事務所を借りて着替えてきちゃったよ」

そういえばこの上のフロアは、ご宗家の奥さんが所長をしている法律相談所だと聞いたことがある。私たちはあくまで高校の部活で、この道場では準門下生の扱いなので、滅多にここへは来ないから、顔を見たこともないけれど。

「高内先生、せっかくいらしたのですから、見本を見せてくださいよ。いつも予備に一本余計に巻き藁を作っていますし」

「あー、それ宗家らしい行動でいいねえ。でもせっかくなら、もっと難易度高いのを見せて、威厳を保ってみようかね、ご宗家さまらしく」

ご宗家はごつい革張りの刀袋の口を開けると、中から一本取りだした。よく見ればこの刀袋、ゴルフクラブ入れだ。模擬刀、木剣、真剣、複数本の刀がたくさん入るし、とても便利そう。

ご宗家は立ったまま両手で刀を押しいただき、簡略に刀礼をする。腰に差す。ついで脇差も帯刀。都合、二本の刀を差すわけだが、見るからに抜刀しづらそうな格好となる。四段以上になると、脇差も差すのが正式となると聞いた。師範代が、それだ。

「パック斬りを披露してみようかね」

ご宗家の宣言に師範代はぱっと動き、道場の隅に積み重なっていた紙パックを運ぶ。オレンジジュース、コーヒー、牛乳、あらゆる種類の空パックだ。試し斬り台に刺してあった木の杭を抜き取ると、代わりにそれをぽんと置く。少し揺れて、いかにも軽い。

きびきびとしつつも流麗な所作で御宗家が座すると、やわらかい眼差しはそのままで空の紙パックを見据える。

尻の下の両足が爪先立ちとなるや、ゆっくり体が動きだす。

……と、またたきひとつの間に、ぱっと刃がきらめいたかと思うと、
パンッ――。

上下まっぷたつに分かれた空パックが右方へ吹き飛び、壁で跳ね躍っていた。

道場内のだれもが瞠目《どうもく》し、思わず拍手する。いや、一年生はぽかんとして置いてけぼりになりつつも、先輩たちに合わせて、とりあえずの拍手をしているが、

（これのどこがすごいの？）

表情がそう物語っている。見た目に地味な絶技であり、効果音もまたあまりに軽い。「かんころかんかん」などと、まさに紙パックを転がした音そのものなので仕方ないが、でもすごいのだ。

空パックを斬り飛ばすのは難しい。水を吸ってどっしり重くなった巻き藁と違い、きわめて軽いのだ。しかも杭に刺してないから、容易に跳ね飛ばされてしまう。そう、刀の刃が完全に通る前に。

しかも、御宗家は座した姿勢からそれをやってのけた。立って刀を振るのとは違い、座ると腰の動きにかなりの制約が生じてしまう。つまり、何かを斬れるほどの瞬発力

とスピードを出しづらくなる。

　納刀の状態から、というところも大いにミソだ。私たちのような初心者は、すでに抜刀した状態で開始するから、刀の速度を上げるための、いわば助走距離を与えられている。

　けれど納刀の状態からでは、そうはいかない。抜刀した瞬間には、刀の物打ち部分がすでに対象物の至近距離に位置してしまう。そこから助走距離もないまま、一気に最速まで持っていかなければならない。

　走り幅跳びと同じ距離を、助走なしの棒立ち姿勢で幅跳びするよりなお難しい。筋力、技術、経験、そのすべてがそろっていないとできない達人の絶技なのだ。

「立ち姿勢で斬り飛ばすのなら俺もできるようになったが、座った状態では、半分までしか刃が入らないんだよな。ご宗家の境地までは、まだまだ遠いよ」

　山口師範代の、このぼやきに、この技の難しさのすべてが集約されている。

　ご宗家が納刀したところで、師範代が空パックの残骸を拾いにゆく。切れ口はほぼ水平に近く、瞬時に斬り抜けたことを示していた。刀の速度が遅いと、対象物は横に跳ね飛ばされながら斬られることになるから、その切り口は斜めになってしまう。

　私がアパートで斬った大根が、まさにそれ。刃が通る前に右へ跳ね飛ばされ、結果、斜めにしか斬れなかった。大根は紙パックの何倍も重いのに。

まっぷたつの空パックを手に、師範代が一年生たちへ注目ポイントを説明している。

ようやく何がすごいのかが理解できて、今さらながらに小声で騒ぎあうのだった。

「じゃあ、俺の出番だな」

新畑の軽口が、やつの緊張を如実に表している。

「ちゃんと丁寧に扱ってよね」

芽衣が自分の愛刀を渡す。

その間に、一年生と山口師範代が次の準備に取りかかる。

「おい新畑、今のうちに素振りで自分の動きを確認しておけよ」

師範代に念押しされ、新畑は軽い刀礼のあとに借り物の刀を腰へ差すと、ささっと抜き放ち、壁へ向かって袈裟斬りの素振りを始める。それも何度かで終わらせ、

「完璧っすよ」

抜き身を肩へ担いだ姿勢でこちらへ振り返るや、にっと笑ってみせた。

「おい、新畑！」

青ざめた師範代が、鋭い声を射る。

「前にも何度か注意したはずだ。刀をそんなふうに担ぐのはＮＧだ」

「え、あ……」

新畑は慌てつつ、それでも一応は刀身を斜めへ下ろす待機の姿勢を思い出した。

「模擬刀の時にしか注意したことなかったから、ついやっちまったか。俺の注意に厳しさが足りなかったか。そんな態度は、武士ではない。ならず者がやることだ」

よりによって、ご宗家の目の前でやらかしたのだ。自分の教え方が悪かったと思われても仕方がないし、師範代の面目はまるつぶれだろう。ちらり、ご宗家の様子を窺ってみると、温和な笑みはそのままだったが、目が笑っていなかった。

「しかも新畑、その無頼な格好のまま振り向いたな。もし背後に人がいたら大きな事故になっていたかもしれないんだぞ。お前がそれで少年院送りになるなら、別に構わん。だがそれで怪我を負った相手はどうなる。しかも青愛高校の居合道部は廃部になるかもしれんのだぞ。ご宗家も責任を問われてしまう」

新畑が、どんどん小さくなってゆく。ご宗家の前で緊張していたのはわかるけれど、そういう時、新畑は自分の小心さを隠すように、イキってしまう悪い癖がある。それが担ぎ刀として現れたのだろう。

「まあ山口君、そのくらいにしてあげなさい。幸いにも事故は起こっていないんだから」

ご宗家がタイミングを見計らい、場をなだめてくれる。

「男の子なら、だれでも通る道さ。山口君も、僕に叱られたことあるしねえ」

「せ、先生……！」

ネタにされた師範代としては、たまったものではないだろうけれど、これで笑いがとれて、見るからに新畑に生色が戻ってゆくのが見てとれた。単純だな……。

「いやいや冗談。山口君がこの場にいなかったら、僕が叱る役をやらなきゃいけなかったしねえ。ありがとう。そして新畑君、今後気をつけてくれよ」

「は、はい！」

「刀はねえ、振っていて楽しいんだけど、人の生命を奪えてしまう危ないものって意識は忘れちゃなんねえ。ま、道路を見れば、人を跳ね飛ばせる凶器に乗った自覚もない運転手も、世の中多いけど。それと同じで、何事もどんな危険性が潜んでいるかを、自覚し続けるのは大切さね」

江戸っ子生まれらしい伝法調で、ご宗家は言葉をしめくくった。

「さ、新畑君、準備も整ったことだし、まずは基本の袈裟斬りといこうかねえ」

気を取り直した新畑がブルーシートの上へ足を乗せ、位置についた。ぱっと、勢いよく振りかぶる。あ、駄目だ、まだイキッている。

女子部員にはない勢いで新畑は巻き藁へ迫り、刀を振り下ろす。それは見事に弾かれて、ほんの浅い傷にとどまった。

「げ、まるで鉄の棍棒《こんぼう》で叩きつけたみたいじゃんか……」

軽口を叩きつつも、見事に焦っている。

見学するこちらとしても、心の中に「ぼよよ～ん」と漫画のような擬音が見えたかのような弾かれっぷりだった。刃筋がかなり狂っている上に、力任せでいこうとしたのが原因だ。フォームも随分崩れていた。

「新畑、もっと落ち着け。力じゃなく、技術で斬るように意識しろ」

「は、はい師範代！」

斬る対象へまっすぐの角度になっていないと、どんな鋭い刃であろうと斬れやしない。包丁ならともかく、日本刀となると、それが案外むずかしい。

もともと筋力の少ない女子は、もちろん筋トレを心がけつつも、技術の基本を丁寧に反復することでカバーする傾向にある。男子は逆だ。筋力に恵まれている分、つい基本技術をおろそかにしてしまう傾向にある。

男子と女子、同じことを同じ条件で活動する部活に身を置いて思い知ったことだが、筋力に関して女子は決して男子に追いつけない。それが現実だ。

師範代の解説によると、袈裟斬りと逆袈裟くらいまでなら力技でどうにかしのげるが、それ以降となると基本技術ができていない者は、上達が頭打ちになるらしい。逆に女子は最初から筋力だけに頼らないよう心がけている分、かなり先へ進める、と。

でもそれは、技術をおろそかにしなくなった男子は、女子のはるか先へ行けることも意味しているのかもしれない。新畑はこの先、どこまで上達できるのだろうか。今でこそ、正直言って同じ二年では私を含めた女子三人のほうがずっと上手いけれど。

新畑は深く息を吸い、ゆっくり吐いた。ゆるりと、頭上へ刀を振りかぶる。緩慢にすら思える速度で、切っ先が巻き藁を捉えた。

先ほどよりは刃が入ったが、それでもせいぜい三分の一程度の浅さだ。間合いも近すぎた。物打ちより若干内側の部分で斬りつけた格好だ。

斬撃のスピードは、先端になればなるほど鋭くなる。つまり、より切っ先に近い部分で斬ったほうが、成功の可能性が高くなる。新畑はその逆をやってしまったのだ。

「やべえ、今度は勢いがおろそかになっちまったぜ」

新畑の軽口には、明らかな動揺の震えが増えている。次は立ち位置を一歩分だけ、後ろへ下げた。それは下がりすぎなのではと心配したが、余計な助言はますます動揺を掻きたててしまいそうなので、黙っていることにする。

「おかしいなあ、袈裟くらい、ずばっといけるんだけどなあ」

いつもの師範代なら「それはこれまでずっと力任せだったからだ。むしろ技術を意識しはじめた分だけ前進だぞ」と言いそうなものだが、やはり同じ思いなのか、あえて黙している。

「ふん！」

新畑が、刀を構えた姿勢で気合を入れた。右足が前へ滑りでる。先ほどの反省からか、刀身に勢いを乗せている。しかも、フォームも悪くない。

――いけるか。

そう確信した刹那。想像もしなかった光景に、私は両目を最大限に開いた。

一瞬の出来事なのに、すべてが、まるでスローモーションに感じられた。

円弧の軌道を描いた刀は、そのまま巻き藁の手前を素通り。

遠すぎたのだ。

巻き藁へ伝わるべき猛烈な勢いを秘めたまま、刀は空を斬り――。

新畑の左脇へ振り下ろされ――。

勢いを殺せないまま、新畑の両手からすっぽ抜け――。

そのまま一直線に背後の壁へすっ飛んでいった。がこん、と派手な音を立て、壁板から跳ね返り、がしゃんと床へ衝突、滑ってゆく。だれもが動けなかったし、私も動けなかった。当の新畑もまた、右足を踏み込んだ姿勢のまま振り向き、びびり、固まっていた。

ただ、遅れて認識できたのは、

(怪我人が出なくて、よかった……)

数拍遅れて、動悸《どうき》が速くなり、嫌な汗が出てきた。

万が一のこういう事故に備えて、刀がすっ飛んでくる危険性がもっとも低い左側に、他の全員が待機することになっている。その「万が一」を、まさか目撃することになるとは……。

「い、いやあああぁあぁぁぁあぁ！」

悲鳴が上がる。芽衣だ。

「あ、あたしのアルフォンスがぁぁ！」

駆け寄り、愛刀の無事を確認する。そんな名前をつけてたのかと、いつもならツッコミを入れるところだが、状況が状況だけに何も言えない。

フローリングの床には、鋭い三角形の傷が浅く抉られていた。

「怪我をした者は⁉　……よし、よかった」

硬く青ざめた師範代の背後で、ご宗家がゆっくりと進み出、ふかぶかと、全員へ向かって丁寧に頭を下げた。

「皆さん、申し訳ない。宗家としてこの場に立ち会っておきながら、このような事故を起こしてしまったことを、心よりお詫《わ》びいたします」

形だけの謝罪ではないことは明らかな、誠意に満ちたお辞儀だった。

「高内先生、それは違います。こいつらを指導しているのは俺です。俺の責任です」

ご宗家を遮るように師範代が前へ出ると、負けず劣らず深く深く私たちへ頭を下げた。

こんなの、どう見ても新畑がイキったことが原因で、ご宗家だろうと師範代だろうと、防ぎようなんてなかったと思う。

新畑はますますいたたまれない心境に追い込まれたようで、ただただ床ばかりを見つめている。

(私たちは、これをすっごく肝に銘じておかなきゃいけないいんだ……)

床の隅には、高窓から差し込む夏の陽射し。

他の刀にまじって、私の愛刀の鞘が、その光をまばゆく反射していた。


ひとまず、この場が落ち着いたところで。

「おい松山、貸してみろ」

師範代が、冷静を意識した声でアルフォンスを受け取り、刀身を観察する。

「わずかに曲がったかぁ……むしろよくこの程度で済んだ、と言いたいところだが」

「はい、ちょいとごめんよ」

先ほどとは打って変わり、場の緊張をあえてほぐすような口調で、ご宗家が割って入り、木製の器具を床へ置く。

「このくらいなら、一晩すればまっすぐに矯正できるだろうねえ。松山さん、心配はよし子ちゃんだよ」

変な言い回しでご宗家がアルフォンスを受け取るや、板状になっている器具へ挟み込んだ。ねじを回し、曲がった方向とは反対側にじっくり力を加える仕組みだ。

「試し斬りはねえ、刀が曲がっちゃうリスクも結構あるんだよ。特に居合で好まれる刀は華奢《きゃしゃ》なことが多いから、巻き藁に変な当て方をするだけでも曲がっちゃう」

いずれにせよ、この直後にひかえていた芽衣の二回目は、お流れになった。さもなければ他のだれかが貸してあげるか、だ。とはいえメンタル的に、そんな気分になれるはずもない。

一方の新畑は、いたたまれなさの権化として道場の隅っこに佇んでいた。

二年生は四人いる。私と芽衣と中池さん、そして新畑。一年を経ても四人も残っているので、豊作の学年だと師範代が喜んでいた。でも下手すると、唯一の二年生男子がこのまま退部しかねない。

涙を浮かべた芽衣が、恨めしそうに新畑の背中を睨みつけている。

普段から師範代に「他人の刀を借りて斬る武士はいない。ただ、もし貸し借りをするのであれば、借りたほうも貸したほうも相応の覚悟を持て」とは言い含められていたが、そんな言葉をあえて持ちだせるような雰囲気ではない。

ただ一人だけ、発言を許され得る人物がこの膠着《こうちゃく》状態の空気を打破してくれた。

ご宗家だ。手を叩いて、皆の注意をうながす。

「さあ、時間がもったいない。次へ行こうか。怪我人が出なかった幸運を喜ぼう」

沈黙のまま、それぞれが動きだした。


膝をかかえて座り込んだ芽衣の隣で、師範代がそっと自分の刀を見せている。何度も曲がってしまったが、その度に直して、今でも心強く活躍してくれていることを強調して。

必然的に順番が繰り上がり、中池さんの番となった。あの日剣市から宣言どおり毎日筋トレを欠かさなかったようで、普段の稽古で模擬刀を使っている時は、安定感が増した。けれど体格に比して重量のある愛刀を持つと、まだ振るよりも振られている印象が強い。


中池さんは逆袈裟への挑戦をいさぎよく捨て、袈裟斬りを安定させるつもりだ。もちろん自分の「愛棒」を事故に遭わせたくない気持ちから来た判断なのだろうけれど。斬った直後のフォームが崩れ気味で、刀をぴたりと止めることができないでいたが、

（前回の、日剣市直後の試し斬りよりは明らかに安定しているかも）

預かった中池さんのスマホで撮影しつつ、そう感じた。

中池さんが終わると、いよいよ再び私の番だ。

巻き藁は一人につき二本までしか許されない。人間の集中力を考えると、それ以上の本数は事故のリスクが生じるから。今回の試し斬り稽古では、これが最後のチャンス。

壁側を向いて本番前の素振りを試してみたが、やばい、私も動揺が収まっていない。いざ、ブルーシートを踏んで試し斬り台の前に立つ。左の腰へ差した宇佐飛丸が、やけに重い。ふうう……と吐きだす息が震えている。

「網戸、平常心だ。空気に流されるな」

空気に流されるな。

もっとも必要と考えられるアドバイスを、師範代は送ってくれたのだろう。でもこの言葉にはそれ以上の意味が、私には在る。

私は決して空気なんかには流されない。正しいと思えた意志を貫ける強い人間になる。だから、武道を選んだ。我ながら青臭いかも、だけど。師範代がそんな私の想いを知っているはずもないにせよ、何よりの声援だ。

いつでも抜刀できるよう、鍔へそえた親指へ少し力を込め、クンッ、鯉口を切る。これで、鞘にしっかり納まっていた刀がゆるんでくれる。

その左手で、そのまま鞘を前へ押しだし、鍔がへその直線上の位置まで出たところで、柄を右手で受け取る。刀身を動かさず、鞘のみを腰へ戻す。刃紋のたゆたう刀身が、徐々に姿を覗かせる。鞘が元の位置へ戻ったところで初めてすらり、抜き放つ。左手は鞘を離れ、柄をにぎる。

　肘は張りすぎていないか。肩が上がっていないか。肩甲骨の動きは滑らかか。

間合いは近すぎず遠すぎず。

挑戦すべきは、逆袈裟だ。右でゆくか左でゆくか。

左だ。そう決めた私は右足《うそく》を後ろへひいた。同時に宇佐飛丸を左脇へ倒し、呼吸を整える。踏みだす瞬間は、吸う時ではない。吐いた時だ。

「行きます」

　この宣言は、余計だったかもしれない。それでも私は、右足を前へ滑らせた。それと連動し、刀身が動く、巻き藁へ当たるその刹那、腰をわずかに回転させた。

ガッ……衝撃が右腕を伝う。刃は、三分の一ほど入ったところで止まっていた。

「フォームは悪くなかった。だが勢いが足りない。恐れるな。そう滅多に刀はすっ飛ばないからな」

　新畑には酷なのは承知の上で、師範代はいま目の前にいる挑戦者にこそ必要なアドバイスを送る。

「小指と薬指がホールドする力は、思ったより強い。腕の腱に直結する指だからだ。

その二本の指を信じて、振り抜け」

そうだ、私は直前の光景を恐れている。自分も刀を飛ばしてしまったらどうしようかという気持ちが根底にこびりつき、無意識に勢いをそいでしまっている。

たとえ飛ばしてしまったとしても、その方向、私の右側には人はいない。

呼吸を整える。

（私は……斬れるはずだ）

模擬刀で何度も素振りを繰り返してきた。風切り音が、フォームの正しさを教えてくれてきた。樋の入っていないこの宇佐飛丸では、風切り音に頼ることはできないが、私の身体には染み込んでくれているはずなのだ。

部長の豊岡先輩は、去年六月の段階で逆袈裟を成功させた。あの時の私は、逆袈裟がそんなに苦労するものとはまだ知らなかった。

呼吸を整える。集中力を研ぎ澄ませる。全身に無駄な力が入っていないかどうかをチェックする。一呼吸ごとに、腕の力、肩の力、脚の力を少しずつ抜いてゆく。

何も考えず、無言で私は動いた。腰の瞬間的回転だけを意識する。

軽い衝撃が腕を伝い——そのまま右斜め上へと抜け斬ってくれた。

「斬れた……！」

喜びかけたのも束の間、

（いや違う）

と自分でも気づく。偶然、一回目の切込へ刃が入ったから斬れただけだ。

「これが半畳巻きなら行けただろうが……惜しいな」

師範代が、残念そうにうめく。流派や団体によっては、女性は半分の太さとなる「半畳巻き」を採用しているところもあるそうだが、この慈境流は男性と同じく一畳巻きと定めているのだ。無念なり。それでも、

（もし半畳巻きだったたら、私は合格できていたんだ。それならあと一歩じゃん）

そう自分を励まし、自信へ変えるよう念じた。いける、いける。あとは結果で証明するだけだ。私は、いける。

くるり、宇佐飛丸を半回転させ、左脇へ構える。右足は後ろ。姿勢はまっすぐ。

模擬刀で、いい音がひゅんと鳴ってくれた時の、あの感覚を憶い出せ。

私はもっと、普段の稽古と素振りを信頼すべきだ。

私が斬りたいのは巻き藁？　違う。本当に斬りたいのは——

気がつけば、私は斬り終えていた。

頭上斜め右上に刀を振り抜いた姿勢で、鋭角に削がれた巻き藁を見つめていた。

まず最初に気づいたのは、左手がぶらぶらと遊んでいる事実だ。あわててその手を

腰へ当てておく。左逆袈裟の最終体勢は、こうでなければいけない。

空気が割れんばかりの拍手が、左側から襲ってきた。師範代を先頭に、皆が力いっぱい称賛してくれたのだ。

「私、斬れちゃった……？」

実感がじわじわと、遅れて私を満たし始めた。

まだ実経験がなくとも、その難しさを目の当たりにしてきた一年生たちが、無邪気に喜んでくれている。豊岡先輩は師範代と同様の、惜しみない拍手を送ってくれる。芽衣と中池さんは若干の悔しさをまじえた、それでも友情を前面に押しだした拍手だ。ご宗家はただ目を細め、微笑みを向けてくれていた。

これで過去を克服できたわけじゃない。でも、少しは自信を持ってもいいのかな。一歩前進って。


「さて、毎年七月か八月の試し斬り稽古恒例の、スイカ斬りと洒落《しゃれ》込みますか。と、その前に、みんな撤収作業だ！」

師範代の号令に、それぞれが一斉に動く。芽衣と私はビニール手袋で試し斬り台を分解にかかる。中池さんは台を固定していた砂袋を重そうに運び、ドアを開けた向こうの小さな倉庫へしまい込む。一年生たちは残骸を綺麗に掃き清め、ブルーシートの上を雑巾がけし、アルコール除菌の上、きれいに畳み込む。

師範代は新畑を誘い、たっぷり水が張られたプラスチックの大ケースを運んでゆく。外へ出て、半透明のガラス戸越しに、道端へ水を捨てている様子が透けて見えた。師範代の声も透けて聞こえる。

「新畑、そうしょんぼりするなよ。ヒヤリハットって言葉があるだろ。事故になんなくてよかったな。ヒヤリとしてハッとしたから、この先お前は大事にならずに済む」

それに応える新畑の言葉は、聞き取れないほど小さかったが、

「人にはそれぞれペースってもんがあるんだ。いきなり天才的に爆進する奴もいるし、最初は調子よく上達するが、あとで伸び悩んでスランプに苦しむ奴もいる。まあ俺がそのタイプだったがな。あとな、最初は全然だったのにコツコツやっていって、気がつくとめちゃくちゃ上手くなる奴もいる。網戸なんか、こいつ才能ないなって最初は思ったのに、逆袈裟を最初に成功させやがったよ」

その褒め方は、複雑な気分になるな……結果オーライということか。

「要するに、お前にはお前のペースがある。今すごく苦しんでいる分、あとでものすごい勢いで上達するかもしれんからな」

新畑がその励ましをどう受け取ったかはわからないけれど、水を捨てて空っぽになったケースを手に戻ったその顔は、無表情のままだった。

「やあ、綺麗に片づいたねえ。ささ、うちのカミさんからのプレゼントだ」

スイカと白い清潔なビニールシートを持ったご宗家が戻ってきた。二階の奥さんの事務所に預けていたらしく、ちゃんと冷えたスイカだった。

シートを敷き拡げ、木の台を置き、スイカを鎮座させる。

「他の真面目な流派に見られちゃったら、叱られそうだけど、こういう楽しみも悪くないねえ。さ、山口君、頼んだよ」

「はい、準備中です」

師範代は、模擬刀を出して念入りに刀身を拭き取っている。真剣でやるのはさすがに躊躇《ためら》われるからだろうか。無水エタノールで表面を綺麗にすれば、除菌にもなる。

「本当は鞘に納めた状態から挑戦したいけど、清潔にした意味がなくなるからなあ」

師範代はぶつくさつぶやき、正座。右手一本で、左脇に模擬刀を構えた姿勢で。

尻の下の両足を爪先立ちにし、ゆっくり動きだす。と見る間にそれは最速へと移り、瞬きひとつの間に、ダンッ、スイカの上半分が跳ね飛んでいた。ビニールシートの上で、赤い破片を飛ばしながら跳ね転がる。下半分は、台に近いところへぽとんと落ちた。

「お見事。あー、この新しいビニールシートも、除菌してあるから安心してね」

ご宗家が包丁を持ち、自らスイカをざくざくと小分けに切る。

「行儀悪いけど、武士だっていつも四角四面にお作法を守ってたわけじゃない。ささ、輪になって座ってよ。食べよう食べよう。そこの一年生の……三川さんだっけ、悪いけど倉庫からゴミ袋を一枚取ってきてよ」

わっと集まり、思い思いにスイカを手に取る。

「先生、どうします、あの話」

「そうさねえ、そろそろ公表してもいいかもしれんね。あと四ヶ月ほどに迫ってるし」

何の話だろうと、私を含め、部活メンバーたちがそっと耳をそばだてる。

「よし、みんな聞いてくれ。二十世紀の終わり頃に、伝説の剣術大会があったんだ」

山口師範代は、スイカを種ごと歯で砕きながら、語り始めた。

「それって、形の正確さを競う、形試合ってことですか？」

伝説、というからには何か特別な大会だったのだろうけど……という皆の疑問を代弁しつつ、豊岡先輩が、質問を投げてくれた。

剣道と違い、居合などの剣術では、人同士で斬り合うわけにはいかない。だから必然的に、もし試合があるとしたら、形の披露を競う形式になる。もちろん慈境流のような少人数の道場では行われることはなく、門下生が何百何千と在籍する大手流派の内部で行われる。違う流派の者と競うことはない。形が違うので判定のしようがないからだ。

「いや、形試合じゃない。実際に剣をまじえる試合だったんだ」

まさかの斬り合い。無言のどよめきが、この場に拡がる。

「しかも、流派を超えた大会でな、剣術を志す者たちにとっては胸が躍る試合だったんだ。つまりそれは……とても危険な試合だったという意味だが。大会では木剣で勝負した。もちろん寸止めが前提だが、そうなる保証はどこにもない。防具なんて使っていなかったから、怪我を覚悟の試合だったんだ」

それは、たしかに危ない。最初で最後になるのも無理はないだろうし、下手すると世間に知られて、批難されかねないのでは、なんて心配が脳裡《のうり》をよぎる。

「しかも、だ。決勝戦では、真剣で勝負した」

えええええ‼　とこの場に驚愕《きょうがく》が満ちる。危険どころの騒ぎではない。

「まあ待て。真剣といっても、刃びきした刀で、つまり刃をつぶして斬れないようにしていたんだ。それでもすごい緊迫感をともなうがな。最終的に、夢涯流の剣士同士の決勝戦になったそうだぞ」

「やはり夢涯流ですか」

中池さんが口を挟むと、

「居合では、日本で二番目に大きな流派だしな。俺たちの慈境流とは兄弟の間柄みたいなもんだ。もっとも、あちらはたくさんの会派や団体に分かれているほどの巨大組織だが」

ちらり、師範代がご宗家へ視線を送ると、

「うん、夢涯流はもともと居合ではなく剣術流派なんだけどね……」

と、ご宗家が説明をつなげる。

「三百年前に成立した初期の頃から、自前の剣術の他に、まったく別流派の慈境流居合も取り入れていたんだ。だからあちらさんの居合は、うちが本家というわけだね」

その夢涯流が、現代では居合の流派として存在しているということは、

「それって実質、慈境流ですよね」

「まあ、網戸さんの指摘どおりだね。ただしうちは途絶しかけていてね、そこを先代の夢涯流のご宗家に助けてもらったという経緯があるんだ。なのですごい恩義があるのさ。うちでは居合の他に上級者ともなれば剣術も学ぶが、そっちのオリジナルは夢涯流さんから輸入したものさ。まさに兄弟だね。時代を超えて技を取り替えっこしているのだから」

さてその大会。

再び師範代が語りだしたところによると、二度とは開催できない――という触れ込みであり、実際に、その時が最初で最後になった。今の世代にとっては話に聞くだけ

の、まさに伝説の試合となったわけだ。

剣術の世界に足を踏み入れれば、一度はだれかと剣を交える夢想を抱く。しかし危険がともなう分だけ、非現実的である。各流派とのすりあわせも難儀だ。なればこそ、たった一度でも開催してみたい。そんな、夢と背徳感のせめぎあいで実現した試合だった。

そう、遠い目で語っていた師範代は、

「その伝説の試合が、今年、復活する」

目を刮《か》っと見開き、一気に言い放った。

「つまり……出場するんですね、師範代」

「そっか、そういうことかあ。師範代なら、きっといいところまで行きますよね！」

「こ、これは興奮しますね」

「ああ、受験さえなければ……でも一日くらい……！」

私も芽衣も中池さんも豊岡先輩も、じわじわと興奮が湧き起こり、少し遅れてようやく沸いてきた。

「いや、ちょっと待て。話がずれているぞ」

師範代は大慌てで両手を振っている。

「おーい、みんな、山口君の話を最後まで聞いてあげなさい」

ご宗家の助け船に、皆が口に封をし、座り直した。

「まあ、そりゃ俺だって出られるのなら出たかったが……参加資格がなあ。むしろ出るチャンスがあるのは、まあ本気にされても困るが、例えばの話、お前たちだ」

一瞬、思考が混乱する。私たちが？

「実際には、まだ高校生のお前たちが出るのはちょっとアレだが、資格だけならあるぞ。流派を問わず各団体から一人だけ、有段者の女性であれば出られるんだ。その名も流派の枠を超えた、『女子剣豪大会』！」

女子、剣豪、大会……！　その名称に、私たち女子のテンションが、さらに天井をつきやぶり、互いに激しく視線と笑顔を交わす。

「実際、我が道場から一人、出ることになっている。出場枠を一つもらってるからな。本当は各団体内で予選試合をするのだが、挙手したのが彼女だけならば、予選もへったくれもない」

この道場からも一人、夢の大舞台で戦う女性剣士がいる！　部活メンバーは興奮気味にきゃっきゃと囁きあう。

「ちょっとお堅い話だけどねえ、まあ聞いてよ」

と今度はご宗家が、

「以前の剣術界は居合も抜刀術も含めて、ほとんどが男性ばかりだった。でもねえ、ここ最近は女性の率が急上昇してるんだ。不思議だねえ。今や剣術人口の三分の一ほどが女性だ。半数ではないが伸び率がすごい。それでね、かつて伝説の試合があったことを知った女性諸君の中には、自分たちにもそういうチャンスが欲しいって言いだす猛者もいてね。や、女性って元気だねえ。いざのめり込むと、そんじょそこらの男性よりも勢いがすごい」

するとと師範代が笑って、

「今日みたいな試し斬りでも、女子のほうがやる気まんまんだしな。そんなに斬りたがるって、お前らどんだけストレス溜まってんだよ」

「でねえ、うちの慈境流も女性の率が高くなっているし、特に山口君の手引きで青愛高校の皆さんを準門下生として受け入れてからは、半分が女性というありさまさ」

そうなのだ。名目上、正式な門下生ではないから月謝を払っているわけではないが、この居合道部の特殊事情により、半分だけ、この道場に籍を置いているかたちだ。

居合道部のある高校は、たいていの場合が全日本剣道連盟が定めた制定居合か、あるいは居合人口の半数を占めるという永真流《えいしん》が一般的らしい。

でもうちはＯＢの山口師範代が指導する関係上、習うのは必然的に慈境流だ。何しろ学校でも居合をやりたくて同好会からスタートし、部活にまで昇格させた、事実上の創始者なのだから。

とはいえ、試し斬りをさせてもらうには学校内で許可がおりるはずもなく、慈境流の道場を借りることになる。顧問の先生は居合のことをまったく知らないが、山口師範代の元担任だったということで理解を示し、師範代に一任してくれている。もちろん、ご宗家の高内先生の人柄を信用してのことだが。

また、学内の部活だけでは段位が取れようはずもないので、ご厚意に甘えつつ、特別措置としてこの道場にて「準門下生」という形をとった上で、級や段位の試験を受けさせてもらっている。当然、道場としての儲《もう》けは度外視して。

もちろん、試し斬りの際には参加費を払うし、級や段位を取る時には昇段試験料を払ってはいるが、多分それは実費しか取っていないのだろう。超学割だ。本当はもっと高いらしいから。

師範代なんて、本当はとっくの昔に五段へ昇段していてもいいはずなのに、そうしないのは「すっげえ高いんだよ、五段の昇段試験……」なんて、嘆いていたっけ。

会話が少し途切れたところで、おもむろに豊岡先輩が挙手した。

「山口先輩、さっきおっしゃっていましたよね。私たちにも参加資格があると」

「ああ、たしかにそう言ったが……いや待て。いくら女性が元気だからといって、俺としてはまだ高校生の君たちに怪我のリスクがある試合に出ることを勧める気はないぞ。たしかに大会規定には年齢制限が設けられていないが……」

「いえ、お騒がせしました。現実には受験勉強を優先しなければいけませんしね」

和やかに笑ってはいるが、豊岡先輩の声には無念さがにじみでている。

「ああ、豊岡はそっちに専念してくれ。怪我をしたら受験も何もないからな」

「無理を言って申し訳ありません。単なる願望です。言うだけはタダですし」

「まあ、うちからはすでに出る気まんまんの手練《てだ》れが一人いる。出たければ彼女と剣を交えなければならないからハードルは高いし、まずお前たちでは勝てる見込みのない相手だが、予選に挑戦するだけしてみるのも悪くなかったかもな」

「あと一年早いか遅いかだったら、私も挑戦したかったです。この悔しさを受験にぶつけて、無事に合格した暁には……」

豊岡先輩が、空のある方向へ遠い目を向ける。

「卒業前に制服で夢の国ランドへ行ってやります」

文武両道の凜としたキャラに合わない、斜め上な発言に、全員の視線が集中する。

「だって、勉強と部活に三年間を捧げてきたんだし、それで夢の剣術大会に出られないのなら、いっそ最後に女子高生らしいキラキラしたこと、やっておきたいじゃないですか」

ああ、豊岡先輩も現代を生きる普通の女子高生なんだな……皆でひとしきり笑い、

「というわけで、女子剣豪大会は十一月だ。運営を買ってでてくれた永真流さんの各

団体が細かいところを詰めている最中だが、観戦希望者は九月に参加費を払ってくれな」

師範代が話題を締めくくり、この日は解散となった。

次にこの道場へ来るのは夏休み明けの九月。逆袈裟を成功させたことにより、私は二段の昇段試験を受ける資格を得た。

数日後には、千葉県の実家へ戻る。夏休みの間は、自主稽古を実家で続けることになるだろう。

実家――そのことが、私の気を重くする。去年の私では、まだ駄目だった。一歩前進できた今年こそ、過去の自分を打破する自分になれるのだろうか。

高校二年の夏が、始まる。

第4話　帰省の夏——刀は幾万もの鉄の層で成る

太平洋沖に顔を覗かせる朝日がまぶしいし、ビーチサンダルの中へは、砂が容赦なく侵入してくる。乾いてはいても潮にまみれた砂はべとべとしていて、足裏の感触はあまり心地よいものではない。

それでも私は、木剣で素振りを反復する。

潮騒と肌をなでゆく浜辺の風が、飯岡《いいおか》の実家へ戻ったことを何よりも強く印象づける。釣具店をしている実家の中のにおいは、この風のにおいとほぼ成分が同じだ。

「今度こそ……（ブン！）覚悟をかためられるかな……（ブォン！）私……」

去年は、お盆以外の期間ずっと東京でバイトの毎日だった。愛刀を買う資金を必死に貯めていたから、というのは正当な事実だとしても、それ以上に、まだ実家方面でひと夏を過ごせるほどの気持ちを持てなかった。

他のだれかに話せば、きっと鼻で笑われるような動機と恐れかもしれないけれど。気持ちの揺れが、見事なほど素振りの音に反映されている。

ブゥン！

素振りスタイルにも個人差があると聞く。とにかくやたら数をこなし、その中から徐々によさそうなものへ近づける人もいるそうだが、私の場合は、一振り一振りをじっくり吟味するのが性に合っている。

今の素振りは、ここが違う気がする。じゃあ次の素振りはそこを意識しよう。まだ違うな、それではこうしてみようか……と。

シンプルで着心地のよいラフなワンピースの裾を、潮風が吹き払う。その腰骨部分に角帯を巻きしめ、木剣用のビニール鞘を帯びている自分の姿は、どう考えても怪しい。

小休止がてら、自分の格好をぐるりかえりみる。

「やっぱ変だよね……でもなー、全身真っ黒の稽古着は暑いし、いちいち着るのも面倒だし。何より、武道やってますアピールっぽくて恥ずかしいし。とはいえなあ」

口に出してみれば、気恥ずかしさもまぎれるかとも思ったが、そうでもなかった。

早朝といえども人通りがまったく絶えているわけでもなく、犬の散歩や自分の散歩を楽しむ地元の人たちの影がちらほら見えるし、まず間違いなく、自分の姿は目撃されているだろう。ひどい時には、遠くから二度見三度見されることとすらある。

今朝の稽古は、ここまで。各種の形を一通りおさらいしたかったが、続きは夜だ。

生活のにおいと潮の香りがまざりあう居間で。

古い家屋をどんなにリフォームしても、長年のにおいは、どこまでも払拭できないものらしい。

あるいは、昔の津波で運ばれてきた海のにおいそのものが、いまだに染みついているのか。

「ま、何にせよ、刀にとってはよい環境じゃないかもしれないね」

数日前に試し斬りをしただけに、宇佐飛丸のチェックは毎日欠かさない。

「あー、また白いのが浮きでてる」

やっぱり巻き藁を斬った直後は、こうなる。油断せず発見の都度こいつを消し去らないと、あとで大変になる。汚れた水が染み込んでしまう説は、本当なのかもしれない。

刀は、作る時に熱した玉鋼《たまはがね》を何度も折り返しをしては叩き、また折り返しての繰り返しらしい。動画でも現代の刀工は真っ赤になった鉄の棒をそうやって叩いていた。なので何層にも鉄が折り重なっている。しかも目には見えないほどの層に。

一回折り返せば二層。三回で八層……と倍々でいけば、十四回目には実に一万六千層にも至る。だから、この宇佐飛丸もそのくらいの層が重なっている計算になる。

(となると、もしゾンビを斬ったら、ゾンビウイルスの染み込んだ刀になっちゃって、うっかり納刀の時に指を傷つけたりでもしたら……)

くだらない妄想をふりほどくと、代わって今度は師範代の、にやにやと語る蘊蓄《うんちく》が脳裡によみがえる。

「人を斬ったことのある刀は、すぐわかるんだぜ。血を吸えば、その血曇りはどれだけ手入れをしても完全に消え去ることはないし、臭いも染みつく。目に見えないほど細かい層に染み込むんだからな。だから腸《はらわた》を斬った刀なんか、ガチで臭いぞ。なにしろ斬る時には腸を裂くんだが、そこにつまってるのは要するに、ウン……」

　時々あの人は碌でもないことを放言しては、こちらの反応を楽しむ。小学生男子かよ。

「私の宇佐飛丸が、人を斬ったことのないウブでよかったよ。江戸時代でも武士がだれかを斬るなんてこと、そう滅多にはなかったみたいだしね」

　手入れ用品ポーチから、ビニール袋で封をしてある道具を取りだす。ポンポンだ。指でつまめるほどの木の棒に、布をまるめた塊がくっついている。時代劇で刀を手入れするシーンが登場すると、たいていはこれを手にして刀身をポンポンしている、例のアレだ。

　これまでクラスメイトや友達、数学の先生など三人から質問されたことがある。

「あれって何？」と。気になるだろうねえ。テレビの画面にあれさえ出たら、だれでも手入れシーンだとわかってしまうくせに、実際だれもがその正体を知らないあのポンポン。訊かれる度、私は少しばかり得意げに解説してきた。

　さて、右手に刀、左手にポンポンを構え、いざ――。

「辻《つじ》斬り発見ー、御用だ御用だ！」

　従兄の泰明が裏口から乱入してきた。

　居間とはほぼ直通の、店内カウンターでスマホをいじっていたお父さんが、

「おや泰明、今年も来たね。いちご苗のバイトだね」

　我が家の表玄関は、父のいる釣具店の入り口である。

「はい、しばらくお世話になりまーす、叔父さん」

「いちご園の主は俺の同級生だからな、ブラックにこき使われたら俺に言うんだぞ」

　泰明は、こんな漁港といちご園しかない田舎のどこが気に入ったものか、毎年のようにバイトしに訪れては日銭をかせいでゆく。東京のほうが割のよいバイトがいくらでもあるだろうに。

　いい子ちゃんな挨拶もそこそこに、さっと私へ向き直ると、さっきの騒がしいテンションを取り戻し、

「さあ観念しろ。北千住でも、最近は辻斬りが出没するってもっぱらの評判になってるけど、ついにこの長閑《のどか》な漁港の町にも出現したか」

「何言ってんの、人聞きの悪い！　死人に口なし。いつかこの宇佐飛丸があんたの血を吸う日が来ないよう、ぶるぶる震えて祈ってな」

「こわっ！　叔父さーん、ここに不逞《ふてい》の輩がいるよ！」

　お父さんは「そりゃ大変だ」と間延びした返答をしたきり、振り向きもしない。平和だ。

「それよか泰明、あんた早くどっか行ってよ。それか、喋らず口を閉じるか。これから刀の手入れするんだけど、人が喋った時の微細な唾がつくと、錆の原因になるんだからね」

「わかったよ。俺だってこの命、まだ華麗に散らしたくはないしな。今の俺が死んでも、まだ伝説にはなれない……お、ポンポンじゃないか。マジでそういうの使うんだ、すげー」

「う・ち・こ。これは打ち粉っていうの。砥石《といし》を粉にしたのが中に詰まってて、これでポンポンすると粉が出て、刀の表面をコーティングしてる刀油を吸収するの。要するに古い油を拭き取るための奴。ポンポンしてる間はまだ喋っててもいいけど、これを拭き取った直後は刀身が無防備で錆に弱くなるんだからね。服を脱いで全裸になると風邪をひきやすくなるのと同じ」

　釘《くぎ》を刺すと、私は打ち粉を満遍なく全体に打ちまくった。

「さ、これからあとは絶対に口を開かないでね」

　その辺にあったチラシを二つ折りにし、泰明の口へ差し込む。異議を唱えようとしたところで、しっ、と念押しする。これで泰明は嫌でも喋れない。そのための紙くわえだ。

白く浮いたシミへ重点的にポンポンした私は、刀身を傷つけない柔らかな高級ティッシュで拭き取る。自分の鼻には決して使わない高級品だ。まだ、シミは残っている。油を含んだ化粧用コットンをその箇所へ当てて塗る。また打ち粉をまぶす。拭き取る。また油、また拭く。その繰り返しを行ううち、じわじわとシミは削れていってくれた。何しろこれは砥石の粉なのだ。

考えてみれば、ここは店先から潮風が流れ込んでくる場所だ。バルブオイルの錆防止効果にぜひとも期待したいところだ。

油の塗り具合は薄すぎてもよくないが、うっかり厚塗りするのもまずい。表面張力だか何だかで、油膜に穴が開くそうだ。それと気づかず刀の肌が鞘の中で無防備にさらされ、久々に抜いてみると錆の島が点々と発生している、なんてこともあるらしい。多少不安でも、ちょっと薄いかなというくらいが丁度よい。

化粧用コットンに、刀油は一滴だけ。

「よし、綺麗になった。いいよ喋っても。許可する」

口に挟んだチラシをペッと吐き、泰明は、

「なあ、うさぎ。口に紙をくわえるの、普通は手入れする本人がやるもんじゃね？

あと時代劇じゃあもっと優雅にポンポンしてるだろ。お前のは、ポポポポポポポポォーンて叩きつけてんじゃねえか」

「しゃーないじゃん。そうでもしなきゃ、打ち粉があんま出てくんないんだから。それにどうせ滅多に使わないし、これ」

「そうなのか？」

「いつもは無水エタノールで拭き取ってるから。そのほうが砥石の粉をまぶすよりも刀身に優しいしね。今みたいに削り落としたいシミがある時くらいしか使わないよ」

などと経験豊富みたいな口振りだけど、実はまだ二回目だ。ゴールデンウィークの終わりにやった試し斬り稽古のあとしばらくして鞘を払って見て、うっすら浮きでていた白いシミに、私はびびってしまった。

それ以来、事後には毎日のようにチェックするよう心がけている。

「江戸時代に、エタノールなんてあったか？」

「あるわけないじゃん。刀の手入れだって時代に合わせて進化してんの」

「何だろう、この裏切られた感は……味気ないな」

泰明の戯言《ざれごと》は無視して、私は宇佐飛丸を鞘へ納める。刃の向いたほうを上にし、刀身は水平に保持。左手で持った鞘のほうを動かし、静かに納刀。

「なに、あんたも振ってみたいん？」

「いや、別に。ただ東京と違って、こっちは広い場所が多いしなあ、なんて」

「真剣のほうはダメ。素人が扱い方も知らずに使って怪我でもしたら、責任問題だから。刀とはそれくらい重みをもったもんなんだよ」

これまで師範代から飽きるほど言われ続けてきたことを、もったいぶった真顔でじゅんじゅんと説く。泰明には、うぜえ、と言いたげな顔をされたけれど。

さんざん居合関連で私の弱みにつけ込んでは、こいつからは欲しいものをせびられてきたのだし、このくらい威張らせてもらってもバチは当たるまい。

「おーい、危ない真似はよしてくれよ」

店側から、お父さんの呑気な声が潮風に乗ってくる。

「じゃ、にせもんのほうでいいよ」

「にせもん言うな。模擬刀な。こっちはまだいいけど、場所がねえ……そりゃ土地は広いけれど、人目がちょっと痛い」

「あるだろ、すぐ近所に。津波タワーなら上に登れば道路からは完全に死角だろ」

「いや、あそこは津波に備えて建造された鉄骨の高台で、災害時でもなきゃ気軽に立ち入っていい場所じゃないでしょ。入り口は普段ふさがってるし」

「横の柵をよじ登れば入れるぜ」

私たちの会話に余計な興味を持ったのか、店の中から、

「おお、冴えてるじゃないかぁ泰明。あそこなら景色もいいし、最高だぞ」

「ちょ、お父さん！」

「俺もねえ、店番が退屈でしょうがない時、ちょっくら散歩がてらこっそり登ってよ、一面に広がる海の景色を見渡しながら、ぷはーっと紫煙をくゆらすのさ。あそこで刀でも振ってみ、天下《てっぺん》とった気分になれるぜ。何なら俺も付きあってやるが」

この親父は、津波の時の恐怖をすっかり忘れているのか。

「なんだ、叔父さんも振りたかったんじゃないか、よし行こうぜ、うさぎ」

「まずいって。災害でもない限り、勝手に侵入するの、やばいから」

「そうね。うさぎが常識的な子供に成長してくれて、お母さん安心したわ」

場が、凍りついた。凍りついたのは主に男性二人組だが。いつの間にかお母さんが仁王立ちしていた。両手に買い物袋を引っ提げて。

お父さんはただ無言で何事もなかったかのように、そそっと店番態勢へ戻りスマホをいじりだす。

「八重《やえ》姉さんとこのアパートに任せたとはいえ、娘が東京で変なふうに染まらないか不安だったし、刀を買うなんて言いだした時にはもう、卒倒しそうになったけど、こんなにもちゃんとした子になるなんてねえ。泰明ちゃんも東京でありがとうね。八重姉さん元気？」

「は、はい、母は元気です」

直接叱るかわりに、別のことで褒めて冷や汗をかかせる。高等テクニックだよお母さん。

「いつもうさぎがお世話になってるんだし、泰明ちゃんがいる間は腕によりをかけてごちそうするからね。魚料理、好きでしょ。豚肉も安くて上質なのを用意したからね。この辺のは、ブランド豚にも負けない美味しさよ」

「はい、お世話になります。ここの魚、身がしまってて美味しいし、豚肉も甘みがあって絶品なので、楽しみです！」

なんだこの、いい子っぷりは。東京での数々の恐喝行為をバラしてやりたいぞ。あ、まずいや、アパートの壁に傷をつけてること知られたら私のほうが不利な案件だったわ。

泰明が今も黙っていてくれるおかげで、優しい笑顔を向けてくれる母は、

「でもほんと、最初は女の子がやる部活じゃないと反対してたけどねえ。武道では礼儀を学べるとか、必死に入部の件で説得しようとしてたけど、結果オーライだね」

いやまあ、礼儀というか、ただでさえ見た目にインパクトのある習い事だし、世間から顰蹙《ひんしゅく》を買うような真似は、なるべくなら避けたいと思っただけ……。

「はい、母上様。ならぬことはならぬ。そう、武道では教わっております」

折目正しい姿勢で両手をつき頭を下げ、親への敬意を示す。やりすぎか。お母さん、うっかり噴きだして買い物袋を落っことしてしまったし。

昼前の神社境内は、人が絶えている。

明日は地元の花火大会だし、おおかたの人たちはそちらの準備へ行っている。

「巻いたぞ、帯」

男物の角帯を締めた泰明の姿に、

「あー、まずはここからかぁ。男帯の締め方を、なんで女の私が教えなきゃいけないのか」

泰明に貸した角帯はウエストをきゅっと絞り、Tシャツに無数の縦皺《たてじわ》を作っている。硬くて平たい角帯をどうしたらいいのかわからなかったのだろう、適当に固結びを試みた結果、結び目が早くも緩みかけている。それを手早くほどいてやり、

「女物ならウエストでいいけどさ、男物の帯は腰骨に巻くの。女子はそれだとすぐにずれて、ウエストんとこにずり上がっちゃうから、お腹にタオルを巻いておいたりしてるけどね」

我ながら、くびれアピールも混じっているが、泰明は素直に解説へ耳を傾けてくれている。泰明の腰の高さへしゃがみこみつつ、緩まないよう巻き締めてゆく。

「ふうん、やっぱ武道って男のものだったんだな」

「そうだね。稽古着もそうだけど、立技の形の中にも、男性前提なのがあるし」

「おっと誤解すんな。武道は男社会の痕跡だらけかもしれないけどさ、そこへ殴り込みをかけている、うさぎみたいな女子って、根性あるよな、って話だよ」

ああ、それは思いもしなかった。泰明は妙に気を回して、珍しく労ってくれたのだろう。ふふ、と私の頰がゆるむ。

「でさ、男ならではの形って何だよ。やっぱり男の勲章、チン……」

「だまれ！」

少しでも見直しかけた私が愚か者だったのだろうか。

「真面目に答えるとね、敵の真っ向斬りをギリ躱《かわ》すやつ。右足《うそく》の捌《さば》きだけでね。そんでカウンターの突きを喰らわすの」

「それのどこが、男専用なんだよ」

「魂捌《たまさば》きって形だけど、男の人なら胸の前ギリで躱せんのよ。でも、ほんとに右足を捌く動きだけで大丈夫なのか疑問に思って、ためしに身体の右半分だけ大鏡に映して、やってみたのね。そしたら……いや、たしかにギリ躱せるのはわかったけど、女性の場合、胸がね……これじゃあ首ちょんぱならぬ、胸ちょんぱだなって」

「うひひ、おっぱいちょんぱかよ。ただでさえ、薄いのにな」

「だまれ！」

怒りに任せて、貝の口に締め終えた角帯を、ぱんと平手打ちする。

「いて！」

「ま、女じゃなくても、あんなぎりぎりすぎる避けかた、男でもよっぽど冷静じゃないと無理だろうね。ていうか無謀」

右足をさっと引く。たったこれだけの最小限な動きで、たしかに身体の中心軸である「正中線《せいちゅうせん》」を外せはするし、敵の真っ向斬りも理論上は外せるのだろうが、そう都合よく機械的に正確な斬撃をしてくれるとは限らない。襲ってきたのが袈裟斬りだったなら、もう避けるもへったくれもないし、下手くそな真っ向斬りなら、正中線を正確にたどってくれる保証もない。

各種の形には、実戦にそのまま使うというより、動きの基本を習得する意味合いのほうが強いものが多いんじゃないかという気がする。

合皮の黒い刀袋から模擬刀を取りだし、泰明の左腰へ差し入れる。下緒を帯へぐいぐいめり込ませる。

「うほお、腰にずっしりくるな、これ」

ふふ、本物の日本刀はもっとずっしりくるよ、と言いかけて、やめておく。

模擬刀で妥協してもらったものの、本当はこれも良くない。遠目には、本物の日本刀と見分けがつきづらいし、下手すると通報されかねない。だから、人の気配が絶えているこの場所を選んだのだ。

「じゃあ、抜刀してみてよ」

「おう……固えなこれ、抜けねえ！」

「まずは鯉口を切るの。親指で、鍔をクンッてやるの」

「こうか。おお、ちょっぴり抜けたな。ゆるゆるになった」

言うが早いか、泰明は勢いよく抜刀……しようとして、刀身が途中で引っかかった。気のせいでなければ、鞘から「メリッ」と聞こえたような聞こえなかったような……。

「ひいいいい無理やり抜かないで、曲がるぅ、割れるぅ！」

一旦また納刀させ、その腰から愛刀を取りあげるや、こわごわと鞘の状態、特に鯉口の周辺をたしかめた。よかった、一見したところ割れた様子はない。刀身も無事だ。

「見本、見せるから」

刀袋から急いでスペアの角帯を取りだし、自分もぐるぐる巻き締める。帯刀し、

「いい、ゆっくりやるから見ててね」

抜刀までの一連の動きを、かなりゆっくりめで実演してみせる。こうして、じっくりスピードを抑えてみると、基礎を忘れていた部分を再発見する。日頃の稽古では、つい素早く抜こうとしがちだけれど、いつも師範代が口にしている言葉「ゆっくりで

できない奴は、速くもできないぞ」を思い出す。たまには超スローモーションで動作確認してみろ、と。

（ああ、これか……）

ここは、きっかけを作ってくれた泰明に感謝してもよさげな局面かもしれない。しないけど。ちゃんと見本を観察してくれているか、泰明の目を注視しながら納刀。

「ね、わかった？　抜き放つ瞬間は腰の一瞬のひねりと、鞘を左手で後ろへ引く動作が必要って」

「わかった。それを速くやると、どんな感じなんだよ」

「見てて」

再度、横一文字で抜き放ち、すみやかに納刀。

「なるほどな。やっぱ上手いけど、遅いなぁ。居合斬りってのはもっと、一瞬で斬って一瞬で鞘に入れるもんだろ」

「ああ、それよくある勘違い。漫画とかアニメの影響か知らないけど、居合ってそういう意味じゃないから」

「だったら何なんだ。刀をぐっと構えて、一瞬でシュッと斬るもんなんじゃないのか。必殺の溜め攻撃みたいな」

「ええとね、例えばそう……居合の反対語って、何だと思う？」

「そんなもんあんのかよ。居合、居合わぬ、居ない合う」

「立ち合い」

「へえ、そっか。立ち合いってあれだよな、正々堂々勝負みたいな」

「そう、それ。つまり刀を最初から抜いて睨みあう果しあいだね。その反対が居合。攻撃なんかしませんよー、平和ですよーって状態から、いきなり斬りつけて仕留めるのが、居合。要するに不意打ちの暗殺術」

「げ、卑怯」

「それを言われると身も蓋もないけどね。だから、歩いててすれ違いざま斬り伏せたり、とか。あと襲撃された時の迎撃とか。初太刀で相手を仕留めるのが理想だけど、たいていはそういかないから、続けて二太刀《ふたたち》目も想定した形が多いのよ」

「なるほど、要するにやっぱり、いきなり斬るのが居合ってわけだな。でもやっぱそれなら秒で抜いて秒で納刀したほうがいいじゃん。暗殺なんだろ？」

「それもねえ、あんま現実的じゃないと思う。だって考えてみ。斬ったら血が付着するんだよ。それを拭いもしないで納刀したら、鞘ん中が血まみれじゃん」

「ビャッと振って、血なんか飛ばしちゃえばいいだろ」

「ビャッと振っても取れないよ。そりゃあ、各種の形の最後には血振りっていって、血を飛ばす動作があるけど、あくまで形式として取り入れているだけで、そんなんじゃ無理らしいよ。実際、実験してみたから間違いない」

「お前、まさか本当に辻斬り……！」

「違う違う違う、模擬刀に水を垂らしてみたの。どんなにぶんぶん振り回しても、水滴が完全に取れるってことなくてさ。もし血だったらもっとしつこかったと思う。脂とかあるし。だから紙で拭き取らなきゃだし、何なら袴の裾で拭いとる動作を取り入れた剣術流派もあるくらい。坂本龍馬で有名な流派なんて、それだしね。去年、部活仲間で演武見に行って、流派によって随分違うんだなーって驚いたけど」

「よかった。人はあり得なくても、猫とか犬とか斬ったことあるんかと心配したぜ」

「絶対それダメ！」

「冗談だってば。いや悪い冗談だった、すまんすまん。とにかく一瞬で納刀が非現実的ってことは理解できたわ。フィクションとリアルって違うんだなぁ」

そういうこと、と答えておき、再び模擬刀を渡す。他にも指摘したい部分がいっぱいあるけど、本格的に習うわけではないし。模擬刀を傷つけなければそれで満足としておこう。

（私が一年生の頃、先輩たちとか師範代とか、大変だったろうな。まずどこから教えるべきか、相当悩んだろうなあ）

今年の一年生は、理路整然と説明するのが得意な芽衣に全部まかせてしまった。そのおかげで随分と楽をさせてもらったもんだ。

その後、傍目にもわかるくらい芽衣は上達、というより欠点が少なくなっていったっけ。上へ伸びる前に足許を固めるあたり、さすが芽衣だと感心したが、こういうことだったか。

「でや！」

はらはらしつつも、まずはゆっくりね、と念を押した傍から泰明は力いっぱい、こいつはアホの子なのか。心臓に悪い勢いで泰明は、しかし今度こそ無事に抜き放ってくれた。左手の鞘引き動作が若干遅れ気味で、切っ先が鞘の中をこすった気配もしたが。

「どうだ、見事な抜刀っぷりだろ」

「あ、うん、いいんじゃない？」

豪快に最速で斬ろうとするあまり、全身に無駄な力がこもる抜刀。

（なるほど、見切るのは容易いな……）

冷徹な分析をされていることも知らず、いい気になった泰明が、

「しっかし重いなこれ。本当にうさぎの刀なのか？　木刀よりずっと重いぞ」

「そりゃ合金だしね。木剣の二倍はあるよ。七百四十グラムくらい」

「まじかよ」

驚きつつも気分よさげにぶん回す。

「気持ちいいな。ネットで一万円くらいのがあったし、そのくらいなら欲しいかもな」

「あー、それ絶対によしたほうがいいよ。安物は危ないいんだから。一回振るだけで、ぽきんと折れちゃうかもしんないし」

「一万円もすんのにか？」

「たった一万円よ。インテリアとして飾るだけなら、それでいいけど。振るの前提なら、ちゃんと居合稽古用の丈夫なのを買わなきゃ。四万くらいかな」

「え、これって、そんな高いのかよ！」

心持ち、泰明の振りっぷりに遠慮が宿る。それでも気持ちよさそうに真っ向斬りや袈裟、逆袈裟を楽しんでいる。ぶおん、ぶおんと鳴らしながら。

（音がダメだね。ぶおん、じゃないんだよ。ヒュッ……なんだよ。私のはまだヒュウ……だけど。ぶおんだと力任せに殴ってるだけで、刃筋が狂ってる。斬れない音だよ、それ）

音の分析に気を取られている間に、泰明は納刀しようと四苦八苦していた。

「いてっ、指に刺さるし。うさぎは何も見ずに入れてたのに、案外とむずいなあ」

結局ちょっとカッコ悪いなと言いたげな、気恥ずかしそうな様子で鞘を見おろし、慎重に切っ先を鯉口の中へ差し入れた。次の瞬間。

バチン！

爽快な笑顔、力いっぱいの勢いで、鍔鳴りを響かせやがったのだ、こいつは。

「ちょ、何やってくれてんの、丁寧に扱ってって言ったじゃない！」

「え、何、マジで意味不明だけど。別にどこにも当てなかっただろ。本当は木とか斬りつけてみたかったけど、我慢したんだぜ」

何を批難されてるのか理解できないという、腹の立つ態度だったが、いじわるや反発で言い返しているわけではなさそうだ。

「ああもう、ごめん、説明が足りなかったよね。納刀は音を立てちゃダメ。パチンッて鳴らすと、鍔の部分が次第にゆるんでって、危なくなるの。下手すると柄と刀身がゆるんで、振ったら空中分解もあり得るから。絶対、無音でお願い」

「んー、わかったけどさ、気分出ないよなあ。時代劇とかでは小気味よくパチンて音立ててるだろ」

「あれはフィクションの演出だから。たしかにかっこいいけど、よい子は真似しちゃいかんやつ。あれを繰り返すと、鍔がスチャッとかカシャッとか鳴るようになって、そんなので稽古してたら叱られちゃう。昇段試験なら、始める前に失格んなっちゃう」

「えーだって、鳴ってるじゃん。時代劇とかで刀を構えるたんびに。あれもフィクションの演出なのか？　あれがないと、刀振ってる感じがしなくて寂しいだろ」

「そりゃ、時代劇であれがないと私も寂しい気になるかもしれないけどさ……現実の刀ではご法度だから。あれは手入れを怠ってる刀だから。時代劇の主人公たちみんな、手入れをさぼった壊れかけの、やべー刀で戦ってるから」

自分の言葉に、つい噴きだしてしまった。いや、先に噴きだしたのは泰明のほうで、私はそれにつられたのだ。険悪になりかけていた空気が、やわらいだ。


「あー、君たち」

不意に、背後から不吉な声を受けた。そっと振り返ると、警察官の姿に心臓が跳ねあがる。

「ああ、まだ子供か。いやね、通りがかりのおばちゃんに、神社で日本刀を振り回している危ないのがいるから、見てみてくれと言われたんだけどねえ」

「すみません！　あの、ええと……居合をやってまして、高校生で、あの、これでも初段で、自主稽古というか、あ、これは模擬刀です。稽古用なので斬れないやつです。ああ、でも人前で振り回していいわけじゃないですよね、気をつけます」

しどろもどろだけど、とにかくこの場を切り抜けるためにも、決して怪しい者ではないことを理解してもらわなければいけない。伝わっているかどうか自信がないが。

「ああそうなの。いやいや結構結構。日本の伝統的武道を継承する若い世代がいるのは心強いねえ。でも知らない人からすると本物と区別がつかないから気をつけてね」

中年男性の警察官は、笑って許してくれた。安堵《あんど》し、全身が一気に弛緩する。

「ごめんなさい、次回からは鞘付きの木剣で稽古します」

以前から師範代に「公園などの人目につく場所で自主稽古するなら、鞘付き木剣にしろよ」と注意されていた。つくづく肩身の狭い武道だ。竹刀《しない》ならだれにも文句は言われないのに、模擬刀だとやはり見た目が物騒なのだ。

「おじさんね、こう見えて剣術好きだし、よかったら何か見せてよ」

「あ、はい。じゃあ……衍遥《えんよう》で。これはですね、背後から不意打ちをねらう敵の刃を避けると同時に、斬りつける技です」

まだ冷や汗気味に説明をつづけながらも、泰明から模擬刀を返してもらい、充分な距離を確保して位置につく。警官と泰明へ斜めに背を向けて。ただ見せるだけでは、それがどういう意図を含んだ技なのか、きっと理解が難しいだろう。

「まず私は呑気に立っています。背後から敵が襲ってこようとしているのに気づいて、でも知らんぷりをしています。月が綺麗だなーって雰囲気を出しながら。そして、いざ敵が間合いに入って、ついに斬りつけてきたその刹那——」

左足《さそく》を右側へ踏み込み、脚をクロスするかたちで振り返る。同時に鯉口を切って即座の抜刀体勢。これで敵の斬撃は背中に沿って空振り。その一瞬のあと、私は背後にいた敵を斬りあげる。

「敵が空振りを自覚したその時にはもう遅くて、私に向かって振り下ろした二の腕を待ち構えていたのは、私が斬りあげた刃、という感じのカウンター技です。それを通常の速度でやると……」

納刀状態へ戻り、再度、解説なしで、さっと実演してみた。

「おお見事だね。居合が嘘《うそ》じゃないって、動きでわかるよ。夢涯流だね」

少し驚く。なんとマニアがいた。道理で理解があるわけだ。実際のところ慈境流なんだけど、まあそこはいいか。

「ありがとうございます。でも実際、真後ろから襲われたらそう簡単に気づけるもんじゃないですし、あくまでシチュエーションを想定した形のひとつですけどね。もし決まればかっこいいですが……」

衍遥は好きな形だけど、あまり現実的とは言えない。使う機会は、まずない。

「いいもの見せてくれたね。これからも、日本人の精神を受け継いでいってくれたまえ！」

やさしい笑みと激励の言葉を残し、警察官は去っていった。

「まあ、日本人の精神とか、そういうたいそうな動機でもないんだけどね」

「そうそう、気に入らない奴を、闇討ちするためだよな。あ、俺ってもしかしてやばい？」

「……今が幕末でなくてよかったね、泰明」

すごんでみせて、あとは二人で大笑いした。


鳥居を出たところで、寂れた和菓子屋さんのアイスを買い、二人でかぶりつく。夏の日差しに色褪《あ》せた看板をさらす、やっているのかどうか判断に迷うほど暗い店内の、昔からあるお店だ。レトロなアイスを入れてる冷凍庫も、あちこち錆だらけ。

なめらかな楕円《だえん》の泥岩石を積み重ねた地元特有の石垣に沿って、照り返しの強い、白っぽく色の抜けたアスファルト道路を歩いていると、

「うさっぺじゃないの」

嫌な記憶を刺激する声と呼び名に、ぎょっとして足を止めてしまった。

「何、そんな細長いバッグかついで、釣りの帰りとか？　釣具店の娘だからって、自分で食材調達とか、親孝行すぎてウケる」

「海は逆の方向だよ。道にでも迷った？」

「なになにデート中だった？」

親密をよそおった笑顔の中に、あからさまなトゲ。

私の呼吸が速くなる。警戒心で鼓動が高まる。人を小馬鹿にする声や態度でよく理解できる。この三人、上から目線でマウントできる相手が欲しいところが、中学時代からちっとも変わらない。

「なんだよ、うさぎの同級生か」

そう、泰明の言うとおり彼女ら三人は同学年だった。小学生から中学生の間、ずっと。なおかつ、決して友達などではない。そんな三人だ。

「うん、久しぶりだね。元気？」

心とは裏腹に、条件反射的な笑顔を作ってしまう。そう、何も嫌な顔をして面倒な空気にする必要はない。細長いバッグの中身が模擬刀だなんて、説明してやる義理もない。どうせ何かのネタとして、いじられるだけだ。

「うさっぺ、それ彼氏？　へぇーえ」

値踏みするよう泰明をじろじろ見つめるのは、リーダー格のT。具体的な名前なんて、思い浮かべたくもない。記憶の中からその名を消したい。だからTで充分だ。

「従兄だよ。毎年この時期、東京からいちご苗のバイトをしにやってくるの」

私は何を余計な説明を付け加えているんだ。この人たちへ対する卑屈な気持ちが、まだこびりついているのか。

「ども、嶋田《しまだ》泰明です。足立区の住人です」

「じゃあ、私たちはこれで」

営業スマイルでさっさと話を切りあげ、家の方向へ向く。

「待ってよ、せっかく久しぶりに会えたんだしさ、東京の話でもしてよ」

Tがさりげなく進行方向へ回り込むと、MもYも同様に立ちはだかる。さっきから気になっていたが、値踏みの視線は泰明ばかりではなく、私にも向けられている気がする。今さら値踏みされる要素なんてない。この人たちにとって下っ端でしかないはずの私なのに。

「そのワンピ、オシャレだよね。やっぱ東京の高校に行くと垢抜《あかぬ》けるんだねえ」

「ああ、うん。ありがと。これ、『ヨントサンブンノイチ』って古着のお店で……」

「えっ、あの原宿のヨンサブ？　あー、でも似合ってないね」

「ないねえ、ぷぷ」

（なんだろう、さっきからの、この違和感）

ふと気づく。出くわして以来、彼女らはずっと東京東京と連呼していることに。なおかつ、どこかマウントを取れる要素はないかと探っている。東京へ行った私を生意気に感じていて、それをディスろうとしているのは理解できたけれど……。

この三人、中学時代は、いわゆるカーストの上位にあって、自分たちの気分や機嫌のおもむくままにクラス内の空気を支配していた。東京も千葉も、どの地方であろうと普遍的に見かけるであろう、ありふれた人間関係。

私なんて彼女らに逆らえず、時には自己嫌悪に陥るような真似すらやらされたこともあった。

小学生時代に至っては、

（このTから、いじめられてたくらいなのに……）

それだけは避けたくて、中学生になってからは、そうならないよう必死に媚《こ》びてきた。そんな時代の自分に対する嫌悪や憎悪が、にわかに別の意味合いを持ち始める。

「…………よね」

「……だもん」

「…………だしさ、やっぱ…………」

私の思考がぐるぐる回っている間にも、三人はそれぞれ好き勝手なことを言っているようだ。耳には入っても、脳にはまるで届いていない。

不思議なことに、今の私はこの三人を怖がっていないのだ。

萎縮していた中学生の頃は、こんなふうに三人の顔つきをじっくり観察するなんてこと、なかった。居合の稽古では、鏡を利用して自分の動きを確認するが、そのおかげか、物事をよく観察する癖が身についている。

三人の表情から新たな発見を得られて、少し驚いている。人に対してマウントを取りたがる人間は、こうも醜悪な顔つきになるのか、と。

自分は、決してこんな顔になってはいけない。こんな顔つきになるのは、嫌だ。

「うさっぺさあ、そういうシンプルなワンピって綺麗だけど、芸がないよね」

「そっかあ……でも、そのシンプルさが難しいみたいだよ。何しろ一切のごまかしが利かないし。ヨンサブの店員さんの受け売りだけどね。実際に値段が高めで、びっくりしちゃった」

思い返す。中学生までの自分だったら、軽く否定されるだけで卑屈になり、情けない気持ちをごまかすような笑みを浮かべるしかなかったはずだ。

私の中のもう一人の私が、稽古着姿の納刀状態で、静かに私を見下ろしている。奇妙な感覚だが、その「私」は、私がどう出るのかを、ただ冷静に観察している。

「うさっぺ、それってぼったくられたんだよ。田舎もんだとバカにされたんだよ。恥ずかしいなあ。地元の恥だよ」

「うん、そうかも。私がいま着てるのなんて六千円もしちゃったし。でも、お店には読者モデルとか普通に来てて、万とかするのを普通に買ってってた。すごいもんを見たなって、あとで友達とはしゃいじゃった」

目の前の三人が、嫌そうな顔で一気に黙った。通常なら、クラスの仲良したちと盛りあがるような、他愛もない話題なのに。

今の自分が特別にオシャレだとは思わない。むしろクラスのオシャレ系女子と比べて、お手本どおりのファッションしかできない自分に「抜け感がないなあ」と我ながら呆《あき》れているくらいだ。

なのに、この三人は今の私を見て、勝手に焦っている。それに気づいた途端、私の魂は、ある種の快感がともなう攻撃性を帯びそうになる。

（ダメ！）

理性が、醜い暴走を止めようと踏ん張る。負の感情が行き場をなくし、私の内面でぐるぐる暴れ、それが収まるまでの内圧と苦痛を耐え忍ぶ。

人に対して、くだらないマウントをとってはいけない。そんなことをすると、この三人と同じになってしまう。理性で自分を観察しろ、うさぎ。

「きっも」

Tが放った言葉は、突然だった。

久々に聞く、かつて耳にこびりついていた言葉に、全身の毛穴がぞわりと開く。気持ちわるい――それは、心のライフを根こそぎ削りとる呪文。しかも唱えた本人は何も消費しないチート級。その一言で、唱えられた側は心が猛吹雪にさらされる。

これをよく喰らっていたのは、小学生の頃だったっけ。そのたび、場の空気を悪くしてはいけないと、無理して「えへへ」と笑ってごまかしたら、耐えきれず涙が吹きこぼれた。それを見たTは「笑いながら泣いてる。変な子。きっも！　あははは」なんて追い討ちをかけて、クラスに笑いの渦をつくったものだった。

そんな過去の痛みに耐えながらも、不思議、今の私は軽く笑顔で、

「ごめんね、きもくて。自覚ないからさ」

傷つくことなく受け流せた。言葉を返したそばから、その理由は悟れた。今のTが吐いた「きっも」には、何の脈絡もなかったからだ。

剣に例えるならば、Tがこちらへ手を出しかねた挙句に、雑な真っ向斬りを放ってきたので、それを最小限の動きでさっと躱した、かのような……。

「う、うさっぺさあ、ちょっと東京に行ってたくらいで、なんかいい気になってない？」

「そういう嫌《や》なやつ、ハブられるよ？　いま反省すれば許してあげられるけど」

「そうそう。地元を捨てて東京の高校に行くって、地元愛なさすぎ、薄情じゃね？」

こんな上から目線の脅し文句に、かつては幾度も萎縮してきた。なのに今はまるで響かない。なぜなら、今の私には確固たる居場所があるから。この三人が支配していた狭い人間関係の中で、逃げ場がなかったあの頃とは違う。だから、私は理性で受け流していられる。

けれど。青ざめて口をふるわせるTの言葉が、そんな私の平静さを、突如として弾きとばした。

「東京でもどうせ、だれかの下っ端になって卑屈に過ごしてんでしょ。中学ん時みたいに、そういうのが、うさっぺにお似合いのポジションだよ」

刹那、身震いするほどの怒りに襲われる。

自責の念は、いつでも私を苛んでいた。

けれど、そのことで、とやかく言われる筋合いは、ない……！

青白い殺気に支配されながら、私は心の中の刀をいつでも抜ける体勢をとっていた。

「あんたさあ、昔はタカちゃんが怖くて、下僕みたいにへらへら作り笑いしてたよね。だから東京に逃げたんでしょ、なに偉そうにしてんのよ」

Mの言葉の刃は、受け流すまでもない。わずかな足の捌きで躱せる。

「うん、東京へはたしかに逃げた。でも、あなたたちから逃げたわけじゃないよ。別の、もっと恐ろしくて嫌な相手から逃げたの」

「はん、認めたね。逃げる奴って、どこ行っても逃げるもんなんだよ。東京なんかに逃げ込んでも、結局はあんなとこ、他人には冷たい沙漠みたいな場所じゃん」

Tが、思ったとおりの雑な斬撃を繰りだしてくれた。これなら、好きなだけカウンターで迎撃できる。

「誤解があるようなので訂正するね。東京では対等な関係の友達に囲まれながら、幸せな高校生活を送っています」

青白い炎のような怒りの中でも、余裕の笑みが、自然と漏れる。これは、まぎれもない事実だからだ。部活メンバーの友達や師範代、クラスメイトたち。

東京にもだれかをマウントしたい連中がたくさんいるだろうけど、そんな輩に遭遇する前に、私は人に恵まれた。人間関係の選択肢が、たくさんあったからだ。

「あとね、東京は懐が深いよ。広い分だけ、探す意志さえあれば、自分を受け入れてくれる人たちを見つける余地がある。東京の魅力は、オシャレなお店や楽しい街とか、そんな表面的な部分だけじゃない」

Tが、あわあわと口を動かそうとするも、その隙を与えず、

「その上、離れてみることで、地元の嫌いな面の他に、素晴らしい面にも、冷静な目を向けることができるようになった。地元愛を再確認できたよ。でも、あなたたちこそ本当に、この地元が好きなの?」

敵の雑な攻撃を受け流した私は、カウンターとして鋭い斬撃を喰らわせていた。しかも三人同時に。

こんなにもあっさり、恐ろしかったはずの相手を黙らせることができるなんて。増大した復讐心《ふくしゅうしん》が、心身のすみずみまで、甘美で爽快な何かを巡らせてくれる。

一方で、私の中の「私」は、依然として納刀状態のまま、私を静かに見つめている。まるで「その言葉の抜刀は、正しかったのか」と問いかけるかのように。

うるさい。

今までの恨みを、憎しみを、だれが止められるもんか。

余計な心象風景を強引に封印したところで、過去の悔しさ、自己嫌悪、後悔、それらが混じりあった気持ちが大きく膨らみ、それが眼から涙を押しだしそうになる。咄嗟《とっ さ》に息を深く吐き、かろうじてこらえる。この人たちに、涙なんて見せない。

現実風景では、三人組の鼻白んだ空気が流れていた。

「……行こ」

三人は背を向けて歩きだした。私もさっさとその場を立ち去ろうと一歩踏みだすと、一つだけ気がかりなことがあったことを思い出す。

「あのさ、たしか一緒の高校だったよね、土屋《つちや》さんと」

ぎくりと、Yが立ち止まる。

「ねえ、彼女のこと忘れたってこと、ないよね」

「何よ」

「土屋芹奈《せりな》さん。あなたたち三人がいじめていた子。そして……」

——さっきのTが言っていたように、私がそのいじめに加担しちゃった相手。

言葉の後半は、声に出せず、ぐっと呑み込む。ふたたび心臓に、自ら鋭利な刃物を突き立てたような痛みがともなう。

この三人が支配する空気の中で、彼女を無視しつづけてしまった。クラス中から存在を否定されることが、どれだけ重くてつらいか。小学生の頃の私は、身をもってそれを痛感していたはずなのに。

「いま彼女は、どうしてるの？」

「知らない」

あまりにそっけない返答だった。

「まさか、また……」

彼女は、何かをごまかしている。

「うるさいな。一応言っておくけど、中学生の時、うちらはあの子をいじめてたつもりないから。ただちょっとつつくと愉快だっただけだし」

気軽な気持ちで相手の尊厳を踏みにじる。それがいじめと言うのだ。わからないの？

ただ、Yの反応に、妙なひっかかりを覚える。

彼女は、何かを隠している。そう確信しつつも、私は無言で今度こそ背を向けた。

今、私の内側で吹き荒れる感情を、何と呼べばいいのだろう。

後悔、嫌悪、虚しさ……。

復讐の甘美は、なぜだろう、あっけないほど蒸発が早かった。

あの三人を斬り伏せた刀は、その血で染まった。これは、どうしたら拭えるのだろう。たとえ綺麗に拭い去れたとしても、血曇りはきっと残りつづける。日本刀が万余を超える層で成り立っているのと同じく、人の心にだって無数のヒダが存在する。

人を好んで斬った武士もいただろう。一方で、達人の腕前を持っていながら、血が流れる行為を、可能なかぎり避け続けた武士もいたと聞く。

あの三人を、言葉の刃で返り討ちにした。望んだわけではないと自分に言い聞かせる。じゃないと、たとえ一瞬でも、

(斬り伏せたことに快感を覚えかけてしまった自分に、呑まれそうで怖い)

私の刀は今、どんな臭いを発しているのだろう。

私の中で私を見つめていた「私」は、すっと背を向けて歩き去る。最後まで、腰のものは納刀したままで。

ずっと黙っていた泰明が隣で歩調を合わせつつ、つぶやいた。

「……こわっ」

翌日。

毎年七月最後の土曜日は、地元・飯岡の花火大会だ。

近隣からも観光客が押し寄せるし、花火も一万発の大盤振る舞いだけに、毎年大盛況のイベントなのだ。海岸沿いの道路では屋台もステージも立つし、タイムテーブルごとのイベントもある。

チラシをぼんやり眺めると、お年寄り向けのマイナー歌手による歌謡ショーにまじって、若い子向けに、動画で活躍している歌い手さんたちも招かれているようだ。

今朝も浜辺にて、鞘付き木剣での自主稽古をこってり済ませて、今はメロンとスイカを頬張っているが、昨日の一件以来、どうしようもない葛藤がぐるぐるめぐり、心を焦がしつづけている。花火大会に、心がときめいてくれない。

「よう、夕方お前も行くよな、花火大会」

ふらり、当然のような顔で現れた泰明が、これまた当然のようにメロン一切れをつかんでいて、ぎょっとなる。

「あんた、いちご苗のバイトに行ったんじゃなかったっけ?」

「まだバイトできる態勢じゃなくて暇だし、祭りの日は土いじりなんかしてる場合じゃないって、いちご園の人も言ってたぜ。イベントやってる辺りとかぶらぶらしたいし、行こうぜ。案内頼んだぞ」

　面倒なので相手にするのはやめた。

　それより「大会」だ。

　同じ「大会」でも、花火のほうじゃない。試し斬り稽古の日に聞かされて以来、なんとなく気になっていた「剣術大会」のほうだ。今朝、目が覚めてから、心の中で占める存在感がにわかに増大し、自主稽古の間にもそれはみるみる、どうしようもなく膨らんでいった。

「年齢制限のない大会とは言ってたけど……」

「お、もしかしてイベントステージにでも乱入する気か。手伝うぜ」

「うっさいな、黙っててよ」

　別にチラシを読んでいたわけじゃない。思案のよすがとして何かを眺めていただけだ。

　こわっ、と小声でつぶやいた泰明は、台所で昼食の準備を整えているお母さんへ、

「叔母さん、もっとメロンもらっていい？」

「あまり冷えてないのでよければいくらでもあるよ。タダみたいなもんだしね、むしろ消費を手伝ってくれるのがありがたいくらい。ここじゃあメロンもスイカも買うものじゃなく出回るものだしねえ」

「うひょー、言ってみるもんだぜ。ここは天国かよ。求めよ、さらば与えられん！」

そうだ、世の中は言ったもの勝ちだ。ダメでもともとでいい。自分の中に、こうしたいという希望があるなら、恐れず、まずは口に出してみるべきだ。

――とにかく、何か難しいものに挑戦していたい。じゃないと、心が乱れて苦しいから。


ご宗家や師範代の口ぶりでは、前提はあくまで参観であって、参加を想定してはいなかった。まだ初段の、しかも高校生ごときには早いのだろうし。

「でも、年齢制限はないんだよなぁ……」

ぜひ出たいです、なんて言ったら、

「笑われちゃうかなあ……」

「俺は笑わないぜ」

視線を上げると、真顔の泰明がいた。新たなメロンを口へ運びながらも、決して目を逸らすことなく。

「挑戦する価値はあるんじゃないか。ゲリラ辻斬りパフォーマンス」

「ごちそうさまあ」

帰省三日目にして、メロンもスイカも飽きてしまった。さっさと部屋へ引っ込もう。私のいない間に、半分が物置と化していた懐かしの部屋へ。

夕方近くの潮風が、昼間の暑気を優しく吹きなでる頃。道路を挟んだイベントエリアにて、私は、はからずも遭遇した。

心の準備ができていたわけではなかったが、不意の斬り合いも覚悟すべき武士に、それは言い訳などにはならない。

（あれは、土屋さん……！）

浴衣《ゆかた》姿だったが、見間違えるはずもない。ひとりぼっちでチョコバナナの屋台から、海水浴客向けの公共レストハウスのほうへ歩いているところだった。

私の罪と卑屈さを具現化した存在。

彼女にしてきた仕打ちが、無数の棘《とげ》となって復活し、私を突き刺す。

自分だけが助かりたくて、彼女を生贄《いけにえ》に差しだした罪。しかも差しだした相手が、

（あんなにも卑小で、くだらない存在だったなんて……！）

そのことに気づいてしまった今となっては、層倍に私をさいなむ。絶対に逆らえないタタリ神だと思っていた三人組は、単なるちっぽけな疫病神に過ぎなかった。

――それだけに余計、自分自身が許せなくなった。

「泰明、ごめん。ちょっとその辺で適当にうろうろしてて」

返事も待たず、重くなりがちな脚に逆らうように私は走りだしていた。勢いでもつけなきゃ、心がすぐ萎えて引っ込みそうで、怖かったから。

特設ステージでは、ネットで活躍中の歌い手さんがラップの生歌披露をしている。口がつまずくことなく超絶技巧で繰りだすラップ歌詞を、ステージで難なく歌えるのは、さすがプロだ。わたしもラップは好きでよく聴くし、カラオケでも挑戦する。慌てず冷静に対処することで、初めてマシンガン的歌詞を失敗しなくなる。

そうだ、焦るな、冷静になれ自分。人だかりを縫うように捜しつづける。イカ焼きのにおいが鼻をくすぐり、子供が持ついちご飴にぶつかりかけ、捜す、捜す、捜す。

ステージの音響がハウリング気味に響き、幻惑の世界で彷徨《さまよ》う錯覚を誘う。

「ぺぺろんちーの、どーでもいーの！　ぺぺろんちーの、どーしたらいーの！」

どうでもいいなんてことは絶対ない。どうしたらいいのかは、もう心が決めている。

まるで分厚い空気の壁の向こう側で鳴っている騒音にも似て、現実感をなくした響きだ。その現実味を欠いたラップ歌詞の歌声が、ペペロンチーノの唐辛子にも似て、過去の痛みを刺激する。

――いじめに遭い、だれも助けてくれなかった小学六年生時代。

いじめた奴らも憎かったし、逆らえない自分が情けなかったし、何より圧倒的多数のくせに、見て見ぬふりをしつづけたその他大勢が、いじめ首謀者以上に憎かった。「大丈夫？」と気遣う素振りを見せるくせに、それ以上は関わろうともしなかった偽善女子。

陰でこそこそ話題にしているくせに、次の標的にされるのが怖くて知らんぷりを決め込むグループ。

首謀者たちにけしかけられ、卑屈に媚びていじめに加担する下っ端役。

ついこないだまで仲のよい友達だとばかり思っていた子らは皆、いずれかのタイプへもぐり込んで、私を孤独ないじめられっ子席へ取り残した。

ただ一人、担任に対し、いじめの証言を買ってでてくれた子が、土屋さんだった――。

レストハウス駐車場を見渡す。土屋さんの姿はどこにも見当たらない。

対津波用防波堤の階段を上りつめ、浜を一望する。いるのは花火用に早々と場所取りをしている地元ヤンキーカップルか、子供連れの家族ばかり。ひとりぼっちでいれば、きっとすぐ目につきそうな風景なのに。

ぐるり、公共レストハウスの裏手へ回る。トイレ待ちの長い列。いない。

スピーカーがアナウンスを垂れ流す。

「サービスタイムの開始です。先着百名様に、カットメロンを無料提供します」

人の群れが動く。よそから来た人たちだけじゃなく、食べ飽きてるはずなのに、タダでもらえることに価値を見出す地元民たちも一緒に。

「あ、ごめんなさい」

太ったおばさんとぶつかりかけ、お互い同時に謝る。すぐ意識は離れて、おばさんはメロンへ、私は土屋さんの姿へ。

いた。あれだ。

幼児用プールに浮かぶ風船釣りで、土屋さんは膝を抱え、知らない子供たちの挑戦を観察している様子だった。


——いじめ問題はうやむやに終わった。担任は何もしなかった。

大人は子供を守ってくれる、強くて優しい存在。そう無意識に形成されていた前提と信仰は崩れ去った。

卒業すれば、中学へ上がる。もういじめられる日々はごめんだった。

気がつけば、いじめ第三勢力の中でも特に下劣な『逆らえず手先となる卑屈な連中』のカテゴリーに、私は身を置いていた。

標的は、土屋さんだった――。


「おいうさぎ、お前も焼きそば喰うか？　喰うよな」

行列中の泰明の声など耳に入らない私は、焼きそば屋台のにおい層をつっきり、土屋さんの背中へ接近する。はたと、手前で足が止まる。

「おーい、無言は肯定と見做《みな》しとくぜ。うー、腹減った」

無言は肯定。いじめの肯定。

土屋さんに会って、私は何を話すつもりなのか。自分の意思がどこにあろうとも、結局強い立場の者に対して無言のまま逆らえなかった時代を持ちだして、「いじめに加担してごめんなさい」などと謝るつもりなのだろうか。

「大盛りにしておくからな。喰えよ、うさぎ」

二度といじめられないよう、自分を大きく盛ったつもりで、カースト上位に支配される三年間。

一歩ずつ土屋さんの背中へ近づくにつれ、自分の卑小さがまざまざとよみがえる。

日本では毎日のようにどこかで必ずいじめが問題視され、だれもが憤慨する。それだけの憤りが集まれば、いつか根絶できそうなものなのに、一向にそんな気配がない。

でもある日、私は愕然《がくぜん》となった。いじめによる自殺が大きく報道された時、クラスでも話題になり、あの三人組でさえ憤りを見せていた。これで自分たちがしてきたことに気づいて、反省してくれるのだろうか……もちろんそれは甘い願いだった。

事件のいじめ首謀者たちの身元がネット上で特定された。「こんな卑劣な行為、絶対に許せないよね」。YだかTだかが正義感全開でネット上でいじめ主犯格への攻撃を繰りだしていた。彼女たちは、自分たちがそのいじめ主犯格とは何も変わらない事実を、まったく自覚していなかった。

なぜ？

そうだ、彼女たちはクラスで上位組をキープし、その立場を誇示し、またそれを実感しつづけるため、意のままに動く手下を作っていた。好きなようにだれかを動かし、だれかを犠牲者として狙い撃ちしていた。それをいじめだなんて、これっぽっちも思っていなかったのだ。ただクラスを和ませ愉快な空気を提供する、上位者のつもりでいるだけだった。

それを悟ったことで、自分の中の何かが蠢動《しゅんどう》したようにも感じたけれど、それでも三人組を前にすると心がすくみ、卒業までずっと愛想笑いでやりすごした。

みんなに同調しているかぎり、自分は攻撃されないで済む、という闇の深い安心感とともに。ただしその安心感は、私の心を少しずつ削ってゆく鋭い刃でもあった。

その頃からだったと思う。この環境から全力で脱出しなければいけない――それが「逃げ」だとしても、違う空気に囲まれた場所へ行って、自分を仕切り直す必要があるという思いに駆られたのは。

今、目の前で背を向けしゃがんでいる土屋さんを、置いてけぼりにして。

だから、ちゃんと向きあおう。去年はまだできなかったことを、今年こそやる。

武道は、私の心を強くしてくれたはずなのだから。情けない過去の自分を、今日までの一年半、ずっと斬り続けてきたのだから。

「土屋さん」

その背中に、反応はない。人違いだったかと、嫌な汗が噴きだす。

しゃがんだ姿勢のまま、億劫《おっくう》そうに振り返ったその顔は、しかしまさに土屋さんだった。

見知らぬ人に対する不審の色が、奥底に宿る眼差しで、こちらを見あげる。また別の味のする汗が私の毛穴からどっと噴きだす。

「網戸さん？」

この一言を聞いて安堵するまで、永遠にも近い感覚に包まれていた。土屋さんで間違いなかった。このことが判明するや、今度はある種の緊迫感に抱きすくめられる。

あの三人組と神社の前で出くわした時とは、まったく異質の。

「お久しぶり、元気？」

私はいったい、どう言葉をつむげばいいのか。時間稼ぎの挨拶に、土屋さんも、

「うん、網戸さんも元気そう。東京の私立に行ったんだって？　すごいね」

「う、うん」

会話はすぐ途絶え、気まずい空気。普通の話題を見つけられないまま、もはやどちらかが「またね」と手を振らざるを得なくなりかけた時、私は下手な切りだし方で、最悪な話題を口から発射していた。

「そういえば土屋さんの高校は……ほら、あの人も一緒だと聞いてて……その、えと……大丈夫かなって」

土屋さんの眉根に怪訝《けげん》な陰が差す。気まずさが加速する。しばらく間が空いてから、

「ああ……」

曖昧な返事が戻ってきた。半端ではない後悔と自己嫌悪に、大地が揺らぎそうだ。

その後の私は焦って上の空で、どんな言葉を交わしていたのかの記憶も定かではない。気がつけば、浴衣姿の背中が、人混みの中へまぎれて消えるところだった。

「またね」くらいの挨拶は交わせただろうか。

だれかに、肩を叩かれた。

「おう、さっさと喰おうぜ。砂浜は混んでるよな。じゃあ、あの岬まで行こう。灯台横の展望台なら、ロケーションもばっちりだろ」

そこは早々と混んじゃうし、自転車がなきゃつらいよ、と言ってやりたかったが、そんな気力すら失くして、曖昧な笑みでのみ答えた。

黄昏色《たそがれ》に染まる岬を遥かに眺めた時、私は唐突に悟った。

「ああ……」

そう答えた土屋さんの頬と瞳《ひとみ》に宿っていたのは、軽蔑《けいべつ》だったことを。


目の前、一直線の高さに花火が上がる。

地元の花火は、どういうわけだか毎年低い位置で爆発するから、岬の突端くらいの高地に登ると、ほぼ水平に近く花火が展開する。いや、実際はさすがにもうちょっと高めだとしても、印象としてはほぼ目線位置だ。特に、高さのある展望台に登れば。たまに消え切らない花火の破片が砂浜に降り注ぐこともあって、子供たちは大はしゃぎする。いま、隣のこいつも、降り注ぐ火の粉に大喜びのご様子だ。その肘には屋台や途中のコンビニで買った食料や飲み物を入れたビニール袋を引っ提げている。

展望台にたどり着いた時にはもう、けっこうな人だかりになっていたが、それでもかろうじて左の端っこに残っていた隙間へすっぽり収まるよう手すりに両腕を預け、もたれかかることはできた。展望台脇の白い灯台を、ちんまり見下ろす位置だ。

「冷めた焼きそばも悪くないぜ、ほれ」

泰明は、輪ゴムがはち切れんばかりの盛りっぷりにサービスしてもらったパックの焼きそばを出し、ぐいぐい押しつけてくる。

「え、これ、ポップコーンとかくっついてんじゃん……」

「袋ん中でばらけちまったけど、気にすんな。ポップコーン味のトッピングで、ラグジュアリな焼きそばだ」

いつもなら「それ意味わかって使ってる？」なんてツッコミを入れるところだし、泰明もそう来ることを前提で構えている。でも、悪いけど、そんな余裕なんてない。

私にはまだ、過去と向きあうだけの強さと覚悟が足りないんだ。

花火は満開で、ぱっと現れては消え、また大きく咲き誇る。高く登る必要なんてない。少しぐらい低くても、地上へ火の粉を降らせる羽目になっても、思い切って花開くことも不可能じゃないはずだ。

そんな花火たちの残像が、心の水面《みなも》を揺らしつづけた時。

勃然《ぼつぜん》と、こんなつぶやきがゆっくり影をかたちづくり、口からするりと滑りでた。

「大会に出てみよう。あの大会に」

自分がどうしたいのか、何をしたいのか、何になりたいのか。
葛藤と衝動をぶつけるための、大きな目標が欲しい。
それが不確かながらも存在してくれていることが、私にはありがたかった。

第5話　昇段試験——お辞儀をしても油断せぬのが武士

夏休み明け最初の土曜日は、いよいよ二段への昇段試験に挑む。

初段を取ってちょうど一年になる。

「今後の伸びを期待しての、甘々な採点で取れたんだからな」

昇段後に師範代から言われたことを、今も忘れていない。

入部から半年近くずっと頑張ったつもりだったので、少しばかり心外だったけれど、今なら納得できる。あれは甘々採点だった。たった半年の経験で、去年の私は何を不満に思ったのか。しかも、本来初段の資格として必要な一畳巻きの巻き藁をちゃんと斬るまで、その後三ヶ月を要したのだ。

今、二段の資格に必要な逆袈裟を成功させた実績のある私は、後ろめたさもなく昇段試験へ挑める。まだ安定して斬れるわけではないが、とにかく一度でも成功させればそれで認めてもらえるのだ。

初二段、とひとくくりに呼ばれているだけに、二段はまだまだ段位の序の口ではあるけれど、やはり初段にくらべてずっと厳しく感じられる。

三段くらいまでなら、年月と努力を重ねさえすれば、行ける人は多いらしい。昇段試験に加え、横一文字で巻き藁を斬る必要がある。

四段になってようやく、斬り合いが可能な実戦レベル。納刀状態から逆袈裟で巻き藁を斬らないと、もらえない。

五段ともなれば、特別な武号を名乗れるらしい。たとえば「網戸円兎《えんと》」みたいな。

……兎《うさぎ》は、武道的にちょっと威厳がないかも。とにかく座した状態から逆袈裟で、姿勢の制約をものともせずに巻き藁を斬れないと、認められない。

六段はもはや、団体の重鎮。座した納刀姿勢から、横一文字に巻き藁を斬るほどの技倆が問われる。試し斬りとしては、最大難度の剣技だ。

七段なら、流派の支部団体の長を拝命する、文句なしの高段位。
八、九、十段で、流派のご宗家レベル。その違いはもはや、理解を超えている。
初心者は八級くらいから試験を受けられるけど、そのくらいだと刀礼ができるかどうかなどの子供向けで、中高生以上なら、本格的に審査される三級あたりから始めることが可能。

流派や団体によって、いくらかの違いがあるかもしれないけど、以上が師範代から聞きかじった、この道場における各段位のおおまかな目安だ。

浅草郊外の慈境流道場。

黒尽くめ稽古着姿の人たちが三人、閻魔《えんま》さまのように座している。

中央にご宗家が気さくな笑顔で鎮座し、その脇に合否を判定する山口師範代四段。

もう片方の脇には、にこにこしているのに、どこか油断ならない佇まいのお姉さん。

最初に豊岡先輩が三段に挑戦する。

大学受験に専念するためにも、ここで昇段を果たさなければならず、傍で見守る私も心臓と胃袋をぎゅっと摑まれるほどの緊張感が、電撃のように伝わってくる。芽衣も中池さんも同じ想いなのだろう。新畑の姿はここにない。

刀礼から始まり、最初はそつなく進めていたが、途中で下緒が帯からはずれ、だらり、床へ垂れた時は本気でハラハラした。こういうところも厳しく採点されるのだ。見ているだけでも、実に心臓に悪い。

平常心、平常心。

真正面に怖い人たちが三人並んでいようといまいと、やるべきことは変わらない。

いくつかの形《かた》の審査を経たあと、不意に閻魔さまの中から、女性が立ちあがった。

「萩園《はぎぞの》さん、お願いします」

「あいよ。晴ちゃんの昇段が、かかってるもんね」

二人とも鞘つき木剣に替えて、対峙する。三段ともなると、組太刀が試験内容に盛り込まれるのだ。その相手が必要なので、道場の門下生が協力してくれることになっていたらしい。

互いに木剣を交え、鳴らし、定められた形のとおり華麗に斬り合う。ため息が出るほどの美しさと緊迫感だ。

それも無事に終えると、豊岡先輩は最後の締めくくりに刀礼を行い、正面を向いたまま数歩下がり、また一礼。

私を含め二年生の三人は、ほぼ同時に息をついた。一年生の三人はそんな余裕すらないようだが。それもつかの間、次は私たちの出番という避けようもない運命に気づき、このプレッシャーに眩暈《めまい》を覚える。

まずは芽衣、続いて中池さん。

芽衣はこちらが焦《じ》れるほどの慎重さで、ゆっくりゆっくり刀を振る。居合の形というより、もはや太極拳だ。

中池さんは中池さんで、不器用さが前面に出た振りっぷりで、そういえば左利きだったことを思い出す。緊張もあいまって、そのハンデがもろに露出したようだ。見ていて絶望しかない。

「次。網戸うさぎ初段。前へ」

山口閻魔大王の凜と張った声に、

「はい！」

なかばひっくり返った返事で立ちあがり、位置に着く。

かつて一年生だった頃、三級を受けたのが入部一ヶ月後。二級がそのまた一ヶ月後。一級が夏休み直前。九月に初段。週に二日間の部活の他に自主稽古も欠かさないでいたことを加味されての、甘やかしにも近い昇級昇段を経てきたが、それも二段となればもう通用しない。

初段以降は、日剣連の規定により、一年以上のスパンを置かなければ受けさせてもらえない。でもたまに、その原則を無視してでも昇段できる天才がいる。

閻魔さまの一人で、さきほど豊岡先輩と組太刀の剣を交えた、その名も萩園旭《あさひ》さん。あの油断ならない笑顔を浮かべている女性だ。だれの目にも明らかな才能が認められれば、ご宗家の判断で早期の昇段試験が可能になるらしい。

彼女は八ヶ月で二段までいって、居合歴三年にして今は四段。居合歴が十年におよぶ山口四段と同じ段位に並んでいる。

この萩園さんこそが、あの女子剣豪大会に出ると噂されている天才剣士だ。

私が彼女とお会いするのは、今日が初めてだが、昇段試験が始まる前の雑談で耳にした情報によると、三十代の社会人とのことだ。さっきからずっと、私たち高校生組を面白そうに観察している。

そんなに強いとは思えない、ちんまり痩せ型の女性だが、存在感は妙に強い。私たちへは好意的な様子をかもしてはくれるものの、審査時ともなれば、とたんに鋭い眼光を放つ。こんな人の視線に射すくめられると、そりゃあたまったものではない。

私の気持ちを見抜いたのか、

「あ、私は見てるだけだから気にしないで。昇段とかどうでもいいから、楽しく刀を振り回しちゃってよ」

それを額面どおりに受け取る気にはなれないほど、萩園四段の好奇心旺盛な視線は、こちらの胃袋の中身まで見透かしそうな迫力がある。この、武士なんて存在しない現代、刀を腰に差すだけで、こんなにも人としての格の違いを思い知らされる人間が存在するなんて、居合の世界、いったいどうなっているのだ。


私は右手に模擬刀を下げ、一礼した。さあ、ここからは後戻りできないぞ。

摺り足で三歩前へ進み、また一礼。いったん刀を左手へ持ち替え、左、右と膝を折り、座す。

ここからが刀礼だ。

こつん、とも音がしないよう細心の注意をはらいつつ、鞘の先端・鐺《こじり》を床へ。鍔がちょうど自分の左膝の前へ来るように、刀を真横へ倒す。下緒を鞘の外周に沿って、なでるように処理。親指と人差し指の間を使って、優雅な手つきで。

両手をついて深々とお辞儀。これも注意だ。床へ視線を落としてはいけない。武士たるもの、いつ不意打ちをくらうか知れたものではないからだ。

頭を下げつつも、目線だけは常に前方への注視を怠らない。短すぎず長すぎず、ほどよい加減で上半身を起こす。

今度は下緒を右手で拾いあげ、再び刀を立てる。左手を鞘へ添え、いよいよ帯刀。流れる所作で、刀の鐺を袴の下の角帯へ通す。この対応策はすでに打ってある。稽古着に着替えたあと、一度でもいいから事前に刀を腰に差し通しておくのだ。そうすると、あとでまた差しやすくなる。去年の昇段試験ではそんなコツなんて知らなかったから、鞘が帯の中へなかなか通ってくれず、かなり焦ったものだった。

在るべき位置へ宇佐飛丸が納まり、心強さが湧きでる。

差し終えたところで、手から下緒を離す。だらりと垂れたところで、その先端を袴の紐に挟み込む。先ほどの豊岡先輩のことを思い出し、いくぶん深めに差し入れておこうと思った。

これが慈境流の刀礼。すべての準備は整い、私は立ちあがった。

ここからが、本番だ。

慈境流二段の試験では、四つの形を審査する。

二つは自分で選んでもよい。座技《ざぎ》十種、立技《たちわざ》十種。二段までなら、この中のどれかから選ぶことになる。残りの二つはその場で審査員から指定される。たいていは難しくて敬遠しがちな形にされてしまうが。

セオリーを考えるならば、自分が得意とする形から始め、次に減点ポイントの多い形をあえて選ぶ。指定されてから慌てるよりも、あらかじめ徹底的に稽古しておくのだ。

まずは、得意の形で印象づける作戦。

——野辺伏《のべふせ》り。

立技の中でもシンプルなカウンター技だ。敵の初太刀を迎撃し受け流した上で、袈裟斬りを叩き込む。死地たる野辺へと敵を討ち伏せるのだ。もし自分が本当に斬り合いに遭遇したなら——もちろん、現実の生活にそんな局面が起ころうはずもないけれど——一番頼りになりそうな技なのでは、と思う。

正面に居ならぶ三人の閻魔さまは、微動だにしない。私は体《たい》を替え、右斜め前を向く。これだけの動作で、閻魔さまたちは形の見当がついたはずだ。落ち着け私、クールになれ。

想像の中で……。

斬り伏せるべき敵が迫りくる。

迎え撃つ私は、鯉口を切る。刺客との距離三、二、一……右足を踏みだす、と同時に抜刀。右腕をバッと高く掲げる。

敵の初太刀が私の刀を滑り、逸らされてゆく。

刹那、隙が生まれる。大きな隙だ。

転瞬、左足を退きざま、返すように振りかぶった刀を袈裟にお見舞い。

刃は首筋、頸動脈《けいどうみゃく》を深く裂いていた。

まだだ、まだ終わらない。艶《たお》れ伏《ふ》した敵へ油断なく視線を注ぎつづけ、ゆっくり息を吐きつつ正眼の構え。切っ先を一寸ほど下げ、横たわる敵へ向ける。仕留めたか……いやもし仕留め損ねてい、突然跳ね起き襲ってきたなら……油断しないまま呼吸を数える。

動かぬ敵を注視しつつ、右足を引いて血振りの動作。柄をにぎった左手の上へ、右手首の返しで刀身を乗せる。鞘を、あたかもレバーを引くように動かすと、刃とは反対側の棟部分が左の親指と人差し指の間を走る。やがて切っ先がことん、鯉口の中へ落ちる感覚。

あくまで動かすのは、鞘のほう。するすると納刀。右手の柄を支点に角度を変える。無駄のない、言い換えれば地味な納刀方法だが、よしんばここで敵がむくりと立ちあがり、執念で襲いかかろうとも、瞬時の抜刀で一突きくれてやる。

思えば慈境流、シンプルだの地味だのというキーワードが常につきまとっている。

それだけ無駄を削ぎ落とし、どこまでも実戦のみを念頭に編みだされたからだと教えられた。

ゆっくり刀身を完全に鞘へ納めると、刀の位置も深々と腰へ帰する。右足を戻しつつ、私の右手が柄頭をふんわり包む。この動作は、斬り伏せた敵への敬意と弔いの意味を持つ。

（ああ……いつか弱い過去の自分を斬り伏せることができたなら、私はこんなふうに、嫌いだった昔の自分へ敬意を払えるのかな）

すべてが終わり、遥か彼方にそびえる山嶺を見あげる。「遠山《えんざん》」と呼ばれる姿勢だ。あくまで想像上の山嶺で、実際には道場の天井と壁しか見えないけど。

閻魔さまたちは無言だが、その眼差しが、一区切りついたことを示していた。

（なんだか、心の中の言い回しが、こないだ読んだ池波正太郎の小説っぽくなってきた気がするなあ）

夏休み前、豊岡先輩が貸してくれた時には、時代小説なんて小難しそうだし、ちゃんと読めるかどうか自信がなかったけれど、優しい文体で案外とっつきやすく、私でもすっと読破できた。その影響を素直に受けた自分に、苦笑がもれそう。

（次は、双輪《そうりん》だ）

またも立技だが、減点ポイントの多い厄介な形。あとでこれを指定されて慌てるよりも、事前に稽古をかさね欠点を克服した上で、選択しておく作戦だ。

この双輪は、前方から自分を狙って左右の挟み撃ちにするつもりの敵を想定した形だ。つまり二対一の対策である。

いくら敵の殺気や意図に気づけていたとしても、どちらか一方を相手にしている間に、もう一人から斬撃を浴びせられて終わりになりかねないが、そんなピンチをどうくぐり抜けるか、それがキモとなる。

呼吸を整えると、想像の中の敵が、何食わぬ顔で道の向こう側から歩きだした。ちょうど左右から挟める形の、不自然な立ち位置。私は早くもその違和を察している。不意打ちで私を討ち果たすつもりなのだ。刺客二人が居合なら、こちらもまた居合。

さりげなく私は左親指へ力を込め、クンッ、鯉口を切っておく。

奴らが間合いへ入らんとするその刹那――私の体は左へ踏みだしていた。

柄頭を押しだし、あたかも抜刀せんと肉薄。

仕かけるつもりで先を越されたと肝をつぶした左の敵は、狼狽《ろうばい》しつつ後退《あとしさ》る。

だが！

真の狙いは右の敵だ。左へ抜くと見せかけ、我が刀が斬ったのは、右の敵の顔だった。それは「人中《じんちゅう》」を浅く裂く。鼻と口の間の急所だ。こんな肉が薄い部分を斬りつけられたなら、だれであろうとパニックに陥る。

だが！

これすらもまたブラフ。狼狽から持ち直しかけていた左の敵へ向き直るや、抜刀させてやる暇も与えず、我が振りあげたる刀が袈裟の軌道で頸動脈を切断。

これでほぼ、勝敗は決した。

あとは、致命傷ではないものの戦意が消し飛んでしまった右の敵を、楽にしてやるのみ。私は優雅に振りかぶるや、一陣の突風のごとく刺客へ迫り、真っ向斬りにて脳天を打ち割ってやった。

ふふ……二人がかりであろうと、我を仕留めるのは不可能。うち倒れたまま反撃のないことを確認しつつ、優美な軌跡で姿勢を正し、血ぶり、そして納刀。

生死の瀬戸際をかいくぐり、私は今日もまた、かくも生き残ってしまった。

遠い山嶺を眺めやり、深く落ち着いた吐息をもらす私なのであった。


三大閻魔らは互いに視線を絡め、何事かの意思を交わす。

「次。指定の形……夢幻反《むげんたん》」

師範代の指示を受け、私は無言で位置についた。きっと来る、とは読んでいた。人気のある形であり、華があるからだ。なればこそ、あえて自分では選ばずにおいた。

夢幻反の想定する場面は、こうだ。

前面に一人の敵。しかし背後には幾人もの刺客が潜んでいる。それと承知しておきながら、私は駆け寄りざま正面の敵を斬り伏せる。一刀の許《もと》にだ。次いで、間髪を容れず背後から迫る敵を撃ち倒すのである。夢想せし我が心象風景と違い、道場は狭い。走ると申してもせいぜいが三歩。だがそれで事足りよう。

左足をす……と立てつ、鯉口を切る。右手は袴をふわりとにぎり、裾を若干たくしあげる。

態勢は整った。我が瞳睛《ひとみ》が、斃すべき敵を捉えるや、す……すす、三歩の小走りで急接近。その三歩目で一気に抜刀。瞬時の真っ向斬りで葬り去った。

常人なれば、ここで隙が生まれよう。卑劣なる刺客どもは、そうなった私の背後を狙うつもりなのだ。

愚かな。

すでに心得ておった私は、背にも眼をつけておる。油断——それは今まさに我が背へ逼《せま》るお主らにこそふさわしい。足音、殺気、風の揺らぎ、およそ気配を生じるあらゆるものを逃さぬ私は、

（今だ！）

足を捌き、体《たい》を替えざま振り向く。奴めの兇刃《きょうじん》は、一瞬前の我を斬った。否、斬っ

たつもりとなった。今、私はそこにおらぬ。最低限の体捌きで絶妙に躱したる我は、同時に卑劣漢の脳天を斬り割っていたのだ。

莫迦《ばか》な……奴の眼が語っておる。

莫迦め……私は崩れゆく敵を見下ろす。

その場に崩れ落ちたる奴から眼を離さず、右足《うそく》を引き、振りかぶる。これは挑発だ。こちらからは見えぬものの、隠れ、いまだ我を狙う狼藉者どもへの。かつまた警告である。おのれらのことなど看破しておるぞ、それでもなお打ちかかってくるというのならば、如何《いか》ほどなりともお相手しよう、と。

気配は失せた。臆したか。だが賢明な逃げではある。

私は振りかぶりたる剣を、優雅に立て下ろす。切っ先は目の高さだ。堂々たる血振りのあと、静謐《せいひつ》なる心境にて納刀。卑怯な襲撃なれども、死したれば、みな仏。

弔いの気持ちを柄頭へ乗せたあと、遥けき山々を仰ぎ見る私であった――。

「はい、それでは最後の形を指定します」

来るがよい。どのような形であれ、拙者は受けて立とう。我が平常心は、とみに研ぎ澄まされておるわ。

「……覇頭身《はずみ》」

え⁉

待って、覇頭身って、あの「ぴよ～～～ん」てジャンプする、あの覇頭身⁉

これまでずっと立技だったから、今度は座技の中のどれかだとは思ってたよ。いや、たしかに覇頭身は座技の一番最後の形だけど。

（あれってネタ形だと思ってたよ……だって、ぴよ～んだよ！）

いやいやクールになれ、うさぎ。私が勝手にネタだと思い込んでいただけで、そもそも三百年以上もの歴史がある、正式な形なんだ。見た目の面白さにころっと騙《だま》されてたけど。

「はい」

あくまで真面目な顔で答え、私はその場に座す。師範代の唇が一瞬だけ、いじわるそうにめくれあがった気がする。

この形、まったく稽古しなかったわけではない。いや、稽古と言えるかどうか……初めて教えてもらった時、面白がって「ぴよ～～ん」なんてキャッキャはしゃぎながら飛び跳ねてたっけな。師範代はその様子を、ほがらかに見守ってくれていた。おのれ、あの時すでにこうすると決めてやがったな。それでいてフェアを期したつもりか、重要なポイントも一応は教えてくれたものだけど……。

覇頭身とは――。

第一印象では「某有名ゲームのヒゲ親父」だった。初っ端から飛びあがりつつ抜刀する様子に、私の心の中では赤い帽子に青いサロペットのヒゲ親父がジャンプする効果音再生は余裕だった。

　ぴよ〜〜〜ん。いや、そうじゃない。思考をそっち方面へ持っていっちゃまずい。

　覇頭身とは――。

　走り逼る敵へ対し、座したるまま迎撃態勢。

　間合いを見計らいつつ、虚をつく大跳躍と同時に抜刀。これで敵の心を掻き乱し、打ち込みをためらわせる。そりゃびっくりするだろう。座っている相手だから余裕だと思っていたら、いきなりぴよ〜〜んと自分の目線位置まで切っ先が飛びあがってくるのだから。

　このフェイントで「え？」となったところへ、突き技二連発。まるで明治剣客譚漫画に出てきそうな突きだ。「ぐえっ」となったところで、とどめの一撃をお見舞い。

　とまあこんな感じだが、トリッキーなだけに、気をつけなければいけないポイントが特に多い厄介な形なのだ。指定されたこちらの気持ちが「ぐえっ」である。

　こうなれば、やっつけるべき仮想敵は師範代でエントリーしてやる。実物が正面に鎮座しているぶん、実に想像しやすい。一旦は動揺したものの、おかげで気持ちが入ってくれた。

いざ、開始。

師範代が、いや不逞浪士・山口始が斬りかかってくる。

動じることのない冷静な私は、さっと鯉口を切って、立て膝の迎撃態勢へ。

奴が間合いへ侵入する一歩手前。

私は天へも届かんとする跳躍と同時に、ぱっと抜刀していた。奴めは度肝を抜かれ、勢いが削がれる。低い姿勢に在る者が、突如として切っ先を高く突きつけたのだから。

ははは、驚け驚け！

真剣勝負は、平常心を保ち続けた者が生き残る。虚をついたつもりだろうが、立場はすでに逆転。生じた隙を決して逃しはしない。飛びあがった姿勢から足の前後を入れ替え、着地。

ドン、と右膝が床を打つ。痛い。しまったか。過ぎたことより、討ち倒すが先決。

一度は宙を舞った刀身が、左手の受け皿へ納まる。膝を中心とした、脚と腰の動きに連動し、突き！

ぐえっ！

腹から血を垂らし、不逞浪士ヤマグチハジメはつぶれた悲鳴を上げる。単に突くのではない。皮膚を突き破りつつ、切っ先は四十五度に回転しながら——つまりは肉をえぐりながら、体内へ喰い込むのだ。より痛恨の深手となるよう、より確実に仕留めるべく。

（突いた時の、二倍の強さで……抜く！）

激痛は筋肉を極度に収縮させる。もたもたしていると、敵の肉体は我が剣を奪い取る。抜けなくなってしまう。だからそうなる前に、倍の力を込めて、引き抜く。もし周囲に他の敵がいたならば、攻撃手段どころか身を守る術《すべ》を奪い取られることとなり、あっけなく討ち取られる。それでなくとも刺した敵の体重に持っていかれ、刀身が曲がってしまう。

さような手抜かりなど犯すこともなく、我が剣は手許《てもと》へ戻り、我知らず不敵な笑みを浮かべる。まだだ、まだ許されると思うな山口始。

突き！

ぐあっ！

二連続で繰りだした突き技が奴の衣を、皮膚を、肉を破り、立つ力を奪う。

その場へ崩れ落ちたところへ、喰らえ、とどめの真っ向斬り！

ぐおおおおお……！

断末魔の叫びと共に山口始は白目を剝《む》き、つぶれた蛙《かえる》のごとく絶命した。

哀れな……。納刀しながら、私はこやつへ情をかけてやる。

（師範代、あなたの犯した間違いは二つ。私へ挑みかかったこと。そしてこの私を剣士として育ててあげてしまったこと。でも喜んでください。あなたの弟子はこのとおり立派に師を超えました。いわば、あなたが遺した作品。誇りを胸に彼岸へ旅立ってください）

すべてを終え、愉悦の笑みを自覚する。

立ちあがろうとして、ぎょっとした。下緒がだらりと垂れているじゃないの。いつからだ。覇頭身は動きが激しいから、ジャンプした時にでも外れたのだろうか。それならセーフだけど。もし夢幻反の時か、さらにその前からだったら減点は免れない。調子に乗って妄想にひたりすぎたか。緊張をほぐすための工夫だったのに。

肝を冷やしつつ、さっと下緒を直す。ええい、ままよ。直したばかりだが、立ちあがったところでまた下緒を外し、刀を鞘ごと抜き取り、締めくくりの刀礼。

刀を右手へ持ち替えて三歩さがり、最後に一礼。これで実技のすべてが完了した。筆記試験はすでに答案を提出済みだから、どうあがこうとも結果は審査員の手に委ねられた。

ふわふわと虚脱した足取りで、青愛高メンバーたちの並びへ戻る。

その後、さらに一年生の三人がそれぞれ昇段昇級試験を受ける。ぼんやり横から眺めていると、みんなそれぞれにまずいところが目につく。かつて自分も、こんなふうに拙《つたな》く見えていたのだろうか。あるいは、現在進行形か。

「はい、では講評を行います」

落ち着き払った師範代の宣言に、部活メンバーが緊張を新たにする。気温が下がり、体温が上がる。残暑の汗、運動の汗に加え、別の成分を持つ汗がにじみでる。

三人の閻魔さまから距離をへだてて、私たちは対面に横並びとなる。

「まずは一年から行こうか。いいですね、ご宗家」

「うん、任せた」

「焦らすのも可哀想だから、一気に結果から伝えよう。向後有紗、二級おめでとう。玉崎誠、一級おめでとう。三川季楽里、初段おめでとう。つづいて講評に入る」

一年生たちの空気がやわらぐ。互いに笑顔を交わしている。これが武道でなければ、ハイタッチでもしていただろうほどの喜びっぷりだ。頃合いを見計らい、師範代が三人の講評を行う。それぞれの反省点と、今後改善してゆくべきポイントを。

「……以上が、君たちの講評である。では次、豊岡晴二段。君は受験があるから早く安心したいだろう。余計なストレスは少しでも軽減したほうがいい。まずは講評から行くが……」

この言い回しは、もう合格したやつだ。豊岡先輩は不安を捨てきれないながらも、胸を躍らせはじめた。これで実は落ちていたならあまりに残酷で、今日から師範代の人間性を考え直さなければいけないだろう。注意点や反省点を指摘したあとに下された結果は減点が少なく、八十九点。安定の高得点だ。

「おめでとう、豊岡晴三段」

先輩は、こちらがキュンとくるほどに笑み崩れた。普段が女剣士の呼び名がぴたりとはまるほどかっこいい先輩だから、なおさらのことだ。

「では二年だ。気を持たせて済まないな。まずは松山芽衣初段」

芽衣は居住まいを正し、膝の上の拳に力を込める。

「……以上が、松山の講評だ。九十五点。全体としては華も勢いにも欠けて、さほど上手い印象があるわけではないが、こと試験となると、松山は欠点の少ない振り方をするな。筆記試験も九十五点と安定している。学校のテストでも優等生だろう？」

「僭越《せんえつ》ながら、はい。二段までなら、動きがすごくゆっくりでも許されると聞いていましたし、試験対策もばっちりです」

「ルールを最大限に利用か。慎重でクレバーだな。とにかく松山芽衣二段、おめでとう。あとは、試し斬りで逆袈裟さえ成功させれば、名実ともに二段だ」

「ありがとうございます」

調子づいたか、五割増しの優等生っぷりで、織り目正しく芽衣は手をついた。

「では次、中池香奈初段」

にわかに、不安がよぎる。気のせいか、師範代の口調が固い。中池さんは身じろぎもせず、じっと師範代を見つめているばかり。

「……以上が講評である。七十三点。どうにかしてもう七点分、減らせないようにしてやりたかったが、ここでかける情けは何にもならない。中池さんは左利きだし、ハンデもあるだろうが、どうしても剣術は右利きしか許されないんだ。時代に逆行しているが、伝統武芸だしこればかりは仕方がない。辛いかもしれないが、今指摘したことを重点的に克服して、次に挑戦してほしい」

「はい……」

「俺の憧れの、新選組三番隊組長・斎藤一も左利きだった説がある。きっと中池さんだって、やれる。今後に期待しているぞ」

「はい」

きっと気落ちしてはいるのだろうけれど、中池さんは努めて落ち着き払った返答だ。もし私が左手で箸《はし》を使ったり文字を書いたりしたら、やりづらくてとても長続きなんてしないだろう。それと同じことを、中池さんは居合でやっているのだ。それでなくても二段の壁は、やはり厚い。同じ形であっても、チェック項目が増えるから侮れない。

「しかし、筆記のほうは満点だったんだ。それだけに、なおさら惜しい。どうかすると、俺でも知らない知識が書いてあって、焦って調べなおしたくらいだったぞ。居合の他流派なんて、途絶したものも含めたら数え切れないほどあるが、その中から随分とマニアックな流派ばかり書いてくれたもんだ、ふふ」

「は、はい……！」

実技では残念な結果だったものの、そこはさすがに中池さんだった。

「さて、最後になったが、網戸うさぎ初段」

「はい」

ついに来た。お尻の下から重力が失せた気分だ。

「筆記は八十五点で、まあまあだった。それから実技だが……最初の刀礼は、まあよいか。帯刀の際、柄頭が上下に動きすぎたのと、差す角度も上すぎたのはいただけないが、現段階では不問とする。今後はもっと水平を心がけてくれ」

もっと上の三段以降となれば、そういうところも厳しく見られるのだろう。冷や汗が少しばかりにじみでる。

「野辺伏りは日頃からよく稽古していて、こなれ感があったな。全体としては悪くない」

よかった。ここでさっそく減点を喰らうと、あとが辛くなる。

「しかし抜刀から袈裟へ転じる際の、刀身の軌道がぐるんと回り過ぎだ。これは五点減点したいところだが……」

愕然とした。満を持して一発目に選んだ得意の形なのに。これが完璧ではなかったとしたら、その後の形では一体どれだけ点数を落としてしまうのだろうか。

「まあ、それは目を瞑《つむ》ってもいいかとも思う。三段だったらアウトだが」

少しだけ安堵したが、心臓と脈は忙しい。

「問題はそのあとだ」

莫迦な！

緊張のあとで油断を誘い、ずぶりと刺すスタイルか。

「野辺伏りの袈裟は、振り下ろす最中に左手が柄と合流するんだ。しかし網戸は振りかぶりの段階ですでに左手を上げて、両手でにぎっていた。稽古の際にはいつも注意していたはずだぞ。ここは減点せざるを得ない」

一度は安心してしまっただけに、このダメージは反動が半端ない。あと失えるのは十五点分。残り三つの形で、許されるのは一本につき一ヶ所ずつ。なおかつ強い懸念事項は、

（最後に気づいた下緒だよね。あれが、どの段階で垂れちゃったかだけど……こういうのは一点ずつの減点だっけ）

たとえ、形でぎりぎり八十点で踏みとどまっていても、あのミスがいつのタイミン

グから起きていたのか、どのくらいの間、気づけていなかったのかによって変わってくる。覇頭身の途中からだったなら、減点を免れるけれど……。

「次に双輪だ」

手が汗ばむ。チェックされるべきポイントが多い分、敬遠されがちな形だ。

「双輪の一番と言ってもいいポイントは、二太刀目で刀を振りあげる時で、これはいつも指導していたことだが……微妙かな」

ああ、気をつけていたつもりではあったけど、そこをつつかれるか。

「慈境流では、ここはしっかり真上へと規定しているし、ほぼ内容が同じ夢涯流でも、そうしている団体もある。が、この辺りは会派によって実はまちまちで、網戸のような振り方をよしとするところもある。まあここは……許容範囲とするか」

ほっ……と胸をなで下ろす。同じ形でも団体によって解釈が違い、時にはぜんぜん別な印象になることも多いみたいで、実際、動画で見て驚いたこともある。それに比べれば、今日は小さな差異として許してくれた。もちろん、

「三段の時には厳しくするからな」

はい、ごもっともでございますとも。

「ただ、初太刀で右側の敵の人中を斬った動きと、二の太刀で左側を袈裟斬りしたそれぞれの動きは、及第点だった。しかも二の太刀、その前の野辺伏りで失敗していた

左手の運びが、ちゃんとできていたじゃないか、惜しいな」

私は頭をかかえたい気分だ。そう言われてみれば、慣れない形だけにともかく気をつけていたのだ。一方、野辺伏りは慣れによる慢心が否定できない。

「そう悔しそうにするな。俺はほっとしたんだぞ。最後のドヤ顔納刀も双輪にぴったりで拍手したいくらいだったしな」

やはり気をつけていた甲斐《かい》があった。注意点の多い形をあえて選び、徹底的にゆっくり丁寧に反復稽古したのだ。「ゆっくりでできない奴は、速くもできないぞ」なのだ。私の戦略勝ちと自慢しても差し支えなかろう。ありがとう師範代。

「フェイント後の初太刀へ至る、足の踏み替えを忘れなければ、満点だったのにな」

安堵したところで、いきなり背中から、ずぶりと刺された。

「他に気になったのは、最初のフェイントの雑さか。足音だけは立派だったが、敵が驚くのはそこじゃない。自分に迫ってくると錯覚させる、柄頭の恐怖だよ」

「はい……」

実はあまりよくわかっていない。どう反応すればいいのか途方に暮れて、曖昧な返事でその場をしのぐしかない。

「ちょっと、もう一度そこだけやってみてくれ。俺が前方から歩いてくるから」

促され、私は刀を手に立ちあがると、位置についてみた。師範代がさりげない風を装って私の左側へ近づいてくる。

ここか！

と思うタイミングで踏み込み、柄頭を師範代へ突きだす。

「駄目だ。ここでちゃんと驚かせなきゃ、敵はそのまま網戸を斬り伏せにかかるぞ。じゃあ今度は俺がやろう。網戸は歩いてきてくれ」

指示された通り、私は師範代へ向かってゆっくり接近してみた。

間合いへ入った瞬間、師範代は左足の踏み込みと共に、柄頭を鋭く突きだす。

「どうだ、わかったか。自分に攻撃を加えてくる、という迫力がこの柄頭に宿らなきゃいけないことを……ん、わかんなかったか？」

どうしよう。本当にわからなかった。正直なところ、そんな得意顔で言われるほどには「迫る柄頭！」という感じがしない。ここはひとまず師範代を気遣って、怖かったですと答えたほうがよかっただろうけど、それより先に表情のほうが素直に出てしまったみたいだ。

「そうか……俺もまだまだ未熟だな。偉そうに言っちまったが、すまん」

こんな時、変な見栄や体裁を張らず、素直になるところが師範代の長所で、むしろこれからも信頼したくなる。

「おっと山口君、僕の見本を期待していそうだが、結果は変わらないと思うよ」

ラブコールの視線を送る師範代へ、ご宗家が笑って答えた。

「網戸さんには悪いけどねえ、これは受け手側の問題なんだよ。修練を積んだ者であれば、山口君が見せてくれたフェイントに驚けるだろう。何しろ本当に、自分をまず倒そうとしたように感じることができるのだからね。逆にまだ修練がそこまで行っていないと、単に何か動いたとしか思わず、何も感じられないもんなんだ。網戸さんは居合を始めてまだ一年半。そこまでのレベルを求めるのは、酷というものだよ」

ちょっと待って。これは単に私が素人同然の未熟者だったという物語だったの？

「いやいや網戸さん、がっかりしたかもしれないけどねえ、山口君がフェイントの大切さを伝えたいと思えるほど、君が上達してきている証拠だよ。むしろ胸を張ってちょうだい」

師範代は胸をなで下ろしたが、私はすっかりしょげてしまった。つまり研ぎ澄まされた剣士には程遠く、ぼんやり呑気な素人の域に留まっていると宣告されたようなものだ。

「こほん。まあ座ってくれ網戸」

師範代もバツが悪そうに元の位置へ戻る。

「双輪は、そういうことで今後期待できるぞ。うん、よくやった。さて次は夢幻反だったな。目立ったミスはなかったので、よしとする」

え、それで終わり？

そんなわけあるか。そりゃ夢幻反もかなり反復稽古してきたけれど。今のことで師範代もけっこう動揺しているな。平常心とかどこ行った。……などとは決して言わず、自分の不利にならないようありがたく無言を貫いてやる。

例の油断ならない笑みの萩園さんは「へえ」なんて感じの、意味深な顔を向けたけど。ご宗家は特に異論はなさそうなので、このまましのがせてもらう。

「では最後、覇頭身だが」

ここで言葉を切り、師範代は腕を組んだ。私は祈る気持ちで、唾を呑み込む。

「こうもボロボロとはなあ」

私の全身から、血の気が盛大に失せていく。うん、わかってた。だから夢幻反に減点がなかったことに安堵したのだ。どうもこの雰囲気では、それもぬか喜びになりそうだ。

「どこから説明すべきなのか……最初の跳躍で抜刀した際、切っ先が跳ねあがりすぎていたな。ここはひとつ、大事な認識を心に留めておいてほしいところだが、慈境流や夢涯流は他流派にとって、いやらしい相手とされるんだ。それはなぜなのかわかる者、いるか？」

ぐるり、私たちを見渡す。

「豊岡はどうだ」

「はい、シンプルで隙が少ないことと……」

豊岡先輩が、よく通る声で考えながら答える。

「あと、敵にとっては、切っ先が常に自分の眼へ向けられているところです」

「そうだ。完全にいつでも、とはいかないまでも、可能な限り切っ先は敵の目へ突きつけている。それゆえに迂闊《うかつ》な出方が取りづらいし、心理的圧迫感も半端ない。そんな剣術だから、昔の時代劇では悪役が遣う剣術によく設定されていたらしいがな」

「へえ、意外ですね。時代劇でも流派とか意識して設定してたなんて」

「昔は時代劇が今よりたくさんあったし、お年寄りなんて、剣術をやっていなくても『あれは何々流だ』と有名どころは判別がついたらしいぞ。さ、それはともかくとしてだ」

話題が元へ戻りそうなので、私は改めて身を固くする。

「今後は可能なかぎり、敵の眼へ刃を突きつける。これを意識してくれ。その次だが、着地が雑だった。もっと全身のバネを使って、衝撃を吸収するよう着地してほしい。じゃなきゃ次の動作にブレが生じる。実際、直後の突きはブレブレだったよな」

思わず目を瞑る。記憶をたどれば、たしかにあの突き技は斜めに飛びだし、途中で軌道修正した結果、その軌跡はゆるくS字を描いてしまった。

刀身へ添えた左手と、柄を押しだす右手が、直線上でなかったからだ。何なら、高低差もあった。これで二点目。いや着地と突きとで、三点目か。十五点の失点だ。

（終わっちゃったな……）

受け入れるのが怖くて、まだ実感が襲ってこないけれど、事実は事実だ。覚悟ができる者こそ武士。中池さんだって落第を受け入れたじゃないか。感情が追いつかなくても、せめて頭では理解しておこう。そのほうがあとから来るショックが柔らかくなってくれると思うし。

こうなったらもう、じわじわ滲《にじ》みでてくる悔しさを抑え込むべく、叫ぶ。

「他にも、もっと指摘してください！」

ほぼやぶれかぶれの、やけっぱちだ。

「お、その意気やよし。最初の突きのあとは、膝立ち姿勢のまま一歩分ほど後退するが、この時の足と腰がもたついていたな」

「はい！」

「しかし二撃目の突きは悪くなかった。腰がもっとしっかりしていれば、もっと文句はなかった。残念なのは最後のとどめだ。これは俺の指導も悪かったかもしれない。男性は模範どおりの振り方でいいが、女性はもっとこう、一拍入れてから負担のないように振ったほうが、腰が入りやすくてよかったかもな」

「はい！」

「最後に指摘しておきたいのは、終わり際の、あの笑みだ」

「はい……」

「あれは最高だったぞ」

「はい？」

「全体的にはボロボロだったが、今日見せてくれた形の中では、最も気迫に満ちていて、その仕上げがあの笑みだった。形の正確さも大切だが、俺はそれよりも、生死をかけた命のやりとりに臨む意志の強さを、より評価したい。だから、どうしても減点を免れない部分、跳躍時の切っ先のブレと、一撃目の突きのブレを差っ引いて、合計で八十点。それ以外はボロボロでも、荒削りながら今回で一番よかったと感じたぞ。よくやったな網戸！」

本番中には仮想敵として白目を剝いて死んだ師範代が、今はにこりと優しくも心強い笑みを向けてくれる。

「すべて、師範代のおかげです！」

私は胸を張って、一礼した。つまり、これで二段へ昇段できたのだろうか。実感が追いついてくれない。これが自分の妄想ではないことを必死に祈りたい。

「ああそうだ網戸さん、終わり際の下緒ね」

ご宗家が、唐突に口を開いた。うっかり忘れかけていた、不吉な要素を指摘して。あれがもし、ずっと気づかないでいた失敗だったなら、最低でも一点が差し引かれる。昇段は惜しいところで、するりとこの手を滑り落ちてしまう。

「よく気がついたねえ、跳躍のハズミで抜けちゃった時、心配したよ。演武に没頭しているようだから、外れたままになるんじゃないかと」

「ああ、俺も胸をなで下ろしたぞ。部員の中では所作や作法で最も減点をくらうかなと思っていたのに、これは意外だった。豊岡ですら一点失ったのにな。それも大したものだ」

心臓に悪い。つまり……これって、下緒のミスはなかったということでいいの？

「うん、大したものだねえ。跳躍のハズミなだけに。下緒のハズミだねえ」

ご宗家は妙に同じことを繰り返し言っては、うなずいている。ここまで心配してくれていたことが嬉しい。あとは師範代の宣言を聞くのみ。それまでは安心できない。

「おめでとう、網戸うさぎ二段！」

ほっと気が抜けかけたところを、どうにか踏みとどまり、深々とお辞儀をした。胸元が床へ最接近したところでようやく、実感と喜びが大爆発を起こし、身体中がじんと痺《しび》れた。心臓が忙しい。

「覇頭身のハズミ……」

ご宗家がまた同じことをつぶやいていた。

ご宗家を正面に相対し、ずらり並んだ門下生たちは、前列右端の山口始四段を筆頭に段位の順で並ぶ。

「はい、じゃあ終わる前に允許状《いんきょ》を渡そうかね。こういうのはね、各流派の宗家がみんな書くもんで、でかい団体だと渡すまで二、三ヶ月はかかっちゃう。その点、うちなんて小さいもんだし、道場の隅っこでささっと書いて、すぐ出せちゃう」

自嘲でもなく、ご宗家は愉快そうに複数枚の允許状をとんとんとそろえる。

「高内先生ー、允許状の時くらい、ご宗家らしい威厳とかあってもいいんじゃないですか？　たまには武道っぽい雰囲気も大切にしましょうよ。じゃないと、昇段できた子らも気分が出ないと思いまーす」

「いやあ萩園さん、すまんね、僕はそういうのが苦手だし、居合さえできればそれで嬉しいじいさんだからね。武道にありがちな上下関係とか、厳しくするとつまんなくなっちゃう。じゃあ、豊岡三段、前へ」

「はい！」

豊岡先輩が立ちあがり、ご宗家の正面、数歩手前で座す。

「豊岡晴どの。三段を允許する」

さすがにここは威儀を正して、賞状のようなクリーム色の厚紙を両手で差しだす。豊岡先輩は座った姿勢を崩すことなく、なめらかな膝の動きのみで進みでた。その作法の見事さに、ご宗家は頰を「ほう」と感心で緩ませた。

（あ、これ膝行《しっこう》だ……）

先輩、いつの間にあんな作法を……これで先輩の玄人感がぐっと増量される。

「次、網戸二段、前へ」

「は、はい！」

あんな見事な膝行を見せつけられたあとでは、どうしたって緊張する。かくなる上は私も……などと見よう見まねで挑戦したものの、我ながら華々しいくらいの無様さをさらしてしまった。両頰がとても熱くなる。芽衣は無理せず普通に受け取り、一年生三人もまた分をわきまえた初々しさで受け取った。

私は少しイキっているのかな。だとしても無理はない。「あの決意」が、今や現実味を帯びたんだ。無謀なのは承知している。シラフじゃ、やってらんない。

師範代の号令で、一同が刀礼をし、

「ありがとうございました！」

気合いのこもった挨拶を叫ぶ。

散開となったところで、道場の門下生の木札額を見あげると、私の木札は、早くも初段から二段へ移し替えられてあった。感無量だ。

これから私が表明する決意は、やはり無謀だろうか。どんなに覚悟してみても、目の前に立ち塞がる分厚い壁に怯んでしまいそうだけど。

(でも、二段を取れたら絶対にやると決意したんだから)

揺らいだ覚悟は、何度でも立て直せばいい。過去の、いじめられることを恐れて他のだれかを生贄にささげ、安全地帯へ逃げ込んだ弱っちくて卑怯《ひきょう》な自分を想え、強く想え。揺らいだ覚悟は、バージョン２へアップデートしろ。

「師範代、あああの、お話が……」

ご本尊であるご宗家へ向かおうとしていた足が途中で進路変更し、着替え中の師範代へ接近した。覚悟をバージョンアップしたつもりでも、まだ勇気が不足気味だ。いや、ここで必要なのは勇気ではなく、無謀だ。

「夏休み前に師範代がおっしゃっていた、アレに出たいです」

「………何にだ？」

私の無謀は、秒でしぼんだ。それでも心の限り目いっぱい声をしぼりだせ、私。

「たた、大会に……」

きょとんとされることが、こんなにも苦痛をともなうなんて。一秒一秒がこんなにも長いなんて。両脚は重力を失いかけているし、嫌な汗が稽古着をじめじめ湿らせてゆく。

この沈黙に、一体どれほどの時間を費やしたのだろうか。「何でもありません」という言葉が喉元をうろうろし、いよいよ出るべきタイミングが近づいてきたその時。

「……覚悟はあるのか？」

師範代の真顔が、私のすべてを固くきゅっと引き締めた。

「はい」

不思議なほどすんなりと、返事が出た。

他の女子メンバーが用具倉庫で着替えている間。ご宗家が悩ましげに腕を組み、その隣に師範代。斜め横には萩園さんがちんまり座っている。

「うちの道場はたしかに参加枠をもらっているし、今のところ萩園さんだけが名乗りを上げているが……怪我のリスクがともなう大会だし、未成年を出すのは躊躇《ためら》うねえ」

あまりに現実的でまっとうな正論だ。想いだけが突っ走って、スべってしまったことを痛感する。ご宗家に比べ、団体内での責任が遥かに軽い師範代は「お前次第だぞ」などと目で語りかけてくる。

顔を真っ赤にしながら「わかりました」の「わ」の字に口が動こうとした刹那、

「いいね！」

萩園さんが、ぐっと親指を突き立てた。

「面白くて、そういうの好きだよ。予選もないまま団体代表ってのも、正直どうかと思っていたし。うさぎちゃんがやりたいなら、受けて立つよ」

ご宗家をおいてけぼりに、萩園さんは愉快そうに突っ走りはじめる。

「高内先生、やってみたいんですけど、あたし。剣の世界に、成人も未成年も関係ないし」

「そう来たかね。個人的には『剣に年齢など関係なし』は気に入ったが……」

どうするね、とご宗家は師範代と視線を交わす。

「まあ、参加者の決め方は各団体に一任されていますし、予選的に試合くらいはやってもいいと思います。いい経験になりますし。おい網戸、言っておくが萩園さんは強いぞ。コツコツ積み重ねるのが剣術とはいえ、彼女はセンスの塊だ。俺ほどじゃないが、彼女は四段だってことを忘れるな」

「ちょっと、ぐっちー、静かにしてて。せっかくうさぎちゃんがやる気出してるんだし、あんまり脅さないでよ」

だれのことかと訝《いぶか》しめば、ぐっちー、山口師範代のことか。

「ね、うさぎちゃん。もうちょっと後輩思いでいてほしいよね、先輩には」

「ささ、皆落ち着いて。参加者の申請は十月十日。まだ一ヶ月ある。それまで精一杯に稽古をかさねながら、じっくり考えてごらんなさい。それでもやってみたいなら、網戸さんと萩園さんとの予選試合をしてみるのも悪くないさね」

「は、はあ……」

ご宗家の一言で、その場はひとまずまとまった。

「あたしは楽しみにしてるからね、うさぎちゃん。勝ち負けとか気にせず、二人で楽しくやりあおうね」

気軽な口調。私が遥かに格下だから、勝負相手として見做されていないのかと思ったけれど、萩園さんのきらきら輝く笑顔を見る限り、どうも違うようだ。真意をはかりかねて困惑ぎみの私へ、師範代は苦笑まじりで、

「歳上にこんなこと言うのも気が引けるが、萩園さんは変人なんだよ。例えば、せっかく広告代理店で働いてたのに、あっさりやめちゃったりとか。それで今は不安定なフリーランスをやってるそうだ。こっちは就活もままならない悲壮な大学生なのに」

「え、萩園さんって広告代理店に勤めてたんですか。そう簡単に入れませんよね？」

「あ、そういうのどうでもいいから。業界人ぶる奴ら多すぎ問題で、ばかばかしくなって辞表出したら、引き止めにかかった上司のやつ、何て言ったと思う？」

よくはわからないが、やはり罵倒されたのだろうか。

「生涯賃金三億円だぞお前、だってさ。会社を蹴っ飛ばす気持ちが、ますます固まったよね」

「……だろ？　俺だったらとても蹴飛ばせないな。その度胸と実力が羨ましいよ」

「う～ん、僕なんかねえ、カミさんの七光りで喰わせてもらっちゃって、収入もあまりない剣術三昧じいさんだからねえ、すごいとしか言えないよ」

師範代もご宗家も一目置く才女。剣術面でも、剣術以外の面でも。

「や、前の会社のパワハラとセクハラでは、先生の奥さんにお世話になりましたよ。さすがバリバリの人権派弁護士ですよね。そんなわけで、今では好きにイラストを描いて生きてるっす。あ、うさぎちゃんがその刀袋につけてる『うさぴ』のキーホルダー。それ、あたしがイラストの仕上げ担当したグッズね」

え、これが⁉　有名な業界の話題だけでもお腹いっぱいなのに、ごく身近の、それも自分が好きな可愛い系グッズの具体例があると、実感が半端ない。

この場で理解できたことは、たった一つ。

大会うんぬんの前に、とんでもない巨人が立ち塞がっていること。自分の二倍は生きている人生の大先輩で、しかも実力の桁が違いすぎ、かつ、社会人としても途轍《とてつ》もなく有能な、どこをとっても敵う要素のない相手。

片や、こちらは何も持たない、吹けば飛ぶような高校生。

「ま、予選試合は来月にしよう。それまで頑張って腕を磨いてほしいねえ。その前に山口君、萩園さん。ここで組太刀を見せてあげなさい。きっと参考になるから」

ご宗家の提案に、四段の二人が立ちあがる。刀袋から鞘付き木剣を出し、さっと帯刀。

「いざ……」

萩園さんの組太刀は、ついさきほど、豊岡先輩の昇段試験でも見せてもらった。だから今日はこれで二度目ということになる。

なのに――。

それは、まったく別物だった。

二人の木剣が、気迫のこもった音を打ち鳴らす。私にはこれを言語化できるほどの語彙《ごい》がない。これが四段同士の組太刀なのか。背丈がちんまりしている萩園さんが、鬼神にすら見える。一歩間違えれば、大怪我をしてもおかしくはない激しさだ。

（私の覚悟、あと何回バージョンアップを繰り返さなきゃいけないんだろ……）

着替え終わって用具倉庫から出てきた部活メンバーたちも、立ち尽くし、茫然《ぼうぜん》と眺めていた。

第6話　予選試合——摺り足こそが死合《しあい》を制す

一ヶ月間を、猛稽古で過ごした。

この間、実は文化祭があったのだが、全力で無視する結果になった。クラスの皆にはすまないとは思ったけれど、脇見をしている余裕はまったくなかったのだ。部活紹介を兼ねた体育館ステージでの演武ですら、私抜きでやることになったくらいだ。

なおこの時、芽衣が部長に就任した。何より心強い人選だ。

クラスの出し物は、クラブの真似事に決まった。ＥＤＭ好きの男子がＤＪをやってみたくて、やる気まんまんで企画を立てたらしい。

クラスメイトたちがいきいきと奔走している姿にそっと手を合わせ、そそくさと放課後には道場へ通い詰める毎日を送った。高校二年の文化祭は多分、十代の思い出としては最強の部類に入りそうなものだが、それを捨ててまで私は地獄の青春を選んでしまったのだ。

大学から浅草の道場へ直行してくれた鬼師範代が、

「さ、今日も地獄の始まりだ」

含みのある笑みと仁王立ちで待ち構える。この猛稽古の初日、

「まず言っておく。網戸の実力で勝てる相手ではない。それでも俺は可能性を押し拡

げられるなら全力で手伝おう。無謀なら無謀で、１％を５％くらいに引きあげるのも戦術だ」

もう少し希望を持たせてくれてもよさそうなものだが、師範代なりに教え子を可愛がってくれているのは一応伝わる。そうであって欲しい。

「今のうちに叩き込めるものを叩き込む。もうすぐ俺の就活が本格スタートしちまうからな。これが来年じゃなくてよかったよ」

師範代は道場の隅の用具入れからスポーツチャンバラ用の刀を取りだし、ぶんぶん鈍い音で風を斬る。組太刀の稽古で使用しているスポンジ刀だ。演武や昇段試験などは木剣で行うにしても、普段の稽古では怪我をしないようこちらを使う。

大会ではプロテクタをつけた上での木剣勝負になるらしいが、道場では防具なんて用意していない。何しろ組太刀以外では、刀が相手の身体に触れることのない形稽古が中心なのだ。だから萩園さんとの試合は、このスポチャ刀で勝負するらしい。

これは木剣や模擬刀とは感覚が全然違う。振れば、切っ先が遅れてついてくる。空気抵抗が強い。まず一度、師範代の本気モードで組太刀をやってみたが、そのスピードにはとてもついていけなかった。つまり現時点での勝算はゼロである。

たまに、ふらりと現れるご宗家が、

「おう、うちのカミさんから、頑張る若人にプリンの差し入れだぞ」

普段ならこちらのテンションが上がりそうな魅惑のスイーツにも、喜ぶ余裕もないまま師範代の打ち込みを受け、斬撃を繰りだす。極度に集中しているせいか、三十分くらいならあっという間に過ぎ去るが、それを越えると急激な疲労に足を引っ張られ始める。時間の進みが極度に遅くなる。

そんな時、プリンの存在がひどく有難い。時には女子に人気の高級チョコ、時にはアイスバー。梨やりんごの切ったのが運ばれてくることもある。全部、二階の法律事務所で働いているご宗家の奥さんからだ。

「根《こん》を詰めすぎても逆効果だからね」

などと見守るばかりで、口をあまり出さないご宗家だったが、ある時、

「網戸さん、君、摺り足は上手いねえ」

猛稽古一週間を経た頃だった。ちょうど、あまりの地獄に、目標へ邁進《まいしん》する自分を見失い始めていた時だ。

「たしかに高内先生のおっしゃるとおり、網戸の摺り足はもともと上手いほうだったが、最近は特にめきめき上達しているな。打ち込みや受け流しの反応は鈍いが」

何のことはない。疲れているだけなのだ。居合では摺り足移動が基本で、剣道のように跳ねる勢いの足捌きはほぼない。とにかく省力よろしく、足を引き摺るしかなくなったに過ぎない。

「今のままでは、網戸の打ち込みなんて、萩園さんの手にかかれば悉《ことごと》くいなされて終わりだ。しかし摺り足での体捌きを強化すれば、相手の攻撃が当たりづらくなる。そうやって時間を保たせたなら、まぐれ当たりの機会もやって来ないとは言い切れないよな」

要するに逃げ回っていれば、ラッキーショットもあり得るかも、という話か。

「山口君の着眼点は悪くないねえ。萩園さんは感覚に頼るあまり、足許がおろそかになることもあるしね。学生時代は剣道の全国大会でかなり上位に入ったそうだが、彼女はその経験がよいほうにも悪いほうにも出ているしねえ」

軽く、いや、かなり衝撃を受けた。今さらだが、改めて思い知る。私はとんでもない怪物に挑もうとしているのだ。疲労が激しすぎて、もう驚くことすらできないけど。

「しかし、摺り足だけなら、網戸さんのほうが上手いかもわからん」

ですから、へろへろに疲れ果てた結果なんですってば。

「よし網戸、長所を伸ばす作戦だ。火曜と木曜の部活では摺り足を中心に稽古しろ。学校の体育館は広いから、そのまま摺り足による小走りの稽古もできるしな」

この時点ですでに、文化祭では私抜きで行くよう新部長の芽衣が提案していたし、演武の稽古をしないで済む分だけ、摺り足に専念しようと思えばいくらでも可能な環境が整っていた。

あまりに地味すぎる反復稽古は、ますます魂が磨耗する。私の心がどこまで保つだろうか。どんなに固いつもりの決意でも、私程度の凡人だと容易くすり減っていく。

当初のモチベーションをかなり消耗しつくした頃、どういうわけだか、反比例するように周囲は協力的になっていった。要するに「やっぱりやめます」などとはとても言えそうにない空気に、すっかり包囲されてしまったのだ。私は弱い。

空気に流されず、自分の意志をしっかり表明できる人間になりたい――。

そんな思いから始めた武道だったはずだ。そんな自分でありさえすれば、いじめに加担する奴になんて成り下がることはなかった。

周囲に失望されてでも、ここは勇気を出して勝負から降りる意志を示……ん、待てや、心が強くなりたくて挑んだのに、意志を強く保つためにやめる宣言って、どういうパラドックスなのだろうか。一体どちらが確固たる自分への道なのだろう。

思考が混濁と混乱に沈み込むほどに、私は疲れ切っている。

これがアニメや漫画の主人公なら、熱量を込めたまっすぐな瞳睛《ひとみ》で、最後までやり遂げるのだろう。そんな人間なんて、フィクションの中にしか存在しないし、現実世界でも限られたひとにぎりの特別な人にのみ許された強さだ。読者や視聴者でありつづけられる現実世界では、無責任に応援したり、勝手に勇気ややる気をもらえた気分にひたって終わりだ。

　学校の部活では、準備運動や柔軟を終えてから摺り足の稽古へ移る。号令係に合わせて十歩だけ進む。次にまた十歩後退。同じ歩数で元の位置に戻るよう意識するのだが、これが案外と難しい。でも、思えばたしかに私はこれが入部当初から上手かった。

　その後は模擬刀をにぎって、素振りに打ち込み、各部員がそれぞれ課題にしている形の稽古へ。一年生の上達は三者三様で、マイペースな向後さんはまだ基本形をのんびり稽古しているが、玉崎君は中池さんの見本で、上級の形に取り組みはじめ、三川さんに至っては、組太刀を芽衣から教わっている。

　そんな光景を横目に、私だけはひたすら摺り足を繰り返してばかり。普通に進むだけの摺り足、変則的ステップの摺り足、左右横移動の摺り足。模擬刀を正眼に構えながら、あるいは納刀状態で、または敵へ切っ先を突きつけながら……。あらゆるバリエーションをこなしながら、ただ地道に稽古を重ねる。

　隣のバレー部から、ボールが飛んできた。それを偶然、さっと体捌きで鋭く避けると、直後、居合道部からもバレー部からも、どよめきが響きわたる。

「先輩、お見事です！」

「あ、ありがとー」

　後輩からの声援に、笑顔で応える。実際のところ、みただけだったのに。

思考がぼんやりとしたまま、たまたま摺り足の方向を転じつつ、刀の構えを変えて

（何か飛んできてるなあ）

稽古すれども上達した実感などこれっぽっちもなく、気力や体力が目減りするだけの毎日に、善意の応援や協力に取り囲まれると、苛立ちのあまり叫びたくなる。

「百メートルダッシュの速度キープで四十二・一九五キロを走破できるものだけが、私を応援せよ！」

他人に嫌われることを極度に惧《おそ》れるチキンな私は、可能なかぎり、なけなしの笑顔を掻き集め、感謝の表現を繰り返す。私はつくづく生身の人間だが、その中でもとりわけ弱くて醜い。もっと弱くて醜かった中学時代の私が、そんな時にかぎって脳裡にちらつく。すると条件反射で私の心は飛びあがってしまう。足の裏に鋭い棘が何本も突き刺さったか、あるいは熱した鉄板を踏んでしまったかのように。

——これが、予選試合まで過ごしていた私の一ヶ月間のすべて。

どうやって生きて、どうやって呼吸していたかすら定かではない。

ふと我に返ると、私は慈境流内予選試合の場に立っていた。

右手にはスポチャ刀。

場所は道場近くの小学校体育館。大会規定の広さに、白いビニールテープが、ぐるりと四角く囲んでいる。その一辺、二十メートル。

出場宣言から今この瞬間まで、秒で過ぎ去りワープした錯覚に襲われる。それでいてちゃんと記憶はある。昨夜など、緊張で眠れそうもないどころか猛烈な睡魔に負けて、十二時間は眠りこけてしまった。

七時に自然と目が覚めてもまだ、ぼんやりしていた。洗顔もしたし歯も磨いた。作り置きのお味噌汁だけを胃袋へ流し込み、準備を整えて出た記憶もしっかりある。駅へ向かう道の、落ち葉を踏みしだいた音も覚えているし、北千住駅の改札を通り抜ける瞬間の電子音も鮮明に耳へ届いていた。

夢遊病とはこういうものなんだろうなと頭の片隅で考えつつ、はたと我に返ると、すでに対戦相手と対峙していたのだ。

真正面の萩園さんは普段と違い、目が据わっている。

しかも……、

(白い、稽古着!?)

先日の昇段試験で会った時は黒い稽古着だったが、今日は白。

通常、居合の稽古着は黒が圧倒的に多いが、実は白も選べる。ほとんどの人が黒な

ので、何の疑問もなくそちらを選ぶパターンが多い。それだけに、

（すごく、強そう。それ以上に、意気込みを感じる……！）

着ている人が少ないゆえに、特別感が漂う色だ。だから、白い稽古着の女性はよほど腕に自信があるか、あるいは単に目立つのが好きかの、どちらかだ。萩園さんは、間違いなく前者だ。

「はじめ！」

山口始師範代が、自分の下の名前を叫んだ。いや違う、審判役として旗を振り、開始の合図をしたのだ。心の準備もないまま、試合へ突入した。

双眸《そうぼう》をらんらんと輝かせた敵が、獲物を狩る勢いで急接近。好奇心剝きだしの様子などまるで猫科の猛獣だ。速度が乗った真っ向斬りをかろうじて防ぐも、即座に逆袈裟が襲い、続いて突き。私はあり得ない姿勢で、どうにか受け止める。我ながら有段者とはとても思えない、途方もなく無様な格好だ。

何これ、怖い！

あの頃の私は、つまり出場宣言をする前までは、世の中にこんな恐怖があるなんて想像もできていなかった。明らかに自分をほふりにかかる猛獣に睨まれたら、こんなにも全身がこわばるものなのか。脚から力が抜けかかり、がくがく震える。怪我の心配が一切ないスポチャャ刀なのに。

わたしが兎なら、萩園さんは白虎。逃げる機会を失った草食動物は、その眼光の前に立ちすくみ、なすすべもなく捕食されるのだろう。自然の摂理だ。

そうだ、私が怯えているのは、敵の殺意なのだ。

一旦離脱した敵が、しかし小首をかしげる。充分にとった距離から、今度は納刀状態を取り、すす……すすすと小走りで迫る。

どう出るつもりか。

心を決めるなんて悠長な暇も与えられないまま戦場へ放りだされた私は、ただ必死に敵を目で追うしかない。

右足の踏み込みと共に、抜刀からの左逆袈裟が襲う。咄嗟に私は、刀を床へ突き立て防ぐ。と見る間に次はぐるり、右袈裟が迫る。それもギリで受け止め、ぱっと一歩前の間合いで対峙した。互いに正眼の構えをとる。スポチャ刀の先端が触れあう。

はたと、気づく。

(これは、昴宿《ぼうしゅく》だ)

組太刀の二番目となる形の、導入部だ。

今年の春の部活紹介演武で、私と豊岡先輩が披露した形だ。

(となると、次に真っ向斬りが来た時、私は足捌きで左前へ躱して、腰への一撃を……いやこれはブラフかも。そういう誘いで騙して、隙をねらう魂胆なの？)

私の悟りを敵は察したか、愉悦で口を歪める。私をもてあそんでいる。形どおりなら、敵は真っ向斬りを仕かけるはず。

逡巡《しゅんじゅん》する余裕を与えてくれるほど、相手は親切ではなかった。刀の先端をわずかに掬《すく》いあげた、と見えた途端、視界いっぱいに暴風が突っ込んできた。

――真っ向斬りだった。

定石どおり。そう悟った時にはもう、体捌きへ移るには遅すぎた。

勝てないまでも、もっと善戦したかった。所詮この程度が私の全力だったのなら、この一ヶ月の地獄にはどれだけの意味があったのだろう。閃光《せんこう》のように、嘆きや絶望が脳天を貫く。

ブオン！

柔らかな轟音《ごうおん》が耳をかすめ去る。一度は蒸発しかけていた思考が戻ると、萩園さんは間合いを取り直すべく、ゆっくり後方へ下がるところだった。わざと外したのか。

まさか、情けをかけられた？

いや違う。あれだけ好奇心をぎらつかせていた萩園さんが、今や、冷めた眼で私を見ている。冷めたどころじゃない、

（飽きて興味を失ったおもちゃを見る目つき……あれは、そういう目だ）

仕方がないと納得すると同時に、やりきれない悔しさがじわじわ全身を侵食する。

この試合を望んだのは、たしかに私自身。

それを実現させてくれたのは、たしかに萩園さん。

でもこれはあんまりじゃないか。実力不足は認めるけど、だからってあの態度はマジであり得ない。萩園さんはこちらの怒りなど知らぬ顔で、さっさと終わらせにかかる気だ。無造作にすたすたと間合いを詰めてくる。

タン！

床を蹴る音が高く響き、同時に鋭い真っ向斬りが風を切る。考えるよりも、視認するよりもずっと早く、私の足が動いていた。

自分の体捌きが敵の斬撃を躱した事実に気づけたのは、一拍遅れてからのこと。

無意識の身のこなしに我に返った私は、一瞬だけ固まり、ついで、ささっと逃げるように遠く間合いを取る。

皆が驚いている。審判の旗を振りそうになっていた師範代も驚いているし、萩園さんも驚いている。私も驚いていた。

（そうか、私は摺り足で捌いていたんだ……）

心が死にかけるほど毎日反復してきた摺り足の捌き方。師範代から幾度となくスポチャ刀を打ち込まれ、そのたびに肩や頭に不快な衝撃を受けてきた。そんなに痛くないのに、つい「痛い！」と叫ばないではいられない衝撃だった。

一向に反応が速くなれず、意味を見出せないでいた稽古だったけど、この身にはすっかり動きが染み込んでいたのだろうか。皆が驚いている中で、ふと師範代だけが無念そうに顔をしかめていた。

なぜ？

いや、その顔が重大な事実を教えてくれた。

(今の捌きで、カウンターを打ち込む絶好のチャンスが、訪れていたはずなのに！)

愕然となる。

ほんのコンマ何秒にすぎなかったかもしれないけれど、逆転勝利の好機が転がっていたはずなのだ。そう、あの刹那、萩園さんの胴はガラ空きだった。

もう時間は戻せない。未練で時間を浪費しても意味はない。それならば……。

(萩園さんは私が持っていないものをたくさん持ってる。でも私にだって、たった一つでも戦える武器があるのなら……)

1%が5%くらいには、なっただろうか。

(勝つとか負けるとか、この際どうでもいい。私が得た唯一の武器が、どれくらい通用するのか、たしかめたい)

欲も得もなくそう思えた時、全身がにわかに軽みを帯びた。

敵は正眼のまま、てくてくと無造作な足運び。その両眼には、好奇心のぎらつきが再浮上していた。悪いけど、それを満たすための戦いをするつもりはない。

間合い手前、萩園さんの切っ先が、わずかに沈む。

（来る――）

ダン、と高らかに鳴り響く踏み込みを耳に捉えると同時に、私の左足が滑るように動く。相手の動きをしっかり見極めることで、左右の足はほぼ自動的に最適解を選び取る。

ついさっきまでは、ムービーにたとえるなら秒間一フレームほどでしかなかった。つまり一秒で一場面しか認識できていなかった。それは大袈裟としても、脳が光景を処理してくれず、ぼんやりしている間に敵がすぐ間近に、なんてことになっていた。

今、秒間三十六フレームほどに爆上がりしたのを実感している。それは盛りすぎとしても、一秒あたりで得られる解像度が格段に違う。網膜が捉えた情報を、脳が鮮明に処理する。気持ちひとつで、身体のパフォーマンスがここまで違うなんて。

「鋭《エイ》！」

敵の攻撃に反応し、足がまた動く、いなす。何ならいっそ、脳を介する前に足が視覚情報に応じて動く。まだ剣の反応速度が遅いのか、反撃にまでは至らないが。

萩園さんの動体視力は、もっとずっとすごいのだろう。何しろ剣道では全国大会で好成績を残したほどの人なのだから。でも今、萩園さんは自分でも気づいているのだろうか。

（足の運びや打ち込みが、剣道になってる）

それは剣術試合として、つけいる隙が生じてくれたことを意味する。もし師範代の解説をそのまま信じるとするなら、の話だが。

「剣道と剣術の、最大の違いは竹刀か真剣かにあるわけだが、他にも大きな違いがある。わかるか？　まあ知るわけないよな。俺だって剣道経験があるわけじゃないから。高内先生と萩園さんから聞いた受け売りになるが……」

いま、油断なく萩園さんと向きあいながら、いつかの師範代の蘊蓄がよみがえる。

「剣道は、だれの目にも明らかに打ち込むために、竹刀をしっかり叩き込む必要がある。打ち込んだ直後は即座に竹刀を跳ねあげるのも特徴だ。そのためか、跳ぶような踏み込み方が多い傾向になる。斬るのではなく、叩く競技だ。一方、剣術はあくまで敵の部位のどこかを斬りさえすれば勝ちだ。たとえ浅い斬り口でも、相手の戦闘力を奪えるしな。苦痛に怯《ひる》みさえすれば、さらなる追撃で討ち取るのは容易い」

まさに跳ぶがごとき踏み込みで、今、萩園さんが真っ向斬りを仕かけてくる。

跳んだ瞬間のタイムラグのおかげで、私でもどうにか見極めがつく。しかも跳んでいる間は、軌道修正が利かないのだ。

「……だから、もし俺が剣道で萩園さんと戦えば、こてんぱんに負けるだろう。ルールが違うのだから当然だ。それに剣術では、剣道のような激しい動きをしないしな」

たしかに、萩園さんの動きは当初の剣術流派らしい安定した動きが薄まり、怒濤《どとう》の勢いで床を鳴らし、斬撃を繰り返している。応戦する私は摺り足以外の術を持たず、とにかく必要最小限の体捌きで避けつづけるしかない。

「だがな、真剣をとって戦ったなら、俺の勝ちだ。斬るより叩くことを主眼とした剣道の打ち方は、激しい動きの分だけ見切りやすい。一瞬でも、どちらかの足に滞空時間が生じてしまうしな。萩園さんは剣道出身なだけに、たまに油断すると剣道の癖が出る」

まさに、その状況が出現した。

これは剣道の試合ではない。剣術試合だ。

あまりに苛烈な連続攻撃に、正直、じりじり追い詰められている私だけれど、摺り足による捌きが繰りだせるからこそ、まだ保ち堪えている。さもなければ脳天を割られるか、胴に衝撃を受け、とっくに敗退していただろう。

私の集中力はどれだけ持続してくれるだろうか。アドレナリンだっけ、そういうのが脳に分泌されている感覚が続いているけれど、いつかどこかで決着は訪れる。

（次、もし真っ向斬りがきたら、『昴宿』の構えを繰りだそう）

とっさの斬撃ができないのならば、事前に決めておけばいい。

胴がくれば、摺り足の後退と共に正眼で受け流す。小手がくれば、やはりさっと後退で一歩分だけ逃げる。連続技がくれば、こちらも連続摺り足で応酬する。

白い悪魔の斬撃は、ひとつひとつが高い威力を秘めているが、

（当たらなければ、どうということもない！）

ついに――互いが正眼に構え、切っ先がわずかに触れあう間合いに向きあった。

刀の先端が触れあいつつ、私の刀を弾こうとしてくる。切っ先同士による、ある種の小競り合い。正中線を取ったほうが、圧倒的に有利。これはそういう技術的攻防であり、挑発でもある。

剣道の試合でもよくある光景らしい。正中線を取られまいと突き返した一瞬を狙い、あえてそれをそらし、相手の刀が大きく左右にぶれたところを狙うテクニックだそうだ。

挑発には乗らない。むしろ正中線なんか譲ってやる。だから、早く仕かけてこい。

萩園さんの切っ先が、わずかに沈んだ。打ち込み直前の予備動作だ。

（タイミングを教えてくれたのは、あなただ！）

かっと双眸《りょうめ》を全開にした視界で、萩園さんが迫る。振りかぶる。

（ここだ！）

右足を前へ捌き、体が真横を向く。背中すれすれ、敵の刀が唸りをあげて素通り。

（もらった！）

左足を引きざま、私の刀は敵の腰をめがけて、袈裟の軌道を描いた。

ほんのコンマ数秒前であれば、たしかに萩園さんの腰はその位置にあったのだろう。

私のスポチャ刀は、何も斬っていなかった。

代わりに、萩園さんの刀が、私の背中を逆袈裟に斬りあげていた。

萩園さんが、あの真っ向斬りを仕かけた直後――。

私の体捌きで空振りしたものの、返す刀で――しかも見事な摺り足により――そう、萩園さんは最後の最後で摺り足による体捌きにて、私の斬撃を躱した上で――。

審判の手が赤の旗を揚げた。萩園さんの色だ。白い旗は、だらり虚しく垂れている。

負けた。

その事実はじわじわと意識へ浸透していったが、気持ちが追いつかず、動けない。

「それまで！」

審判の終了宣言で我に返ると、萩園さんは正眼の構えにて開始時の位置へ退がるところだった。実に綺麗な摺り足で。私も正眼の姿勢で後退する。遠く、互いに向きあうと、二人同時に血振り動作を経て、納刀。一礼。

ぱらぱらと湧いてでた拍手は、すぐに豪雨のごとき激しさとなった。

試合が終わり、門下生たちがめいめい並んで座る位置へ移動している。

ご宗家は体育館の出入り口で、だれだか知らないアロハシャツのおじいさんと少し会話している。

「では琴平《ことひら》さん、また大会にて」

「じゃあな、高内ちゃん」

親しそうに挨拶しあうと、がははと笑顔を残しておじいさんは去っていった。

近くに座った門下生のだれかが、囁きあう。

「あれ、夢涯流の理事だよ。たしか日剣連の役員さんでもある……」

そんな人が、こんな小さな道場の予選を見にきてたなんて。それほどまでに、萩園さんは注目されてたってことなのか。私はそんな凄い人と戦ったんだ……。

ぼんやりしている間に、ご宗家がみんなに相対して座った。

ご宗家から少し離れて斜めに下がったところに、山口師範代。相対して左右に二人、私と萩園さん。その背後にはずらり、本日参観した門下生や部活仲間たち。

「実に見応えがあったよ」

満足げなご宗家へ、萩園さんが折り目正しく頭を下げる。私も慌ててそれに倣う。

「特に網戸さんは見事だったね。萩園さんを相手に、まさかここまで戦えるなんて」

「ありがとうございます」

はじめからだれの目にも見えていた結果だった。放心の態《てい》でご宗家へお辞儀した途端、私の心に、成分の濃い何かが満ちてきた。ハードルの高い試合をやり遂げて、空っぽになりかけていた心に湧きでるこの感情は、黒くてどろどろしていて、狂おしく私を圧迫する。

（悔しい。本当に悔しい気持ちって、こんなにも身悶《みもだ》えるものなの？）

勝てたかもしれないのに。絶好のチャンスが二度もつるんと私を素通りしたのだ。そっちの世界線への入り口は、ほんのわずかの瞬間しか出現しなかったけれど、摑みとるのは決して不可能ではなかった。

そんな想いに支配された私を、すぐ隣の萩園さんがひょいと覗き込む。その気配に気づき、慌てて意識をご宗家へ戻す。

何を悔しがってるんだ、私。これが既定路線じゃないか。ちょっと実力以上に戦えたからといって、調子に乗るんじゃないぞ。深くゆっくり、息を吐く。

「ということでね、大会へは予定どおり、萩園さんに出場してもらう。頑張ってね」

ご宗家の宣言に、この上もなく晴れ晴れと笑む萩園さんが、凜として返事を放った。

「はい、高内先生。あたしは棄権します」

耳を疑う発言が飛びでた。「はい」と答えておきながら、棄権……？

ご宗家や師範代の笑みが困惑にとってかわる。私はその言葉の意味するものが、まったく理解できないでいる。背後でもざわめきが少しずつ大きくなる。

渦中にある萩園さんは、そんな周囲の反応など我関せずといった軽やかな笑顔で、言葉を続けた。

「今、決めました。出場者は網戸うさぎさんで構いませんね？　じゃないと嫌《や》ですよ？」

○

週が明けて月曜日。

あの日ご宗家が託した決断が、ことあるごとに私の中でこだまする。悩まされる。

「網戸さんが迷っていられる期間はあまりないよ。どうしたいか水曜日までに決めてね」

試合のあと、宗家、師範代、萩園さんと話しあった時の言葉だ。

朝、洗顔していても、電車に押し詰めにされていても、退屈な物理の授業でも。

予選試合で勝ったのは萩園さん、しかも圧倒的実力差でだ。

「そりゃ棄権しますって。だって、そっちのほうが絶対面白くなるに決まってるもん」

その場のだれもが混乱し、彼女の意図を測りかねた。

（有名企業を蹴ってしまえる人だしな。それにしたって心理パターンが全然読めないや）

大会へ出たいと強く願ったからこそ私は戦ったのだし、出場枠をゆずってくれるならば、願ったり叶ったりのはずなのだ。私が決断さえすれば、それが手の届く位置にある。それでも思い悩まないではいられないのは、師範代から念押しされた一言があるからだ。

「網戸が出ることの意味を、まずは慎重に考えるんだ」

その意味、最初はまるで見当がつかなかったが、続く言葉でずっしり重く響いた。

「こうなったら、出てもらう分には否やはない。ただ、君は未成年で、この女子剣豪大会は怪我のリスクがつきまとう。それを理解してから返答してくれ。難しいことではない。他の関係者からは『慈境流は未成年を出す気か、規定違反ではないが、正気を疑うぞ』なんて後ろ指をさされかねないということを」

落ち着いて考えてみれば、それは至極当然の正論だった。猛進のあまり、まったく見えていなかったけれど。

「いや、俺にも責めはある。網戸に試合をプッシュしたのだしな。絶対に勝てない試合ではあっても、網戸が大きく成長するきっかけになると考えたんだ。まさか萩園さんが棄権を申してるなんて、予想もできなかったよ……」

苦々しさと困惑のまじった師範代の視線を、堂々と受けた萩園さんは、

「なんでよ。あの試合を見ればだれでも思うでしょ。この子の試合を見てみたいって。あの大会、面白そうだから出場を決めてたけどさ、でも、もっと面白いものを発見しちゃったら、どうしようもないじゃん。思い返してみ、昇段試験の時はまだ拙くて微笑ましいひよっ子だったのが、一ヶ月経って実際に戦ってみたら、伸び代が半端なかったんだよ。ぐっちーだって本当はそう思ってんじゃないの？　こうなった以上、あたしが出場しても興醒めだし、だれより、あたしがつまんなくてモチベが上がんない。だから、うさぎちゃんを出さないなら、あたしも出ない」

まさか世の中にこんな思考回路を持った人がいるなんて。自分基準の価値観では決して測れない人は、こうして実在するのだ――。

また、萩園さんは、去り際にこんなことも言っていた。

「目の前の勝負で勝つことだけが、勝利じゃないので」

深そうな言葉ではあるけれど、正直、私にはよくわからない。

あれから二日。退屈な物理の授業、黒板に描かれた円運動に沿って回想がぐるぐる

回る。公式の意味はよくわかんないけど、この図だけはずっと記憶に残るかもしれない。

（私が出ると、ご宗家や団体に迷惑をかけてしまう。そうまでして我《わ》が儘《まま》を通すなんて無理。出ないのが一番平和。でもそうしたら、萩園さんは私を軽蔑するよね）

揺らぐ心は、ただゆらゆらするだけで、どちらにも着地しない。堂々めぐりの挙句、最後にまたご宗家の言葉がよみがえる。

「子供ってのはねえ、ちょっと目を離すとすぐ危ないことをしたがっちゃう。だから目を光らせるのが大人の役目なんだよね。小さいものは擦り傷から、大きなものになると、夢のせいで人生を棒に振っちゃうという、人生そのものの怪我に至るまで。うちの長男なんてサッカー選手になりたがって、僕はうっかり反対しちゃって。それで今では、そこそこの会社でそこそこ安定した生活をしてる。でもねえ……目から光が消えちゃった」

それを言われると、痛い。私らのまわりなんて、何より安定と安心が欲しい子ばかり。密かな夢を持たないわけじゃないけど、それで大火傷《おおやけど》するのが怖い。

「何かに挑戦したがる子供を無理に押さえつけたら、そりゃ怪我はしないよ。やりたい夢を追うのがどんなに難しくて辛いか、僕は身をもって思い知ってただけに、息子には危ない橋を渡ってほしくなくてね。親心のつもりだったんだけど、結局は僕がハラハラしたくないだけだったのかもねえ……。あいつは今、普通に笑い、普通に幸せな生活をしてるがね。ただ、力の抜けた笑顔だよ。もし夢が叶わなくて、見た目の結果が同じでも、中身は全然違ったろうね。少なくとも、あいつの笑顔の質は違うものになったはずなんだ――」

お昼休み、もしゃもしゃ咀嚼《そしゃく》するパンに味がまったくない。

「ま、とにかく考えておいで。ただし即答は信用しないよ。じっくり悩んでから、気持ちを決めてきてよ。どちらを選ぶにしろ、僕は網戸さんの意思を尊重するから」

二日前の会話を何度も反芻したけれど、味がないまま結論が出ない。ふとチャイムで我に返れば、もう放課後だった。出口のない迷宮に倦《う》み疲れ、のっそり教室から出ると、

「うさぎ、久々に放課後原宿しない？　中池さんも一緒だよ」

廊下の壁にもたれかかり、芽衣が待ち構えていた。

「ほら、そこの美少女剣士、眉間のシワが濃すぎるぞ」

スマホを構えて、芽衣が手まねきする。巨大な虹色わたあめをはさんで、三人でピース。なんて気分には到底なれるはずもないのに。

「ほらぁ、せっかく久々の原宿なんだし、今日くらい居合のことなんて忘れようよ」

芽衣が気遣ってくれているのは、ありがたい。けれど苛立ちは募る一方だ。

「あーあ、どんなに盛っても、眉間のシワはばっちり写ってるよね。ま、これはこれで面白いか。食べよ食べよ、一人じゃこの大きさは無理だし、ちゃんと手伝ってね」

きのこ雲のようなわたあめを手渡される。スマホ撮影でもたもたしている間に、それは自重で垂れ下がり、シルエットはほぼ傘のような三角形に変わっていた。

私の目の前、にやにやと立ちはだかる萩園さんの幻へ、逆袈裟を放ってみる。

「ちょ、何やってんの！」

絶叫に、ふと我に返ると、私の手にあるわたあめがびろびろに伸びていた。それもそのはず、うっかり本当に逆袈裟を振っていたのだから。遠心力で細長く伸びたわたあめは奇跡的にかろうじて棒に留まり、先端部分は中池さんが摑み取っていた。

「うさぎさあ、さすがにこういうのはやめようよ。店員さんとかガン見してるし。そりゃ気持ちはわかるよ。あたしだって長細いものを見かけたら、抜刀の真似事したくなるし。傘とかペンとか。でも、わたあめはマズいって」

「ご、ごめん」

私は重症だ。建物二階の店先から竹下通りの喧騒《けんそう》を見下ろす。夏の名残はすっかり朽ちて、秋の寂しさが染み渡りつつある。決意の夏は、遠く過ぎ去りぬ。時おり膝の裏をこする制服スカートの感触が、硬くて冷たい。ブレザーの表面も冷えている。

帰省以来の私は、おかしな焦燥感に追われてる。居合は手段だったのに、今は目的にすり替わっていると自覚する。私は一体、何を成し遂げたいのか。

「ほら、焦りすぎ。こんな時こそ関係ないところで気晴らししなきゃ」

芽衣にせっつかれ、三人がかりで巨大わたあめをやっつけると、甘味に対する身体の反応は思いの外、正直だった。ほんの束の間でも、幸せになれる。

中池さんが私を見て、数瞬の間を置いて嬉しそうに笑う。皮肉にも、ずっと私を気遣っていたことが透けて見えて、明るくなった気分がまた少し沈む。

期待と不安、今後の伸び代——克服したき卑小な自分——志、武道、慚愧《ざんき》。

私を取りまくワードが、ぐるぐる円を描いて回る。私は、覚悟なんてものとは縁遠い凡人だ。

——あんたの成長っぷりが気持ちいいから、見せてよ。

——はい萩園さん、期待していてください！

——僕や団体が批難されても、僕が後顧の憂いは全部引き受けるから。

——はいご宗家、そっちは大人に任せて、思う存分戦ってきます！

そんなふうにすっぱり言えたらどんなに楽だろう。

去来する悩みの間にも、芽衣はどんどん行きたいお店へ連れ回すし、原宿なんて慣れていない中池さんも、案外楽しんでいる。

「ねえうさぎ、こっち来なよ。スクールメイクのコーナーあるよ」

「うは、この猫にゃんスタイルなパーカー、しっぽまでついてる。原宿おそるべし」

「あたし、ニットが欲しいんだよね。YOUGOとか見てこうよ」

なんて二人が騒ぎつつ、竹下通りをどんどん下る。いつしか私は、妙に腹が立ってきた。

「もう嫌だ。こんな原宿、ちっとも楽しくない！」

先を歩く二人が、ぎょっと振り向く。

「ごめんなさい、網戸さん。原宿って、うちみたいな陰キャの存在は許されない、選ばれし者の聖地だと思ってて、でも来てみたら楽しくて、その、その……」

「ごめん、うさぎ。気を利かせたつもりだったけど、バレバレだったよね」

「待って、違うの。悩んでる私の気を晴らそうと誘ってくれたのはわかってる。メンツみれば余裕で察するよ。悩んでばかりいるせいでちっとも楽しめなくて、日は暮れてく一方で、時間も無駄に削れてって、そんな自分にイライラしちゃって……！」

私はなんて勝手なんだろう。一人で抱え込んだつもりになっていて、友達をこんなふうに振り回しておきながら、爆発する気持ちが抑えられなくて、すべてを放りだしたいのにそうする度胸もなく、その場で足踏みばかりで動かない甘ったれ。

いいや、答えなんてわかってる。

自分が傷つきたくないのだ。何も背負いたくないのだ。怖くて、だれかが手を引っ張ってくれるのを待ってるだけの子供なのだ。

ご宗家や師範代が「何も心配ないから出なさい」とだけ言ってくれたら、どんなに楽だろう。あえて師範代は、私が参加することのリスクと意味を説いてきた。その上で、ご宗家はあの柔和な笑みで覚悟を示してくれた。ただ大人の好意や配慮に乗っかるのではなく、事情をしっかり承知した上で意志を示せる人間であらねばいけない。


三人とも沈黙したまま、いつしか明治通りへ出て、竹下口交差点を渡っていた。道路の向こう側にあるYOUGO店内で服を見て回り、

「見てようさぎ、このニットどうよ？　うさぎの判断は結構鉄板だし」

何事もなかったように、芽衣が青いVネックを手に取る。そう、私は無難なファッションしかできない。だから安定もしているけれど、所詮ファッション誌や動画をまるごとパクってるにすぎない。

私ははみだすことを極度に恐れるだけの臆病者。大勢の人たちにまぎれ込み、卑怯さが目立たずに済むことで安堵を覚えていられる小さい奴。少しは克服できたかなと、いい気になっていたけれど、錯覚だった。笑えるよね。

「うさぎは幅広く知ってるから、チョイスのバランスがいいんだよね」

それは違うよ芽衣。過去の自分から遠ざかりたくて、東京に馴染んだ陽キャ仲間のふりすれば違ってくるかな、なんて必死になってただけ。

「網戸さんのセンス、羨ましい。うちも選んでもらいたい。陰キャ脱却のために」

違うんだ中池さん。私は陽キャにも陰キャにもなれない、半端者なんだよ。

ふと気がつくと、二人とも身を少しかがめ、じっと私を見あげるかたちになっていた。

「泣かないで」

「泣かないで」

二人、交互の時間差でなぐさめにかかる。

「あ……」

私は、涙を流していたらしい。幸いにも衣料品に囲まれた細い通路で、他のお客さんや店員さんには見られていない。

「ごめん、うさぎ。なんとか元気づけたかったけど、あざとかったよね」

「網戸さん、泣いちゃうレベルだったなんて、うち、自分のことしか眼中にないオタクだからそういうの鈍くて……」

芽衣は猛省するし、中池さんはうろたえる。もう地獄絵図だ。

「違う、ごめん、違うよ。たしかに悩んでるけど、もうそっから離れて自己嫌悪の世界に飛んじゃってただけ」

二人がかりで肩を抱かれると、伝わる温もりがすごい。

「うさぎってさ、普段は余裕ぶっこいたふりしてて、実はくっそ生真面目なんだから」

芽衣の微笑みが、聖母の慈愛にも等しい。私が生真面目だなんて、照れるやら恥ずかしいやらで、心がむず痒《がゆ》い。うっかり涙笑いをすると、二人が安心を浮かべる。

「ほんと二人にはごめんばっかで、ごめん。ずっとうじうじしてるのは自覚してて、こんなんじゃ二人にすら嫌われそうで、そんなループばかりでさぁ……」

感情の抑えが難しい。後半が涙におぼれる。

「あわわ、むしろ網戸さんはうちの趣味に付きあって、中野ブロードウェイとかも一緒に突撃してくれて、オタクとかきっとうざいはずなのに、いつもありがとうって……うう」

中池さんはやっぱりコミュニケーションが下手だ。言いたいことが渋滞を引き起こして伝わりづらくなりがち。けれどちゃんと受け取ったから。

きっと中池さんは距離を詰めたがっている。私もだ。今がその時。さん付けなんて他人行儀なのに、それをアップデートする機会を見失ったまま一年半もの付きあいになった。

「あのね、中池さんのこと、こんな時に何だけどさ、ええと……香奈って呼んでいい？　今さらだけど。私はうさぎとか、うさたんとか」

迷惑かなと不安がよぎるけれど、中池さんの、いや香奈の喜びは想定を超えていた。

「じゃ、じゃあ……えーと、う、う……うさたん！」

香奈は勇気を振り絞った。

「待って、今のうちに慣れとくね、香奈、香奈、香奈」

連呼すると、まるでひぐらしの鳴き声みたいだ。

香奈も気恥ずかしさを振り払うよう、

「ううう、うさたん！」

私の名を口からしぼりだした。距離を縮める通過儀礼だ。いつしか私たちは三人で手を取りあい、小さくぴょんぴょん跳ねていた。芽衣が嬉しそうに苦笑する。

「これもう、完全に中学生のノリだよね」

「小学生でもやんないよ。でも、嬉しいし楽しい」

女子同士の友情、ばんざい。連鎖的な自己否定は、すっかり霧散していた。

たそがれの竹下通り東端で。

「でもやっぱり、あたしだったら辞退するかも」

スーパーロング六連装サイズのいちご飴の串をゆらゆらと、芽衣がつぶやく。

「あ、勘違いしないで。何が言いたいかって、つまりいろいろプレッシャーすぎて、うさぎはともかく、あたしには無理ってこと。背負える荷物には限りがあるもん」

自己嫌悪のループは消えても、決断すべき問題は厳然として立ちはだかっている。

私は無言で、駅方面へ沈みゆく夕日へ、いちご飴をかざす。串に刺さったいちごたちが、まるっこいギザギザのシルエットをなして、表面を覆う飴がつややかに輝く。

「それでもうちは、うさたんに出てほしい」

まだこなれていない呼び方で、中池さ……香奈はまるで意を決したかのような大袈裟さで、きりっと眼鏡を光らせ、私へ向き直る。

「ちょっと香奈、ずるいって。それはあたしが次に言うつもりだったのに。さっきのはあくまで前置きでさあ」

「ごごごごめん」

芽衣までもが、香奈のことを中池さんとは呼ばなくなっている。しれっとその場の流れに乗っかる器用さが、ときどき羨ましい。

「てことでさ、うさぎ。あたしにはできなくても、まあ無責任な希望かもだけど、挑戦してほしいかな。だって迷惑かけてくれても構わない、って言ってくれる大人がいるんだよ」

そう、ご宗家の笑顔の芯には、肝の据わった覚悟が一本通っている。

「偉そうなこと言うけど、子供が大人に迷惑かけて許される時期なんて、もうすぐ終わっちゃうんだよ。やりたい夢へ突っ走れるのも今のうち」

いちご飴の串をそこはかとなく突きつけ、芽衣が語りモードへ入る。三人とも、ちょっと舐めただけですっかり食べそびれている。

「親の金で学校行って、刀だってバイトで足りない分は援助してもらったし。考えてみ、このさき大人になって社会へ出たら、待っているのは夢なんて追ってる場合じゃない、長い長い人生だよ。収入が上がる見込みも薄い、今から老後の心配もしておかなきゃヤバい。下手すりゃ奨学金とかいう大学ローンの返済で、何十年も苦しんじゃう。あたしたちを待ってるのは、そんな地獄なんだから……」

冷静キャラの芽衣が冷酷な現実を語りながらも、声がかすかに震え、抑えきれないほどの激情を底に秘めている。こんな芽衣は、初めて見た。

「最近の若い子は夢とか全然持たないって、何も知らない大人たちが訳知り顔で言うけどさ、違うんだよ。こんな世の中でどうやって夢なんて持てってって言うんだよ。あたしだって堅実なばかりじゃなく、大それた夢のひとつくらい持ちたいよ。だから……人の迷惑かえりみず、やりたいことに突っ走れる人を見てみたい。今だけ限定の、うたかたの夢でも」

恥ずかしいくらい青くさいことを言った自覚があるのだろう、芽衣の頬は夕日のせいにできるレベルを超えていた。口もつけずにいちご飴をもてあそんでいる私へ、香奈がぼそっと問いかける。

「どうする、うさたん」

棒状のものを手に取ると、つい抜刀したくなる。私たち居合道部の習性だ。朱《あけ》に染まるいちご飴を見つめていたら、ひとつの賭けを思いついた。視線をまっすぐ向けると、お世辞にも広いとは言えない竹下通りが、ゆるくくねりつつ原宿駅方面まで伸びている。

背筋をまっすぐ。ただし、自然体で。両足は肩幅の広さ。膝は伸ばし切らず、わずかに緩めておく。左手には帯刀したつもりのいちご飴。

す……抜刀のごとく、へその前へ滑らせ、右手で柄を受け取り、抜刀。正眼の構えへ。いちご飴ならずとも、私たち居合道部メンバーの間では日常風景だ。

「私は今から、この道の端っこまで、摺り足で渡り切る」

私の宣言に、二人とも意味がわからず困惑の色をなす。

「だれにもぶつからず、触れもせず、速度も上げず落とさず、一定の姿勢、一定の歩きで。私の得意とする摺り足がどこまで通用するか、それを試す」

「ちょっと、さすがに人の目を引きすぎるよ、うさたん」

「これができれば、大会に出ることを、私は私自身に許可する！」

「うさぎ、やめよう、それはさすがにやめよう。ちょっと！」

聞く耳を持たず、私の摺り足はすでにスタートしていた。道ゆく人々が、ぎょっと凝視する。いちご飴を構えたまま、妙に姿勢のいい奇妙な歩き方で進む女子高生がいれば、絶対にそうなるだろうさ。

「恥ずいよ、ダサいよ！」

悲鳴にも近い芽衣の声は、耳へは届くものの心へは届かない。

「青春ってのはね、かっこ悪いくらいがちょうどいいんだ！」

「わけわかんないよ、うさたん！」

私もわけがわからないし、恥ずいしダサい。でも、やると決めたからには、止められない。

道場での武道足袋と違って、アスファルトにローファーの取りあわせは、摺り足に不利だ。なるべく浮かさないよう繰りだす足が、わずかな凹凸《おうとつ》でつまずきそうになる。でも大丈夫。腰を落とし気味に、重心を低く保つ私は、転びなどしない。

香奈が私のまわりにカニ走りでまとわりつき、すれ違う人たちへ何か弁解している。なんのかんので二人とも、恥ずかしがり、慌てつつも一緒について来てくれる。

「ほらうさぎ、通行人に迷惑でしょ！」

「決してぶつからない。通行の邪魔もしない。全部摺り足で避けて切り抜ける」

「でも、あたしらが迷惑！」

「どうせかけちゃう迷惑なら、最初は二人にかけてみたい！」

二人とも顔をしかめた。そりゃそうだろう。でも、少し嬉しそうに口角があがったのも見逃していない。視野はぼんやり焦点を定めず、狭めず、全体を捉えておく。だからばっちり二人同時に表情が変わったのがすぐわかった。

アパレルのオシャレなお姉さんがガン見して、可愛さの自覚まんまんな他校生が腹を抱えた拍子にクレープを落としかける。アクセサリー露店のお兄さんがぽかんと口を開け、中学生のグループがチラ見したのみで興味もなし。

巨大わたあめのお店を通り過ぎる。道のり、これで約七割。

摺り足の持続は、意外なほど集中力を消費する。無自覚に、姿勢のどこかがほころびる。上半身が揺れてはダメだ。動いていいのは腰より下だけ。骨盤はつねに正面。現代人の歩き方の癖は全部捨て去れ。上半身は腰の上にただ乗せているだけの、別パーツだと思え。

前方に、異様なほどの人だかりを発見。

「まずいよ、うさぎ。だれだかわかんないけど、動画配信者が撮影に来てるみたい！」

このまま、あの群衆をすり抜けるのは難しい。有名人を取り囲みながらはしゃぐ中高生の動きは予測不能。ぐっと道の端の、細い隙間へ寄って進まなければいけない。この難所へ到達するまで、あと二十メートル。

不意に人垣がほぐれだす。撮影が始まり、みんな散開気味にばらけたのだ。おかげでもっとやっかいな密度になった。半端にまばらなため、真っ直ぐ進むのは不可能。ファンの幾人かがこちらを指差し、笑い、スマホを向け始める。

「やほ、空っちチャンネルです！　あちき、今日はまたまた……」

中心にいた動画配信者は自撮りで歩きながら、私を発見した瞬間、面白いものを見つけた時の、本能的な動きでカメラを構えた。オシャレな、なんちゃって制服の彼女は、私もよくチェックしている配信者さんだった。

こんな時じゃなければ、私もあの輪に入って、他のファンと一緒にはしゃいだかもしれない――けれど今、私の心は決して動かない。

香奈が先へ進み、必死な動きでジャンプ。両腕をクロスして×を作る、叫ぶ。

「だめぇ！」

転瞬、動画配信者さんは、さっとカメラを下ろし、即座に周囲の子らのスマホをも制止してくれた。

彼女と私の視線が絡む。私へのエールなのか、会心の笑顔で、親指をぐっと立ててくれる。

　私は視線だけで礼を述べ、速度を落とすこともなく人の群れへ――一人、二人、三人、変則的かつ巧みな体捌きでファンの子らの隙間をつっきる。

「きゃ！」

　驚いた中学生の子が転びそうになったが、芽衣が絶妙なタイミングで支えてあげる。しかも見事に安定した足捌きで。さすが新部長だ。

　……四人、五人！

　一方の私は、前方に立ち塞がっていた人たちの全員を、すり抜け切った。ざわめく気配を背に受け流し、ゴールまであと二十メートル、十、五、三……。

「制覇！」

　風は冷たいのに、全身が上気している。どうせ恥のかきついでと、私は血振りのあと、納刀を果たした。不吉な赤に、ぬれぬれと光る刀身を。いちごだけど。

「こっち！」

　達成感にひたる暇もなく芽衣に手を引かれ、お店とお店の間のわずかな空間へ、三人ですっぽり収まる。二人ともいろいろ言いたげだったけど、結局出たのは、芽衣のごもっとも発言だった。

「さ、食べよ」

かじりつくと、歯は硬い飴の殻を貫き、甘酸っぱい果実へ到達する。爽やかで幸せな甘みと酸味が、口のなかいっぱいに拡がった。

○

水曜日、放課後。

浅草の道場にて、私は端座《たんざ》する。

私の参加表明へ、ご宗家は厳かにうなずいた。

「これからの一ヶ月、今まで以上の地獄になるよ。コーチ役も一人増えるし。ただ、まずは怪我を可能な限り避ける動きや振り方からだ。覚悟は、いいね？」

その言葉に、私はただ両手をついて、頭を下げて意思を示す。

決して正面の相手から視線を外さない、武士のお辞儀だ。

床すれすれの角度から見あげる視界では、ご宗家が厳しい顔をさっと脱ぎ捨て、実に嬉しさ満面の風情で頰を緩めていた。

第7話　女子剣豪大会——必然にして最適解を『理合』と言う

豊洲《とよす》国際アリーナ。

ただっ広い立地に海の寒風吹きすさぶ会場へは、駅から徒歩二十分。絶妙に遠い目的地までの道すがら、それとなく通行人を観察するけれど、

(それらしい人たちが意外といない……場所間違ってないよね、日時とか勘違いしてないよね)

不安でスマホの地図アプリを確認しつつも、黒くて細長いバッグをかついでいる人を見かけると、ほっとする。明らかに刀袋とわかるバッグだ。

(平常心からは程遠いなぁ。本当に出場資格あるのか、私)

以前にもまして地獄コースの猛稽古をくぐりぬけた一ヶ月だった。言うても所詮はたった一ヶ月なのだ。そうそう都合よく脱皮できるものでもない。暗黒神と破壊神の二人に挟まれながら、たまに仏様が温かい光を投げかけてくれつつ、よってたかって扱《しご》かれる羽目になったものの、

(予選前と違って、案外と心が擦り切れなかったな……これは成長だといいんだけど、相変わらず成長できた実感なんて、これっぽっちもないや)

その心境を暗黒師範代へ漏らすと「成長ってのはな、実感できている時は大概が停

滞している最中なんだ。今は呑気に我が身を振り返っている暇などないから、成長している感覚がないだけだ。そこは安心しとけ」なんて、したり顔でのたまわった。

また萩園破壊神は、ただ含みのある笑顔で「あたしが面白がっている間は、つまりそういうこと。教えてもつまんなくなったら、さっさと離れるよ。つまり、そういうこと」とか、もう何がなんだか、さっぱりだ。

ひときわ強い海風に身をすくませる。無駄な回想している余裕があるなら、さっさと会場へ向かえ、という天の意思なのか、これ。

「豊洲アリナここ合ってるか？」

唐突な声に振り返れば、刀袋をかついだお仲間がいた。女性だ。心底ほっとする。髪をショートボブにした、目つきの鋭いキャリアウーマンな印象の女性。差しだされたスマホを覗き込むと、残りの距離徒歩六分の青い道筋がアリーナまで延びていた。

「はい、そうですね。この道どおりに行けば、アリーナ……」

私の言葉が終わらないうちに、女性は去っていった。一言、不満げに、

「カタカナ難しい。伸ばし棒意味不明……」

イントネーションからして外国の人だったのだろうか。アリーナのことをアリナと言っていたけど。絡んだのはほんの一瞬だけど、終始ずっと無愛想な人だった。

刀袋の黒い合皮に、少しかすれた金泥《こんでい》の文字が鈍く光っていた。李蓬徳《Li Peng De》。中国人

だったんだ。名前の横に添えてあったアルファベットが、日本のローマ字とぜんぜん違う……なんて考えているうち、見る間に李さんの背中はどんどん小さく遠ざかる。すごい早足だ。いや、ぼんやりしている場合ではない。慌てて私は走りだした。

「やばっ、もうすぐ八時じゃん！」

豊洲国際アリーナの入口ロビーは、刀袋をかついだ集団で埋め尽くされていた。道すがら見かける頻度があれだけレアだったのに、今度は超過密だ。他の最寄駅から来る人がいるにしても、もっとたくさん見かけてもよさそうなものなのに。

「うさちゃ、こっちこっち」

萩園さんが、そのちんまりした背丈で大きく手を振っている。「うさぎちゃん」からさらに縮まって、知らないうちに「うさちゃ」へと進化していた。

すでに稽古着に着替えている団体もいるが、まだそれが済んでいない慈境流門下生たちと部活メンバーが待つ一角へ合流。

「居合やってる人って、こんなにいるんですね」

ぐるり、ロビーを見渡す。百人二百人のレベルではない数だ。

「居合だけじゃないぞ。剣術、抜刀術など、様々な流派が全国から集っている」

腕組みの山口師範代は、感慨深そうに眺めわたす。ふと、先ほどの無愛想な中国人が、二階ロビーへ続く階段を上っているのを発見した。

「俺たちの着替え時間が回ってくるまで、あと十分ある。時間が来たら、なる早で済ませて席へ来てくれ。運営委員会から割りあててもらったのは、二階のＤブロック、Ａ列からＧ列だからな。俺たち男性陣は、そっちで着替えておく。今日は男子更衣室も女子用に開放されてるんだ」

「ねえ師範代、観戦するだけの人も着替える意味って、あるんですか？」

「それ、こないだ説明しただろう。稽古熱心すぎて聞きそびれたか。これは日剣連が主催する正式な場なんだ。あらゆる流派が一堂に会するだけに、正装が望ましい。外部の招待客もいるしな。と言ってもほぼ関係者のご家族だが」

　こそばゆい苦笑に襲われる。私の反対をおしきって、千葉の端っこから両親が観に来るのだ。ついでに足立区からは泰明と伯父伯母が。そしてもう一人。来てくれるかどうかも定かではない相手。それを想えば、我知らず動悸が少し駆け足になる。

「それから皆が道着を着るのは、出場者隠しの意味もある」

「あー、だれが対戦相手か、直前になるまでわかんないようにするんですよね」

「運営側もそこは議論したらしいが、その都度クジでエントリーを決めるし、変に対策を立てづらくして、少しでも公平性を持たせるつもりらしい。武士は、時に相手を選ぶ余裕も与えられず剣を抜かねばならぬこともある、という考え方だ」

そうこうするうちに、時間が来た。

「行こう、男性陣は俺と一緒に席へ。女性陣は萩園さん、引率をお願いします」

師範代の号令で、皆が歩きだす。うちは門下生の皆さんだけで十五人ほど。青愛高校メンバーは全員参加だ。引退以来ひさびさに顔を見せてくれた男子の安曇先輩までもが来てくれた。参観費が三千円も取られるというのに。

こないだ、申し訳なさそうにそのことを部活中にぼやいたら、芽衣が、

「もし自分が出なかったとして、そしたらうさぎは行かなかった？　考えてみ、最初で最後かもしれない女性剣士のガチンコ勝負が、この目で観られるんだよ」

それは絶対に観戦しないと損だ。とても納得する説明だった。つまり今、このアリーナを満たす人口密度は、その期待値を具現化したものなのだ。

胃がきゅっとする。萎縮と戦いながら歩いていると、

「あ痛っ、ごご、ごめんなさい」

黒くて高くて硬い壁にぶつかった。いや、それは稽古着に身を包んだ巨大な女性だった。

「Oi, oletko kunnossa?　ダイジョウブ、デシュカ？」

金髪碧眼《へきがん》、おそろしく背の高い白人女性だった。

「いえ、あの、大丈夫です」

慌てふためきながらも、ふと稽古着の左胸にある刺繍へ目が吸い寄せられた。「欧練覇」とあった。どう読むのかさっぱり見当がつかないが、彼女の名前なのだろう。漢字のセンスがまるで茨城か栃木のヤンキーみたいだ、という率直で失礼な感想を頭から振り払い、愛想笑いで乗り切る。

私の視線に気づいたか、欧練覇さんは、はにかんだ笑みで、

「オー、名前、ほんノ、オ遊ビデスネ。ハズカシイ……ワタシおねるば、いいマス」

それでいて大切そうに刺繍の漢字名を右手でなでている。なんと、欧練覇で「オネルバ」とは……。

「ほら、そこのうさちゃ。主役なのに置いてかれるとこだぞ。はぐれないよう注意ね」

「あ、はい！」

萩園さんはきびきびと私の手首を引っ張る。それでいて、

「……今の人、すごかったよね。絶対あれ出場者だよ。うさちゃが見惚《みと》れるのもしゃーないけど、もしあんなのが対戦相手に当たると、たまったもんじゃないよね」

それ、なるべく考えないようにしていたんですけど。

「ま、うさちゃと当たっても、それはそれで面白いけど。まるでバイキングの末裔《まつえい》か、ワルキューレが地上に降臨したみたいな人だったよね」

萩園さんだけではなく、私の前後にいた三川さんや香奈も、去りゆく欧練覇さんから目を離せないでいる。群衆の向こう側へ遠のいてもなお、頭ひとつ分以上も抜けた高身長だ。

「ドイツ剣術ってのがあるけど、あれをやらせたら無双だろうね。あ、知らない？　ヨーロッパのくっそ重い金属鎧を着て、西洋のロングソードをぶん回すやつ。ザ・筋肉って感じの剣術で、まず勝てる気がしないやつだよ」

萩園さんの感想どおり、たしかにサムライよりもファンタジー世界の戦士向きだなと、つい想像し噴きだしてしまう。

もうすぐ実際にトーナメントで戦う実感も湧いてこないまま、二階奥の更衣室へ突入し、持ち時間五分で高速着替えを済ませた。

一階アリーナに、黒尽くめの集団が整列端座している。

明褐色のフローリング床に、これは実に壮観だ。一千人近くいるらしい。

その全員が腰から鞘ごとそれぞれの愛刀――真剣の人もいれば、模擬刀の人もいる――を抜き、一斉に刀礼するのだから、いつもの稽古とは迫力が違う。同じ刀礼でも、流派によって微妙に印象が違うのが面白い。

圧倒的黒の中に、純白もちらほら交じっていて、それはもう強く凜とした女性らしさが際立つ。私にはまず無理な色だ。予選試合での萩園さんは白を着ていたが、今日はいつもの黒い稽古着に身を包んでいる。

正面では連盟のお偉いさんや、江東区《こうとう》の区議員が退屈な長話を垂れ流している。斜め前を見ると、太った白人男性がもぞもぞと動いていた。つらそうに足を少しずつずらしてみては「オウッ」だの「アウッ」だのと小さく呻《うめ》いていて、同情しつつも、笑いを堪えるのが辛くもある。欧米人に正座は拷問だ。

その光景に飽きてしまうと、次には睡魔が私を誘惑する。世界が遠くなりかけたところで、いきなり豪雨が叩きつけてきた。いや違った、全員が一斉に刀礼を始めたのだ。私も慌てて右脇の宇佐飛丸を手に取り、やや遅れて刀礼。幸先悪い……。

（ああ、もうすぐ始まっちゃうんだ）

唐突に襲ってきた実感を、私は持て余し、おののいた。


出場者には、会議室の中を仕切った簡易控室が用意されている。必要なものだけを持って移動しようと、皆のいる二階席であたふたしていると、

「高内先生の道場からは、高校生が出場されると聞きましたが、本当ですか」

聞きおぼえはあるが、聞きなれない男性の声がして振り向くと、ご宗家にお客さんが来ていた。半年前に日剣市で遭遇した、なんとかという小さい会長さんだ。

「やあ、これは窪沼会長。ええ、そこにいる彼女です」

ご宗家の視線を追って、深く切れ込んだほうれい線が印象的な痩せ顔が、私へ向く。

窪沼会長は、ちらりと一瞥しただけで関心もなく、すぐにご宗家へ視線を戻した。

「これは先生のために言わせていただくのですが、ルール上は問題がないとはいえ、高校生のような未成年を出すのは、いささかやりすぎではないでしょうか。危ないですし、何より高内先生が目立ちたいあまり、無理に未成年を出したと思う者もいるでしょうから、高内先生のことが心配です」

「いやいや、気にかけていただき恐縮です、窪沼会長。未成年を出場させるに当たり、風当たりが強いであろうことは覚悟しておりますよ」

「しかし、そうまでして、未成年を出し……」

窪沼会長に皆まで言わせず、かぶせるように、ご宗家は、

「にしても、僕が目立ちたくて、という発想は斜め上を行きますねえ。そういう発想をする人は、きっと自分がそうだから他人もそうに違いないと勝手に思い込むのでしょうな。放っておけばよいのです。雑音をいちいち気にしていたら、何もできませんよ、はっは」

それでも何か口を開こうとする窪沼会長へ、ご宗家は畳みかけるように、

「四年前にこの大会の計画が持ちあがった時、年齢に制限を設けないよう主張したの

は、たしか窪沼会長でしたな。『剣の道を極める者に、子供も大人もない』と。ありがとうございます。おかげで、うちのやる気ある弟子が出場できました」

窪沼会長は、明らかに鼻白んだ様子で、

「いらぬ心配、失礼しました。それではまた後ほど」

背後を常についてまわる門下生二名を従え、去っていった。

「語るに落ちる、だよな」

師範代は、去ってゆく窪沼会長の姿を目だけで追いつつ、

「本来、順調にいっていれば、四年前には開催されていたはずなんだ、この大会は」

「へえ、そうだったんですね」

「言いたかないが、実はこの大会、事実上の発案者は、あいつなんだ」

辺りに驚きが拡散し、高内先生や一部の古参ばかりは苦笑で済ませている。

「開催委員にあいつの名はないが、な。あっては不都合だ。自分のとこから出場者を出しづらくなる。いや、出してもいいが、それじゃあカッコ悪いと考えたんだろうな。妙なところで体裁を整えたがる奴だ」

「それって、優勝者を自分のところから出せる自信があったから、って感じに聞こえますね」

「そのとおりだ。奴には秘蔵っ子がいた。女子で、天性の才能があって、そして四年

前の当時は高校生だった秘蔵っ子が」

「なるほど、納得です……さっきの発言。高校生ったって、私、女子ではあるけど天性の才能なんてないし、随分と見劣りするかもですけどね」

「そうだな、網戸は天才じゃない」

「はっきり言うんですね。これから出場しようっていう教え子なんだから、少しはサービスしてくれてもいいじゃないですか」

「がっかりするな。剣術は才能に関係なく、だれでもコツコツやれば、それに応じて上達できる。そういう武道なんだ。感性も大切だが、それ以上に日々の積み重ねがものを言う。網戸はそうした凡人たちの代表として、誇りを持て」

「不安しかない……で、その天才少女って、今はどうしてるんですか。やっぱり……今日、出場するんでしょうかね、まさか」

「そのまさかだ。当然、もう高校生でも未成年でもないから、窪沼が求めるパフォーマンス性は一段ほど低下したが、窪沼会の代表だ」

「知ってるんですか。出場者は、試合直前じゃないと発表されないのに」

「隠してたわけじゃないが……俺の知ってる奴だしな。網戸や他の青愛メンバーも一度は会ったことがある。変に気を持たせても意味ないから言うが、楠木美里だ」

美里さん。日剣市の時、付きあいでついてきたと言っていた師範代の彼女さん。

「え、えええ、あの不思議……」

　不思議ちゃんと言いかけて、ぎりぎりでごまかす。

「不思議な、縁ですね。でも美里さん、初段だと言ってませんでした。

「ああ、ずっと初段だ。これが何を意味するか、見当がつくだろう」

　ちっともつかないので、首を傾げていると、

「実力は、その遥か上だってことだ。実質、ひょっとして五段にも相当するかもしれん。あいつに昇段したい欲が特になく、刀を振ってるのが楽しいからそれでいいって性格も理由だが、それ以上に、優勝者が初段だとインパクトあるだろう」

「あー、察し。つまりその……窪沼会長の演出ですね」

「あざといだろ。しかも……正直言いたくないが、あいつは俺より強い」

　終わった。私の大会は、思い出だけを作って、終了した。

「お前、いま甲子園の土を持って帰る球児の眼をしていたぞ。しゃきっとしろ。前にご宗家が『最終的に強いのは、どの流派かではなく、その人個人が強いかどうかだ』なんて身も蓋もないことをおっしゃっていたが、美里はその極端な例だ」

「そ、そうですね……ああ、美里さんのふんわりした空気感。どこにも力が入ってない佇まいなんて、まさに自然体がすべての、居合向きですよね」

　何を言っているんだ私は。少し混乱しているらしい。

「でも不思議。彼氏の師範代が移籍したのに、彼女さんは残っているなんて」

「ああ。窪沼としては、手放したくない門下生だしな。これは……俺のせいでもある。俺の移籍と引き換えに、残ったようなもんだ」

師範代が、遠い目をしている。

「これは人のことを悪く言うことになるから、若干の抵抗があるが……まあ簡単に言うとだな、昔、俺は酷いスランプで、流派内の形試合、つまり形の正確さを競う競技で、勝てるはずのものがボロボロでな。窪沼会のイメージを悪くしたってことで激怒されたんだ」

「いや、ちょっとそれ酷くないです？　門下生のことより、団体の利益が優先なんて」

「……その頃、海外にも支部を拡げて大々的に売りだそうという時期だったんだ。窪沼が団体を立ちあげて二十年近く、それまでずっと弱小で鳴かず飛ばずだったのが、ようやく波に乗ってきたところを、優勝候補の俺の一回戦敗退で、どうも海外支部の話も立ち消えになったらしくてな……期待に応えたくて頑張りすぎたんだな。その頃の俺は居合の楽しさも見失っていたし、何よりあいつの罵声で心が折れきってた。そこを夢涯流の理事の琴平さんって人の紹介で、高内先生に拾ってもらったんだ。もう窪沼の下で剣を振るうのは無理としても、同じ夢涯流の他団体では角が立つ。なら慈境流ならいいんじゃないかって」

琴平という名前、どこかで聞いた気がする。どこでだっけ、と考えている間に、ちらり、師範代がご宗家の様子を窺う。大丈夫、とご宗家が優しい眼でうなずいた。

「琴平さんもまた、この女子剣豪大会の立役者なんだ。夢涯流本部の理事だし、日剣連の役員もしているオヤジでなあ。窪沼がアイデアマンってとこに着目して協力関係にあったが……窪沼のやつ、勢力が拡大するにつれて、自分に意見を言える連中を排除しにかかったんだ。ほら、本当は四年前にこの大会を開催するはずだったと言ってただろう、要するにそれだ。ごたごたがあって、ようやく今年に至るというわけさ」

出すべき言葉が見つからない。こんな、わくわく感に満ちた大会なのに、裏舞台ではそんな大人の事情だらけの出来事が起きていたなんて。

「でも……不思議。美里さんがどうしてあんな人のとこにずっといるのか」

私だったら、見切りをつけてさっさと自分の彼氏のいるところへ移っちゃう。

「さっき言ったとおり、窪沼は勢いと波に乗ってる最中でな、周囲がもう見えなくなってるんだよ。そんな奴、何をしでかすかわからない。美里はな、自分が窪沼のところにいるかぎり、俺や慈境流にちょっかいをかけることはないと考えてるんだ。ま、何かされたところで、高内先生の奥さんが敏腕弁護士だから、法的な方面では心強いけどな。だが、面倒は避けるに越したことはない。そういうことだよ」

と、山口師範代は話を区切ると、

「さ、試合に直接関係のない与太話はおしまいだ。網戸は早く準備をしておけ。特に心の準備をな」

最前列の、手すり間際に確保しておいた自席へ戻り、腕組み姿勢で黙りこくってコートを眺め下ろした。


仲間たちから離れてただひとり。試合開始を目前に、プレッシャーで押しつぶされそうな足取りを、前へ前へ。摺り足で進む気持ちで前へ。本当にやるわけじゃない。原宿摺り足事件は、あの時だけでもう充分だから。

二階席エリアから廊下へ出たところで、背後から呼び止められた。

「網戸」

「あ、師範代。網戸うさぎ、気合入れて行ってきます」

深刻な話を聞いたばかりだけに、ことさら元気を見せなきゃと、武道らしからぬガッツポーズで応える。

「ああ。その前に話しておきたいことがある。タイミングは今しかないだろうし」

え、このシチュエーション、まさか告白じゃないよね。尊敬はしているけど、それは流石《さすが》に違うというか、そもそも師範代には美里さんが……。

「網戸はきっと、この出場は決して自分の実力じゃなく、萩園さんをはじめとする周囲に与えてもらったのだ、と思っているよな？」

それはまぎれもない事実だ。さもなければ今頃の私は、観客席にいたことだろう。

こくり、うなずく。

「それはたしかに事実だし、今まではそう考えていてもらったほうが何かと都合がよかった。そのほうが、より必死に稽古へ打ち込んでくれたろうからな」

それも事実だ。ばつが悪そうに笑ってごまかすしかない。

「しかしもう一つ、あえて伝えていない真実もある。網戸が勘のよい子だったら、実はもうとっくに気づいていたかもしれないが……」

まったく勘のよくない私は、ごくり、生唾を飲み込む。一体何を明かされるのか。

「この出場は、まぎれもなくお前の実力で勝ち取ったものだという真実だ」

まったく意味がわからない。さっきと矛盾しているし。

「お前の、前へ進みたい意欲が、まず萩園さんの心を動かした。自分自身の出場よりも、お前が未熟ながらも戦う姿を目撃したいと強く思わせた。試合の勝ち負けより価値のある勝利を、お前の中に見つけたんだと思う」

とたん、自分の頬がとてつもなく火照《ほて》ったことを自覚する。何か言いたいのに、金魚のようにパクパクするしかできないじゃないか。

「あの棄権宣言の時は、俺も慌てたし、理解が追いつかなかった。でもな、程なくして萩園さんの気持ちがわかった気がしたよ」

師範代が、改まった態度で姿勢をただし、この私に一礼する。

「網戸には礼を言いたい。ありがとうな」

意図も意味も測りかねて、まごついていると、

「恥ずかしい話だが、実はお前に救われていたんだ。大学三年生も後半になって、就活ももうすぐ本格始動なんだが、前哨戦《ぜんしょうせん》はどれも不発。この先、何十社も落ちつづけるのかもしれないと思うと、不安で押しつぶされそうになっていた。網戸を指導することで、かなり気が紛れていた。だがそれ以上のものを俺にくれた。絶対に超えられるはずもない壁に挑む姿に勇気づけられていた。だから、ありがとうな」

からかわれているのではない。それは、師範代の目を見れば明らかだ。

予想のはるか斜め上をゆく告白に、身悶えしないではいられず、

「ええと、あの、私こそありがとです！」

力いっぱい頭を下げて発散するしかない。

「ふ……多分、萩園さんも同じだったと思うぞ。あの人も普段はあんな感じだが、いろいろとある人生みたいだしな。網戸からたくさんのものを受け取っていたはずだ」

あの萩園さんが？　くだらない社会に屈することなく我が道をゆく、強い女性の代

表格みたいな人なのに。たしかに以前、昔はパワハラやセクハラを被ったって話も聞いたけど。

「俺の目にもお前の目にも、萩園さんは強烈で怖いものなしに見えるが、だからこその葛藤もあるのだろう。萩園さんは社会に蔓延《まんえん》する理不尽と戦うだけの実力がある。だからって疲れたり傷ついたりしないわけではない。むしろ強いからこそ、あらゆるものに立ち向かう羽目に遭う。そんな萩園さんにとって、網戸は一種の希望だったようだ。自分よりはるかに未熟な者が、もがきつつ成長してゆく姿が」

「そ、そんなこと……」

「たとえるなら、そう、ゼロ歳児がハイハイしながら、ついに立った時の感動みたいな」

「え、そこでそう落とし込む？　ひどいですよ師範代」

「すまん。事実は覆し難い。それはともかく、きっとご宗家だって、他のみんなだって、似たようなことを感じたんじゃないかな」

そんな行為が許されるのは、物語の主人公であって、私みたいにすぐうじうじ悩む凡人の役割ではない。気恥ずかしい話を聞かされながら、人気《ひとけ》の絶えた階段を下りる。壁にやたら反響する声が、他のだれかに聞かれないよう祈りたい。

「ま、以上だ。二度と言えない話題は、これでおしまい。いざ、行くぞ」

一階アリーナの扉のひとつへ、師範代が手をかける。

「む、何だ、俺がそんな与太話をするためだけに付き添ったとでも思ったか？　ばーか、お前一人じゃエントリーでまごつくだろうが」

師範代がAブロック側のドアを引き開ける。その向こうに、運営の長机と、すでに集っていた参戦者たち。さらにその背後には、試合用の広いコートが、つやつやと輝いている。ああ、試合開始に向けて、私は一歩ずつ進んでいるんだ。


出場者は三十二人いるが、一度にできる試合は、面積や審判の数の都合で、四試合で八人ずつ。安全面のため、コートとコートの間をなるべく空けなければいけない都合もあるので、四面ずつとなったらしい。

だから、第一試合は四グループのローテーションに分けて行うことになる。第一グループの試合はもう始まっていて、私は開会式直後の抽選の結果、二番目のグループに決まっていた。

今は、私を含めて八人の出場者が、受付前で待機している。この中からさらにくじ引きで、実際の対戦相手が決まる。

（優勝するとなると、全部で五回も勝ち抜く必要があるのかあ。第一試合、第二試合、第三試合、準決勝、決勝戦……遠いなあ）

試合が進むごとに、出場者が運営の手でシャッフルされる。単純なトーナメント方式ではなく、あくまで、だれがだれと当たるかは直前まで決まらない進め方だ。

すでに試合を始めている最中の、第一グループの名前のみが入れられているトーナメント表を眺めていたら、

「お、来たな、剣戟《けんげき》少女よ」

萩園さんが何やら作業していた手を止め、不敵な笑みを向ける。三川さんと二人で、私が着ける防具をチェックしてくれていたようだ。

進行中の試合へ視線を転じると、すでに終わったものもあったが、まだ木剣の音も高らかに戦っているコートもある。

「あ、美里さん……」

格闘用プロテクタを着けているので、顔の判別がつきづらいが、あのすらりとした背、遠目でもふわりとした雰囲気は、まさに美里さん。

その彼氏である師範代は、受付係の机で私の手続きを代行してくれている。自分の彼女なのに興味がないのだろうか。いや違う、あの背中は、美里さんの勝ちをまったく疑っていないのだ。

その美里さんは、あの春風みたいな雰囲気そのままの動きで、木剣の振り具合もあまり鋭いようには見えない。率直に言って、

「のろい……」

そもそも、勝ってやろうという気概や闘志からは縁遠い人だ。相手側が一方的に攻めている。これが剣道や他のスポーツなら、美里さんの判定負けになりかねない。

本当に大丈夫なのかな……師範代より強いというのは、やっぱり盛りすぎなのではないかな……自分の本番が間近なのも忘れて心配になる。

そんな思考に囚われている間に、突如として会場が沸いた。はっと視線を戻すと、勝敗が決していたのだ。審判三人の旗は全員一致で白を揚げていた。美里さんのたすきの色だ。

主審が宣言する。

「勝者、楠木美里初段！」

まじか……。両者がコートの両端へ後退し、納刀、礼。

師範代が寄ってきて、私と並んで美里さんを眺める。遠くでにこり小さく手を振ってくれた美里さんは、そのまま勝ち残り組に用意された控室へ案内されていった。

敗退したほうの出場者はこちら側へ戻り、出迎えた仲間へぽつり、一言もらす。

「……恐ろしい相手だった」

ついに、第二グループのターンとなった。

萩園さんと三川さんに手伝ってもらって、格闘技用のプロテクタを装着する。硬めのスポンジが詰まっている、胸や肩、手首を保護する防具だ。それから、フェイスカバー付きの頭部防具。おまけに首の周りにはふかふかで分厚いスポンジを巻きつける。剣術には、敵の頸動脈をねらう技が多い事実を実感する。

話に聞いていたより、ずっと重装備だ。

普段は形稽古が中心で、組太刀稽古でさえ当たっても怪我をしないスポチャ刀なので、いつも身軽な稽古着のみで済んでいる。それだけに、これは動きづらい。

前を通りかかった運営委員の腕章の女性が、ふと立ち止まった。

「おー、あなたですね、高校生の子は。委員の間で有名になってますよ」

「えええ、ああ、なんか、すみません！」

「ああ、勘違いしないで。むしろ本音では、よくやってくれたって思ってるから。元来はここまで厳重な防具を使う予定はなかったんだよね」

「え、そうなんですか？」

「例の、伝説の試合では一切使っていなかったし、この大会も当初はあれを忠実に再現したいというコンセプトだったわけだけど……伝説の試合が行われた二十世紀とは、時代が違うんです」

たしかに、それは危険だし、ＳＮＳが発達した現代では、どんな炎上が起こるか知れたものではない。

「それに、参加するのは女性だし、怪我による影響は男性以上に深刻になりかねない。だから、最低限の防具はつけよう、と決めてはいたんだけど、私としては正直、まだ不安があったんですよね」

委員の女性は、私の首回りや胸のあたりへ視線をそそぎつつ、

「そこへ未成年の子が参加するって知って、委員会は大慌てよ。最終段階に至って、もっと安全面を詰めなきゃまずいって話になって、かなり本格的な格闘技用プロテクタを使う案が出たの。予算が膨れ上がるって反対する人もいたけど、やっぱりみんな、この大会を無事に実現させたかったんだよ」

なんと、動く前からすでに暑苦しいこの格好は、私のせいだったのか。

「なんか……ごめんなさい」

「ふふふ、怪我の功名です。あなたのおかげで大会の質が向上したようなもんで。大人の世界って、案外とバタバタしていて、そんなに完璧じゃないんですよ」

少し意外そうな顔をした私へ、運営委員の女性は軽く咳《せき》払いをし、話題を変えた。

「うちの永真流、出場者を出さずに運営に徹してるんだけど、もちろん魂胆があるのよ。最初で最後なんてケチなこと言わず、安全面の確保をしっかりやってノウハウを積むことにより、流派内でやがては毎年の開催も夢じゃなくなるかも、ってね。どう

せなら男女混合のガチンコ試合で。いわば、今回の大会はデータ取りみたいなもんなの。ああ、ちょっと喋りすぎたね。じゃあ頑張ってね！」

企業秘密を喋りたくて仕方なかったような悪戯《いたずら》っぽい笑みを残し、彼女は去った。

参戦よりも舞台裏で支えることを決めた団体か。公正を期すため、参戦者を出さないらしいけど、代わりにノウハウという実利を取るとは、さすが大手流派だ。

この大会では、三十二団体で三十二人の出場。だけど剣術団体の数はもっと数えきれないほど多い。夢涯流だけでも何十と団体が存在する中で、参加したのは四団体ほどと聞いた。一方、何らかの理由で出場を見送った流派や団体もいただろう。

もし噂どおり、ノウハウが積み重なって毎年の開催が可能になったら、もっと増えるのかもしれない。

係員さんが運営ブースへ戻る様子を見送りながら、そんなことを考えていると、

「網戸、お前、意外と注目されてんだな」

「師範代……教え子を無駄に緊張させないでください」

「はは、さあ行け」

プロテクタの背中を力いっぱい平手で叩き、師範代は私を送りだした。

萩園さんは親指を突き立て、

「勝ち負けなんてどうでもいいから、楽しんできて。それが一番だから！」

三川さんは無言で、胸の前の両拳をぐっとにぎり込む。

さあ、後戻りはできないぞ。鞘付き木剣を右手に、係員の案内に従ってコートへ。

立つべき位置に立ってみると、ぬれぬれと光る床の板目が、これから対戦すべき相手へとまっすぐ延びている。

二十メートル向こうに立つ相手は、白髪を綺麗にまとめた品のよい人だった。

（え、お年寄り？）

事前に出場者を知らされないと、こういう驚きも待っている。六十歳ほどに見えるが、その立ち姿は十代の私よりよほど若々しい。自然体ながらも、ぴしっと締まった背筋が、剣術歴の豊かさを示しているかのようだ。

「赤、網戸うさぎ二段。白、海辺里順子《つべりじゅんこ》四段！」

今さらながらに、

（私、これから剣を交えるんだ……！）

しかも相手は四段。師範代や萩園さんレベルじゃないか。胃の腑《ふ》より深いところから実感がせりあがり、喉から心臓が飛びだしかける。

「用意！」

三人のうちの主審が、赤白両手の旗を振りあげる。私は、赤のたすきだ。立ち姿勢のまま簡易な刀礼をし、帯刀。いつもの硬くてすべすべした鞘とは異なり、ビニール製の木剣用鞘は摩擦が大きめで、帯へ通しづらい。

「はじめ！」

互いに接近することなく、コートの両極で対峙したまま、試合は始まった。

参戦団体には通常の剣術流派もあれば、私のような居合メインの流派もある。だから初めから抜刀せず、納刀状態から開始する。

硬いビニール製の木剣用鍔を左の親指で押さえつつ、おばあちゃんが一歩二歩にじり寄る。品のよい表情に鋭さが加わる。穏やかで柔らかいのに、その内側が硬くて冷たい。人は歳を取っても、こんな顔つきになれるのか。

海辺里四段がどの流派の遣い手なのかまだ読めないのが、地味につらい。予選では互いに同じ慈境流だったおかげで、こちらが未熟ながらも、ある程度の手の内を読むのも不可能ではなかった。幕末の血生臭い時代には、事前に相手の流派を把握していたために、勝ちを収めた剣客もいたらしい。

（理合《りあい》がわからないのが、こんなにもきついなんて……）

相手がこう打ちかかってきたら、当然こう捌いて避けるよね、自分がこう足を捌いたら斬撃の軌道はもちろんこうなるよね、などの状況に応じた最適解が「理合」だ。

それが読めるのと読めないのとでは、手の打ちようが違ってくる。というより、うかつに手を出せない。安易に仕かければ、墓穴になりかねない。

もちろん、あえて理合を崩すことで意表をつく上級技もあるだろうが、それはすべての理合を理解した上での高等テクニックだ。意表をつくだけの思いつきは、大きな隙を敵へプレゼントするようなもの。

はたと……。

私は、愕然とした。このまま抜刀もせず間合いを測るばかりでは、

（私の流派が居合だってこと、もろバレなっちゃう）

大会参加者を送り込んでいる団体の中で、居合を主体にしている流派はどのくらいあるのだろうか。慈境流、夢涯流……はどちらも実質同じだから一つにまとめて考えていいとしても、あとは富山《とみやま》流、新辰巳《しんたつみ》流……あと何かあったっけ。

思考に囚われている間に、海辺里四段が、すすす……急速に距離を詰めてきた。どちらの木剣もまだ鞘の中だ。ただ、いつでも抜刀できるよう、へその前まで鍔を出し、木製の刀身がわずかに顔を覗かせている。

（相手も、居合の流派？）

稽古着には、所属団体の紋を刺繍しているのが一般的。出場者に限っては、同色生地を貼りつけ隠してある。どこの団体も似たような格好なので、判別が困難になる。

納刀状態からの初太刀は、軌道がほぼ限られる。左逆袈裟か横一文字だ。特に斬撃

の速度を考えると、逆袈裟こそが――。

咄嗟、私は予測に従って迎撃態勢を決めた。

刹那、敵の右手が動いた。私の木剣が受け流しの軌跡を描いて抜刀。

違う！

敵の木剣はそのまま上昇し、一瞬以下の返しで右袈裟へと変じた。

本能的に私の足がキュッと床を滑る。肩すれすれに剣風を覚え、間合いを取り直しつつ敵へ正面を向ける。一拍遅れて肝が冷えた。うまく言えないけど、萩園さんの時とは感触の違う緊迫感だ。敵はゆるりと正眼に構え、静かに間合いを調整にかかる。

（これは、居合の流派じゃない）

剣術流派の中には、居合を取り入れているものも多いが、依然として相手の正体が掴めない以上、

（考えても無駄。反応を鈍くしちゃうだけだ）

海辺里四段はもしかして、こちらが居合流派と見極めた上で、あれを仕かけてきたのかもしれない。ああ、剣のやりとりは心理戦も含んでいるのだ。

海辺里四段が間合いへ侵入する。流れる水の自然さで。

カッ！

両者の木剣が響く。まるで自分の木剣が、切り落とされたかのような、鋭い感触。

（やばい⁉）

さっと斜め後ろへ退がる。海辺里さんの切っ先は、私の手首を狙っていたのだ。

優雅なのに獰猛《どうもう》。すべての動作に安定が宿り、なのにとても動的。対して慈境流は、実に静的。必要最低限のシンプルな動きのみで構成されている。

（こっちは地味だけど、海辺里さんのは華があってかっこいい……！）

私は慌てて首を振る。いや今着目すべきは、そこじゃない。

（でもこの印象、どこかで見た覚えがある。どこでだ。どこの流派だ）

判明したところで、どのくらい有利になってくれるかすら不確定だけど。神社や歴史にゆかりのある場所で、どこかの流派の演武が開催された時には、師範代に引率されて見学に行ったことが、何度かある。きっとそれらの中の、どれか。

互いに、正眼に向きあう。私の正眼は水平だが、相手のは切っ先が上を向いている。こう睨みあっていると、次第に眩暈《めまい》を覚え、頭痛が奥から湧いてでる。

また、水面を滑りだす船のような動きに、私の切っ先がぴくりと反応する。それをいなすように、また海辺里さんの木剣が、綺麗な音とともに切り落としにかかり、生まれた隙を縫うように刃風が襲来する。

ただ一つと言ってもいい長所の摺り足で、どうにか逃げてしのぐ。

海辺里さんの、年齢に反した苛烈な動きの中に、どうして奇妙な安定感が宿っているのか。木剣がどう動こうとも、乱れの印象がまったくない。

（そっか、切り手だ。つまり、柄をにぎる手首の角度が、常に安定しているんだ）

次に木剣を絡めあった時、忽然《こつぜん》と閃《ひらめ》いた。

（朔斗流《さくと》！）

ちらり、相手の下緒を観察する。これで、さらなる確信が持てた。

朔斗流では、下緒を袴へしっかり結びつけている。そこが袴紐へ押し込むだけの慈境流と違うところとして、演武で見かけた時、まず印象に残っていた。

幕末に著名な歴史人物を輩出し、いまなお人気のメジャー級の超巨大剣術流派。日本全国どころか海外にすら多くの支部団体を持っているらしい。

明鏡止水。剣をにぎる時の静かな心持ち、といったニュアンスだ。海辺里四段の瞳《ひとみ》睛は、まさに水の如く澄み渡っている。老齢ゆえの到達なのか、この海辺里さんだからこその境地なのだろうか。

（この人を、尊敬したい）

剣を交えるうち、なぜか素直にそう感じた。年齢を美しく重ねることのできる人が実在することを、この人は体現している。顔の皺が醜悪さをかもす人もいれば、こんなふうに美しさに転じる人もいるのだ。

年齢の上下を理由に、立場を根拠に、尊敬を強要されても敬意なんて決して湧いてなんてこない。年上というだけの理由で自動的に尊敬されると思ったら大間違いだ。なのにこの人に対しては、素直に尊敬の念が自発的に湧いてくる。

言葉すら、まだ交わしてないのに。たぶん、

（こんな大人になりたい）

そう憧れる気持ちを抱けるからだろう。居合を始めてからというもの、そんな人たちとの出会いの連続だった。

だからこそ、

（この人に、勝ちたい）

木剣をそっとにぎり直した。

柄のグリップは大丈夫だ。両の小指と薬指を主体に保持し、残りの指はふんわりと。剣捌きを自在にし、かつ、しっかりにぎるために。私の木剣は、柄にテニスラケット用の滑り止めテープを巻いてある。かわいいピンクなのは、ご愛嬌《あいきょう》。

どうせ居合と見抜かれているなら、それで勝負だ。私は距離を取り、納刀した。

（これが私なりの敬意です、海辺里さん。最も得意とする流儀で迎え討ちましょう。さあ来い。慈境流居合の持ち味で、返り討ちに……）

突然。私はある事実に気づき、愕然とした。

（居合、めちゃめちゃ不利じゃん！）

最初から刀を抜いた状態で振るのと、納刀状態から斬撃を繰りだすのとでは、速度がどうしたって違ってくる。

世間では、居合の特質として「鞘走りを利用することで加速し、瞬撃を叩き込む。ゆえに通常の斬撃より速度に勝る」なんてことを言っている人もいるみたいだけど、そんなわけがない。どう考えても、最初から抜刀状態にあるほうが素早く反応できるし、速い。

居合がその特性を発揮できるのは、あくまで「戦闘状態になっていないシーンからの不意打ち的斬撃、あるいは迎撃」なのだ。この場は、あくまで試合。互いに勝敗を決めるのが大前提として、コートに立っているのだ。絶対に不利なのは間違いない。

どうする、やっぱ、いっそ抜刀しちゃうか。そうまごついた一瞬の隙を、海辺里四段は見逃しはしなかった。私の眉間を捉えて離さない、鋭い打ち込みが襲う。

咄嗟、得意の足捌きでかろうじて避けると同時に抜刀。

受け流し。

返す刀でカウンター。

即、受け流される。敵のカウンターを、また受け流す、またカウンター……お互い、その繰り返しが展開した。

慈境流が夢涯流の剣術形から取り入れた「竜帝剣」だ。ただしこれに類する形は、たいていどの流派にも存在する。足捌きで受け流すと同時にカウンターを入れる技は、それだけ強く、普遍的。

両者、反時計回りに、円を描きながらの応酬を繰り返す。見た目にさぞかし派手だろうが、やってる私はかなりしんどい。油断をすれば、少しでも動きが遅れたら、一巻の終わりなのだ。

体力的に私のほうが有利でもよさそうなのに、相手は老齢の割に疲れる気配も見せてくれない。

頭の中に物理の円運動の図が浮上し、その周りを公式がふわふわ浮かぶ。中間テストはとっくに終わったんだ、もう出てこないでいいのに。意識が変に逸れて斬り伏せられたら、物理教師に文句を言ってやるさ！

カウンターに対するカウンターが連鎖。

やがて何も考えることができなくなり、思考が白紙化する。

ぐるぐる回る視界の中で。

「勝者、網戸うさぎ二段！」

突然の声に、何が起きたのか、まったく把握できていない。

夢遊病のようにコートの端まで後退し、礼。勝負の場から降りて歩いている途中で、

（勝った……の？）

理解が追いついてきた。

茫然《ぼうぜん》と歩く間に、一連の瞬発的出来事がよみがえる。

あの連鎖の応酬の中で……海辺里四段は不意にタイミングを崩し、私の空振りを誘ったのだった。斬撃から一転、鋭い突きが私を襲ったその時、私は右足を前へ替え、右手一本の袈裟とも突きともつかない格好で、突きだされた相手の手首あたりを斬っていたんだ。あえて形で言うならば、昭和の時代に新しく加わったという「基本参」の初太刀に近い。

正直。

どうやら勝てたようではあっても、ほんのわずかな差で負けていたかもしれない。ただ運よく身体が反応してくれた勝負だった。師範代が、三川さんが、萩園さんが出迎え、思い思いに私の背や肩を叩き揺さぶる。

この勝利は、コンマ何秒かのきわどい差で得たものだろう。昔の武士が本当に斬り合った時は、こんな気持ちだったのだろうか。いや、もっと切実な実感だったに違いない。

現代女子の私は怪我すらしない防具で守られているけれど、彼らは完全に、死ぬか生きるかの瀬戸際を掻い潜ったはずなのだから。

そんな感慨にふけっていると、ふと視界の端に何かが映って、はっと視点を転じる。同じくコートから降りて仲間に出迎えられている海辺里さんが、私へ向けて温和な笑みのお辞儀をしてくれているところだった。慌てて私もぺこりと返す。

でも、たったそれだけでは足りない気がして、何か、そう、身体のなかでぐるぐるめぐる気持ちに突き動かされ、私はおそるおそる海辺里さんへ近寄り、もう一度丁寧にお辞儀した。

「あの、私っ。海辺里さんみたいに年齢を重ねてもずっと続けていきたいです」

いきなり何を言うんだ、私。

でも、どうしようもなくこの身を満たすリスペクトの念を、とにかく吐きだしたくて仕方がなかったんだ。試合に勝ったのは私。でも、そんな結果なんかどうでもよくなっちゃうくらい、とにかく海辺里さんへ何かを伝えないではいられなかったんだ。

しばらく流れた沈黙に、この衝動的行動への後悔を抱きかけたとき、

「網戸さん、でしたかしら。とても光栄です。でも恥ずかしながら、私《わたくし》、まだ十年ほどでしかないのですよ」

「ええ?」

「夫が定年退職しましてね、それを機に私も何か新しいことを始めてみたくて。昔は女だてらに刀を振り回すなんて、考えられない時代でしたからねえ……若いうちから

始めることのできた網戸さんが羨ましいですよ。お時間を、大切に過ごしていってくださいね」

　ということは海辺里さん、もしかして七十代の中盤か後半？　ピンと背筋を張った佇まいは、下手すると十代の私なんかよりよほど若々しいのに。

「こちらこそ、ありがとうね網戸さん」

「え？」

「あなたとの試合を通して、女性の戦いがこんなにも毅然《きぜん》としているという事実を、皆さんに示すことができたのですから」

　海辺里さんの態度には、負けた者の卑屈さなど一切なく、清々しさと喜びがあふれているようにも見える。

「武道の世界は保守的な人も多くて、女性を下に見る古参もまだ多いの。でもこれで、女性を見る目が少しでも変わってくれるといいですわね」

　遠い目で自分の想いを吐露した海辺里さんは、情熱を瞳《ひとみ》の奥に宿していた。ああ、一見おだやかそうに見えるこの人の人生は、きっと戦いの連続だったんだな……そう感じ、襟を正したい気持ちになる。

　私はつい、恥ずかしいことを口走っていた。

「私、海辺里さんを見て思いました。何かを始めるのに遅すぎるってことないって言葉がありますけど、まさにそれです。勇気をもらいました」

よく耳にする、オリジナリティのかけらもない、他人の名言だ。それだけで自分の薄っぺらさがよく痛感できる。けど、正直な気持ちだ。顔が赤く染まる前に、もう一度ぺこりと大袈裟に挨拶をし、そそくさとその場から退散した。

会場の扉を開ける直前。

ふと――私は二階観客席をまぶしく見あげる。この角度では、よく見えない。

(土屋さんは、来てくれてるのかな)


――土屋さんへ手紙を出したのは、半月ほど前のこと。

あの祭りの日、言いたいことがあまりに多すぎて、必要なことなど何ひとつ口から出せないまま、不発花火のようにバイバイした、あの日の後悔。

それを事あるごとにリピートしていた私は、ほぼ衝動的にペンをとった。疲れて眠気につぶされながらも、テストの時より必死に文章をつないでいった。

私の、土屋さんへ向けて本当に言いたかったことの数々。

(こんなの、笑われちゃうだろうか)

そんなふうに怯む私の中の私に、心のビンタを喰らわして、書いた。

家の場所は知っていても、正確な住所までは知らない。地図アプリで調べても、確証を持てない。なので、実家のお母さんに代理で直接ポスト投函してもらった。

「今どきの子は何でもＳＮＳでしょ。古風なことする子だねえ」

そもそも土屋さんのアカウントを知らないのもあるけど、

「うっさいな。ちゃんと伝えたいことだから手紙なの」

私が実家へ送った手紙イン手紙を受け取ったお母さんのからかいに、苛つきつつも祈った。大会の招待チケットを同封して――。

「しまったかなあ。せめて交通費も入れとけば……」

一般席エリアを見あげ、心が焦れる。千葉の端っこから東京まで、往復だとそれなりに負担が大きい。いや待て。それはさすがに重い。多分、あんな内容の手紙を受け取っただけでも重いのに、旅費まで同封されていたらドン引きされるに違いない。私なら、する。これではまるで、ストーカーだ。

どんなことを言ったって、この大会出場は自己満足にすぎないのだし、私がどんな想いで剣を振ろうとも、土屋さんとの過去が塗り替わるなんてことは、絶対にない。

「今も昔も空回り。つくづくバランスの悪い奴だね」

どうせ何をしても黒歴史になるのなら、やろうと思ったことをとことんやるしかない。私は、二回戦出場者の控室へ引っ込むことにした。

時刻は十一時半過ぎ。お腹が鳴ったのに、空腹感が希薄だった。

昼食は十一時からロビーにて弁当が配られる。参加費に含まれるそうで、チケットを見せてスタンプを押してもらう方式らしい。それを考えると、この大会が結構な赤字である噂もうなずける。

防具といい、お弁当といい、運営の手間といい、永真流さんの負担は重い。ノウハウ獲得とデータ取りという実利がないと、たしかにやってられないかもしれない。

「よ、辻斬り娘、差し入れだぜ」

控室へ不躾《ぶしつけ》に入室してきた奴がいたと思えば、案の定、泰明だった。

「あんな試合を見せられたんじゃ、今後うっかり発言なんてできないなあ」

「じゃあ今すぐだまって！」

相変わらず人を辻斬り呼ばわりして、何の反省もない男だ。

「まあそう言わず喰えよ、俺の気持ちだ」

その手には私がバイトでさんざん売りまくったハンバーガーがあった。宇佐飛丸の主成分は、このハンバーガーで構成されている。何万個売った成果だろうか。

「どこで買ったんよ？」

「俺くらいにリッチでラグジュアリな高校生は、スマホでこのようなアプリを活用してだなあ」

デリバリ系のアプリ。その手があったか。でも、

「悪い、食欲あんまないかも……」

お弁当でさえ、どうにかこうにか無理して胃袋へ詰めたのだ。むしろ、次の試合を考えると負担になったかも。そうため息をつきつつ、気がつけば手の中のハンバーガーは跡形もなく消えていた。ソウルフードは別腹だった。

泰明が、満面の笑みを浮かべる。

「サムライビーフバーガーにしてよかったぜ」


どうやら一回戦のすべてが終わったようだ。つまり、第四グループの試合だ。その時点で十三時を越えていた。開会式の開始から数えて四時間。十七時の閉会式まで間に合うのかこれ。その間、両親が顔を出してくれたりもした。怖くて訊けないでいたが、その様子からして、土屋さんが来てくれている希望は薄そうだ。

十六人が残って、次の対戦相手が運営の手でシャッフルされる。一度に展開できるのは四試合だから、八人ずつの前後戦で試合を回していくことになる。

「ということで、ゆっくりしててください、先輩」

三川さんが伝言役となって、私が後半組に決まったことを教えてくれた。それだけ

伝えると、話したい雰囲気をかもしつつも、気を利かせた態度でささっと退出。どちらかというと、話し相手がいてくれたほうが助かったのに。私、そこまでストイックじゃないよ。

パーティションの向こうに、他の出場者の気配を感じながらそわそわし、たまに館内スピーカーから流れるアナウンスで、試合が進んでいる様子を知る。

「うさぎ、あんたこういう情報欲しいんじゃない？」

ルール的にはグレーだけど、芽衣がスマホで撮影した動画を持参してくれた。前半組の試合模様。助かるような、ますます落ち着かなくなるような。二人、黙々と動画を観つつ、

「……うさぎ、ごめん。テスト前の悪あがきが役に立ったことって、なかったよね」

「うん。たかだか五分十分くらい教科書必死に眺めても、点数に影響したことなんてなかったよね、いっそ清々しいくらいに」

芽衣みたいな成績上位の子でも、テスト前の悪あがきとかするんだ、なんて妙な感心をしつつ、スマホから目を離す。

「だれがどの流派だなんて、観ただけじゃわかんないし。分析する時間もないし」

「うん。それにうさぎがここで前半戦を観ても、二回戦を勝ち抜かないと意味なかったよね。あたし、何やってんだろ」

芽衣みたいな手堅い性格の子がこんな空回りをしてくれると、可笑しくもあるし、安心もする。この空回りが私のことを思ってのことで、嬉しくもなる。

「あちちち……」

香奈が乱入し、熱そうな何かを左右の手で持ち替えながら急接近してきた。

「む、蒸しタオル！」

「ちょ、それ私の目に直撃とかやめて！」

「どうしたの、それ」

驚きながらも芽衣が受け取り、拡げ、余分な蒸気を飛ばしてくれる。

「ロビー脇の売店で電子レンジ借りて。リラックスにいいかな、って」

「嬉しいけど、メイクとかはげそう」

「あ、ご、ごめん」

「いや、こっちがごめんだよ。今はメイクよりリラクゼーション。だよね」

程よくなったところで、芽衣が私の両目へかけてくれた。

「あちっ……あ……何この極楽浄土……ナムナム」

両方の眼球が、パラダイスとなった。どうも私は、一回戦を勝ち抜いたことで変なテンションになっていたらしい。

女子の友情ばんざい、私の口が、声もなくそう動いた。

後半グループが、エントリー机の前へ集合した。この時点でも、一体だれがだれと当たるのかは不明だ。

美里さんがいる。師範代と親しげに会話を交わしている。そりゃ彼氏彼女だし当然だ。でも妙な気分になる。これから生死をかける、いや気持ちとしてはそんな感じの試合に出るというのに、こちら側の人間があちら側の人間と親しいとは。しかも、

「網戸さーん」

平和な笑みで、その敵は軽く手を振ってくれる。

「美里さーん」

応える私も私だが。

幕末の志士の中には、互いに敵対し激しく憎みあう者も多かった。一方で、相容れない立場のくせに友情で結ばれ、時には仲間に内緒で助ける者もいたらしい。新選組の近藤勇と、大村藩の倒幕志士・渡辺昇《のぼり》という人とかが、そうだったと聞いた。

他の人たちの様子も見渡す。

あのバイキングの末裔みたいな欧練覇《オネルバ》さんもいた。ひときわ大きい図体だけに、いやでも視界に飛び込んでくる。やっぱりあの人も出場者だったのだ。金髪碧眼のサムライは、とてもサマになっている。

そういえば朔斗流の現ご宗家は、ドイツ人男性だと聞いた。まさかのドイツ人ご宗家。サムライの世界も国際化が半端ない。あの欧練覇さんも朔斗流なのだろうか。もしそうなら、海辺里さんと同じだ。海辺里さんの朔斗流はとても気品があったけど、欧練覇さんの剣捌きはどんなだろうか。

外国人がご宗家になることについて、ただただ私はびっくりし面白がっただけなのに、稽古の合間、萩園さんが放った一言は強烈で印象的だった。

「日本の伝統文化を継承する人が外国人なのってさ、日本文化の勝利だよね。それだけ世界に拡まったってことだから」

こんな素敵な考え方、どんだけ豊富な人生経験を積んだら、出てきてくれるんだろう。

前半グループ最後の試合が、ようやく終わった。三十分もずっと微動だにせず睨みあったまま、かなり長引いてしまった試合だった。退屈していた観客もいただろうけど、近場に控えていた私には、妙な緊迫感がびりびり伝わって、神経が刺激させられていた。

審判三人の旗があがると同時に、私は大きく息を吐く。隣の人も同様に、長い吐息をもらす。

仲間がいたな、と振り返ってみると、

「げっ！」

あの中国人だった。今朝遭遇した、無愛想なキャリアウーマン風の李《リ》さんが、すぐ斜め後ろにいたのだった。

第8話　華麗なるもののふたち——摺り足移動は、相手の遠近感を狂わせる

「赤、網戸うさぎ二段。白、リ・ペングデ四段」

やはり、こんな実力本位の試合に出るのは、四段が多いんだな。本来、慈境流からも四段の実力者が出る予定だったんだし。

コートの向こう端に立つ李さんは、苦々しく口角を歪めている。

何が気に入らないんだろう。私のことが嫌いなのかな。朝、親切に対応したつもりだったけど、うっかり気に触ることでもしたのかな。あるいは二段なんて明らかに実力不足なのがひょっこり出てきたのが不満なのかな。

コートに入り、両者の名前が呼ばれた途端、もともと無愛想だった顔が、ますます嫌そうに歪んだのは事実だ。さっき、二人同時に長い吐息を出した時は、妙に気が合うと感じたのに。少し辛い。

「はじめ！」

さて抜刀しておくか、納刀のまま敵の出方を窺うか……と考える間に、早くも李さんは抜刀、大股に進みでつつあった。木剣を左脇後方へ引っ込めている。脇構えだ。

「鋭《エイ》！」

獣の咆哮《ほうこう》さながらに発した気が、私の全身を打つ。双眸がらんらんと光っているあたり、まさしく肉食獣だ。つられて私も木剣を抜き、正眼に構えてしまった。おとなしく捕食されるつもりはない。予選で萩園さんに視射《みい》られてすくんでいた頃の私ではない。

それにしても気になるのは、

（この人、正面が、がら空き……）

刀は攻撃手段であると同時に、防御手段でもある。敵の刃が襲ってきても対処ができるよう構えるのが定石。正眼が最もそれに適した基本姿勢だ。体の前でまっすぐ敵へ向けることで、自分の懐へ容易く入れないよう牽制《けんせい》にもなる。また、真っ向斬り、左右の袈裟、逆袈裟、あるいは突きへと、如何《いか》ようにも展開しやすい。

ところが、どうだ。

（李さんの構えだと、どっからでも好きに斬りかかれちゃえる）

防御を、完全に捨てているのだ。ただ、

（間合いを測りづらいよね。狙いは、それなのか……）

人によって刀の長さはまちまちだ。木剣ではあっても自分が使い慣れた模擬刀あるいは真剣に合わせて、ビニール鍔の位置を調整する。余分な柄部分を切り落とすこともある。私も、北千住の伯父さんのノコギリで切り落としてもらった。……すごく硬くて大変だったと、あとで聞かされたけど。何しろ樫《かし》の中で最も頑丈な赤樫《あかがし》だし。

李さんは私とほぼ同じくらいの背丈か。だとすれば、間合いも似たり寄ったりだ。もちろん、身長に合わない長さの刀を使っている可能性もあるけれど、でもそれはそれで、扱いづらくて実力を発揮できなくなる。青森の津軽には三尺以上の、つまり一メートルもの長すぎる刀を遣う流派があるらしいが、それは多分とても特殊な例だ。

（まず、様子見だ）

摺り足の微調整で間合いを測る。いざ……先制攻撃、敵の額めがけ振りかぶった。

「応《オウ》！」

裂帛《れっぱく》の気合いとともに、敵の木剣が後方から飛びだし、私の一撃を阻止する。

え、ちょ、待って、

「ふ、太い！」

いや、ぶっとい。つい声に出してしまうほどのインパクトが飛びだしてきた。これは木剣というより、むしろ丸太だ。一足、退く。

「鋭！」

またも互いの木剣が交差しぶつかる。一撃が、重い。そりゃそうだ、相手のは丸太を木剣っぽく削った代物なのだから。

思えば、それが丸太か木剣かなんて、死角になって知りようもなかった。いや、見ようと思えばいつでも確認できた。木剣なんて皆同じようなものという思い込みで、気に留めていなかっただけだ。

　私は後退するばかり。敵の打ち込みには容赦がなく、速くて重くて手数が多い。猪突猛進の権化だ。次は突きが来る。胸の前で突きの溜め姿勢へ移ったからだ。悟ると同時に足を捌く。体が横向きとなる。敵の突きが私のお腹すれすれを裂くように通過した。

（しかもこの突き、体ごとの突進だ。こんなの喰らったら、吹っ飛ばされるし吐いちゃう！）

　慈境流の技巧的な突きとは随分と違う。

　この剣術、一言で表すなら、そう、

（捨て身！）

　最初の、正面をがら空きにする構えからしてが、すでにそうだった。防御を捨て、それこそ「生きぬのならば死すのみ」と言わんばかりの攻撃特化型剣法。

（いや待って、普通に怖いよこれ！）

　大迂闊なカウンターもためらうほど用心して、後ろ向きの摺り足で即座に間合いを大きめに取る。私の初太刀を防いだ時も、受け流すというより、弾き飛ばす気まんまんの勢いだった。

「鋭イー！」

またも、李さんが吼《ほ》える。相手に呑まれてはいけない。どんな剣を繰りだしてこようとも、自分が慈境流であることを捨ててはいけない。ペースを乱されてはいけない。いけない、いけない。基本は絶対に手放さない。と言いたいところだけど……、

「鋭、鋭、応ぅぅ!!」

積極的に打ちかかってきて、それを打ち払うのに精一杯。少しでも気を抜くと、交差した刀身を滑らせ、接近し、

「応!」

胸を狙って突きの猛進がやって来る。必死に後退し、どうにか難を逃れても、「鋭!」、なおも追尾を諦めない。もし「不退転」という言葉が稽古着を着て剣をにぎったら、まさしくこういう姿で動くのだろう。ぞくり、全身から血の気が引く。退ってばかりいられない。コートから足がはみだせば失格だ。

「鋭っ、鋭ーぃ!」

敵が鋭く吼えるたび、私の手がしびれる。

ガッ!

斧《おの》かと思うほどの勢いで、丸太木剣が真上から襲ってきた。それをどうにか手首の返しで受け止め、しのぎを削る姿勢で膠着状態になる。上から圧しつぶすように、李さんの木剣がじりじり私の脳天へ近づいてくる。力負けしそう。

（これはまずい！）

足捌きで敵の木剣を滑らせ、対峙の仕切り直しへ。

守りを捨てている分、つけいりやすいかというと、そうでもなく、攻撃に全振りした暴風が突っ込んでくるから、うっかりした動きが取れない。

（もしアレが脳天を直撃したら、プロテクタはどれくらい和らげてくれるのかな。脳《のう》震盪《しんとう》レベルで済んでくれればいいけど）

不吉な雑念だ。

太くて重い分、鈍重であってくれてもいいのに、「最大風速」の四文字が脳裡をよぎるほど豪快で鋭い。空気を叩き割っている。しかも、そろそろ疲れてくれてもよさそうなのに、そんな気配もない。私と変わらない体格で、そのスタミナとパワーはどこから湧いてくるのか。間合いも読みづらく、立ち位置を半歩でも間違えると……、
ブォン!!

瞬発的に摺り足で捌いたからよかったものの、薄皮一枚の差で、胸の前の空気を丸太が薙《な》ぎ払っていった。審判の一人が旗をあげかけ、思いとどまる。それくらい、勝負ありに見えた一瞬だった。

初見からカミソリみたいな印象の女性だったけど、振るう刀も、本当は木剣のフリした太いカミソリなんじゃないか。握力だってそろそろ衰えてくれてもよさそうなの

に。あの柄は、にぎるというよりも摑むというべき持ち方だ。

ご宗家の言葉が、走馬灯のようにめぐる。

「最終的にはねえ、どの流派が強いか、ではなく、もうその人個人が強いかどうかだよ。流派なんて関係なく」

励ましのつもりの言葉とその笑顔が、今はうらめしい。こと、李さんに関してはこの流派がとても性に合っているのではないか。じかに剣を交えている私が断言する。

ガラン！

耳障りな音が、大きく響く。私の両手がしびれ、木剣がどこかへすっ飛んでいた。

（負けた——？）

それでも丸太の暴風は吹きやまない。負けを認めるにしても、これには当たりたくない。

いさぎよさとは無縁な無様さで、私は滑って転んだ。一瞬前まで私の頸動脈があった空間を、丸太木剣が薙ぎ払う。勢いを落とさず、返す刀で地べたの私を狙う。

横へ転げ、あたふたと這うように逃げる。

もう終わったんだから、勘弁してよ！

そう叫びそうになる。いや……私はひとつの事実を見逃していた。審判のだれ一人として、まだ旗を揚げていない事実を。

（――そっか！）

私はまだ、斬られていないのだ。いまにも斬られそうだけど、ルール上、まだ負けてはいない。

慌てよろめく私の爪先が、自分の木剣を遠くへ蹴り飛ばす。それは風車のごとく回り、コートの白線ぎりぎりで止まった。

（あれを……拾いに行く！）

背後に、殺気の塊がふくれあがる。

摺り足による小走りは、体勢がとても安定する。それは心の安定ももたらしてくれる。しかも修練すれば、普通に走る速度にひけは取らない。

白線は目の前。

小走り姿勢のまま腰を低く落とした私の右手が、木剣を取る。同時に、左足を右側へ踏み込み、脚をクロス。上体を起こす背後から、暴風が迫る強い気配。それは背中を垂直に素通りした。両足を踏み替えた私は、その時すでに敵の正面を向いていた。

――衍遥《えんよう》。

初心者の頃に学ぶ立技の、二番目。背後からの不意打ちを、ぎりぎりまで引きつけた上で、抜刀と当時に足を踏み替え、敵の刃を空振りさせると同時に、即座、敵の二の腕を斬りあげる技だ。真っ向斬りを勢いよく振りおろしている最中の敵にとって、このカウンターを避けるのは難しい。夏の帰省、神社の境内で泰明と警察官のおじさんへ披露してみせた、通常ならば「実用的ではない形」だ。

そう。私の木剣は、李さんの二の腕を下から斬りあげていた。

三本の赤旗が、天井向けてはためいた。


仲間の元へ戻ると、だれからも心配そうに顔を覗き込まれた。まだ生きた心地がしない。よくやったな、もうダメかと思ったよ、すごい逆転劇でしたね、などと耳からずっと離れたどこか遠くで声がしている。

「アナタ、強かた」

不意にかけられた何者かの声だけは、そんなに強い口調でもない、むしろ落ち着いたものだったのに、鼓膜を鋭くつきやぶる勢いで心まで届いた。つい先ほどまで、もう聞きたくないくらい聞かされ続けていた声だ。

「本当はワタシもーと強い。けど負けた。ウンムケンもウンコーケンも自信あたのに」

意識を現実へ戻すと、すぐ正面に李さんがいた。

「でも中国武術ならワタシの勝ちだたネ。ハッ」

よほど負けず嫌いなんだろう。いきなり実演した拳法が素早すぎる。思わず盛大な拍手を送ると、李さんの硬い表情が一気に溶け、嬉しそうな照れ笑いに変わった。

「あ、あはは、中国の人が日本の剣術やるなんてびっくり」

「ワタシ、十三妹《シーサンメイ》のファン。『児女英雄伝』のヒロインね。日本刀使う清の少女。憧れ。明の時代から倭刀いぱい中国はいてた」

ああそっか、日明貿易では主要輸出品目に刀剣があったっけ。授業で習ったよ。

「ワタシ、Li PengDe いいます。よろしく」

差しだされた右手が握手のためのものだと悟り、慌てて私も差しだす。力強く、しやきっとした握手だった。

「リ・パゥンダさん」

朝に見かけた刀袋を思い起こす。「李蓬徳」は、そう読むのか。それにしても……パンダとは。改めて観察すると、この人から切れ者っぽさをとっぱらって、今みたいな笑みを見せられたら、元々の丸顔もあいまって、なんとなく子パンダっぽい愛嬌がある。くすり、思わず笑みがこぼれる。

「チャンと名前言てくれるの嬉しい。日本人みんな、ホートクとか読む人多い。違う。だからエントリにアルファベト書いたのに、全然違う読み方された。ワタシの名前、蓬莱山《ホーライサン》の仙女のような徳ある子に育て欲しいとつけてもらた、大切な名前。違てほしくない」

実に残念そうに斜め下へうつむいた様子に、

（ああ……試合前に読みあげられた名前、そういやなんか違ってたよね。たしかペングデだったっけ。あの嫌そうな顔は、それだったかぁ）

李パンダさんには悪いけど、自分が嫌われているわけではないことが判明して、心からほっとする。まあ名前のことで不機嫌になってたなんて、想定外すぎて知りようもなかったけど。朝の無愛想さも、きっと何か事情があったのかもしれない。

「あ、私は網戸うさぎ。よろしくです」

木剣の柄に記した我が名を見せつつ、自己紹介。

「WangHu なのに、読み方アジト……日本人の漢字、いろいろ不思議。難しい」

そりゃ難読名字だし、普通は「あみど」と読んじゃうよね。そもそも中国には訓読みなんて存在しないんだろうし。ワンフーが「網戸」の中国語読みらしい。ちょっと面白い。

「アジー、友達、なてくれマスか？」

「え、あ、はい」

アジーとは私のことか。

「ワタシのこと、PengPeng 呼んでほしい」

パンパン……ま、それで彼女がいいなら、そうする。

「アジー、何流か？」

「慈境流です。ええと、パンパンは？」

「展念《てんねん》流ですネ」

その流派名が出たとたん、横から割り込む男がいた。師範代だ。

「やはり展念流でしたか。貴重なものを見させていただきました」

「ソですネ」

しかしパンパンの反応は淡白だった。どうも、知らない人に対してはあまり愛想を浮かべない性格らしい。それに構わず師範代はベラベラと、

「あの特徴的な太い木剣は、まさに展念流の伝統ですよね。防御を捨て去り、死ぬか生きるかの瀬戸際に身を置くあの構え。幕末の京都で倒幕派を震撼《しんかん》せしめた恐るべき流派。その剣戟をこの目で直接拝見できて光栄です」

真剣と同じ重量の木剣を稽古に導入していた、だから丸太のような太さになった、などなど、その後も次々とマニアックな話題を一方的に繰りだす師範代に、パンパンはドン引きしている。

香奈もそういう傾向あるけど、話がしつこすぎると、聞くの嫌んなっちゃって脳みそには何も残らない。マシンガントークは、かえって一発も当たらないことを、そういう人たちは悟っておくべきだ。

話題が一旦とぎれた隙を見逃さず、慌ただしくパンパンは、

「アジー、あとでＳＮＳ交換しましょう。負けた悔しさ、サンザン聞かせマス」

はにかんだパンパンともう一度固い握手を交わすと、彼女は逃げるように去った。

外国人の友達ができるって、ちょっと自慢で嬉しい。世界が拡がった気になれる。

仲間の輪へ戻ったパンパンが、もう一度ちらりと顔を向け、親指を立ててくれた。


そうこうするうちに、第二回戦のすべてが終了した。

早速、対戦の組みあわせ抽選が始まったようで、運営ブースでは箱の中の名札をごそごそ掻き回している。どうせもう人数がしぼられてきたし、勝ち残り組は全員、コート脇の運営机前に集結している。

美里さんは、普通に残っていた。やっぱり強いんだ。とてもそうは見えないけれど、厳然とした実績が存在する以上、油断するつもりはない。

頭ひとつ以上抜けた高身長で、欧練覇《オネルバ》さんは嫌でも目につく。

「ベスト８だね、うさちゃ」

萩園さんが肘でつつく。現実感が喪失した数字だ。

「そっかぁ……ベスト８かぁ」

正直、ここまで経てきた二試合のどちらも、タッチの差での勝敗だったし、負けて

もおかしくなかった。むしろよく勝てたもんだ。武士が生死をかけた斬り合いなんて、実際そんなものだったのかもしれない。

腕の立つほうが勝ちやすいにしても、ちょっとした差で未熟なほうが勝つこともあったのだろう。だから真の武士は慢心することなく、刀をひとたび抜けば死を覚悟したのだろう。実際のところ、武士もいろいろで、全員が全員そうでもなかったかもしれないけれど。

おもむろに、場の空気が動きだす。第三回戦の組みあわせが決まったようだ。

〇

コートの向こう側に立つのは、四十代くらいの女性だった。

それだけ確認したら、あとは何も考えず時を待つ。得られる情報以外のことを今思い悩んでも意味はない。これまでの試合で得た教訓だ。

「赤、横根《よこね》桜瓊《おうけい》五段。白、網戸うさぎ二段」

互いに一歩、前へ。一礼。

明らかに本名ではない。五段以上に与えられる「武号」を名乗っている相手だ。

立ち姿が美しい完璧な佇まいの女性。これまで当たってきた中で、最も「女流剣士」の代名詞みたいな印象の人だ。着ている稽古着も紋付の濃い紫で、格が違う。

「はじめ！」

抜刀の所作も流麗。まるで完成された舞を見る心地だ。そんな分析が浮上しては、次々と背後へ置き去りに捨て行く。私はただ「視えた筋道」に沿って、歩を進める。

不思議。

意識しないのに、こうするのが最適解とでも示したがる、不可視の道が、私の一挙一動に宿っている。相手は振りかぶった。経歴の長さを窺わせる貫禄。私は摺り足の速度を上げもせず下げもせず、ゆっくり接近。

カン。

硬く乾いた音が響き渡る。私の木剣は敵の斬撃を受け流し、首筋を捉えていた。

「勝者、網戸うさぎ二段！」

ほぼ迷うことなく同時にあがった三本の白旗と、主審の宣言。

「あ……」

私は、勝っていた。

自動人形にでもなったかのように、ただ身体が勝手に動いただけなのに。

後退し、互いにまた一礼。コートから出たところで、

（いや待て、相手は五段だったんだぞ）

しかも武号を持つ以上は、門弟を指導する立場の人だ。偉い人だ。なのに、これまで対戦した中では、最もあっさり勝負が決まった。思い返せば、ごく自然に「野辺伏り」が出てくれた。最も稽古を重ねてきた、一撃必殺のカウンター技だ。敵の真っ向斬りを、抜刀と同時に受け流し、即座に返す刀で頸動脈をねらう技。

「やったじゃないか、網戸！」

出迎えた師範代が、プロテクタの上から力いっぱい叩く。タオルを手に待機していた三川さんが、何か神々しいものでも拝む目つきで、こちらを向いているところで、我に返った。

「ちが……私はそんなたいそうなもんじゃ……！」

皆まで言わせず、今度は萩園さんが仁王立ちとなり、力強く両肩へ手を置くと、凄まじい眼光で睨みつけてきた。

「なぜあたしが出なかったのか。今ではすっ……ごく後悔してる」

困惑気味に恨み節を受け止めつつ、でもたしかにそうだよなと納得する。

「それでいて、これまでの戦いを見せつけられて、これこそあたしの観たかったものだって……最高だよ、うさちゃ」

気のせいか、萩園さんの瞳《ひとみ》睛が潤んでいる気がする。

横から師範代が上半身を寄せ、

「萩園さん、感動してるとこ悪いですが、ちょっと面倒なことになりかけています」

耳打ちレベルの小声で、注意をうながした。

師範代の視線の先に、審判三人と横根五段、知らないバーコード頭の偉そうな人。紋付袴と羽織の、威厳をにじませる姿だから、所属団体の会長さんかもしれない。

「網戸は控え室にいて知らなかったろうが、一回戦目でも、ああいう悶着《もんちゃく》があったんだ。見ろよ主審のうんざりした表情。影響力と政治力のある団体が相手なだけに、気を遣わなきゃいけないはずだが、それでも渋い気持ちを隠しきれないって様子だ」

結局、交渉が決裂したのか、その会長さんは憤然とその場を離れた。その後ろを、思い詰めた様子の横根五段が付き従う。

アリーナの扉をくぐる直前、会長さんはこちらをひと睨みしていった。

ぞくり、戦慄《せんりつ》するほどの、ねっとりした敵意だった。

敵意だけなら、今日は幾度となく受けつづけてきた。それらはいずれも、どちらが負けたとしても恨みっこなしの、やりあう覚悟をともなう敵意だった。あの会長さんが放ったものは、それらとはまるで異質。恨みと怒り、ただそればかりの。

「そりゃそうだろうね。うさちゃの勝ち方、だれの目にも明らかで、ルール違反のケチをつける余地もなかったし。さもなきゃ判定がどうとか、面倒になってたかもね」

痛快な笑みと腕組みで、萩園さんは会長さんが消えた扉を凝視する。

「網戸、絶対に気にするなよ。規模の大きい団体だけにメンツをつぶされて、はらわたが煮えくり返っているのだろうが……」

「しかも、うさちゃは二段。差がありすぎて、ますますメンツまるつぶれ。くだらないよね、メンツとか。他の団体の五段以上は、番狂わせが怖くて出場してないのに」

「ああ。しかも負けた相手が悪かったな」

どういうことか、意味を測りかねる私へ、師範代は悪意に満ちた痛快な笑みで、

「うちは他団体とのしがらみが薄い。これが他団体だと、今後の付きあいもあるから多少困ることになったかもしれんが、慈境流は、せいぜい夢涯流の先代ご宗家に恩がある程度で、他団体に恨まれても痛くも痒くもない。どんなに政治力を発揮して圧力をかけても、忖度《そんたく》とは無縁の俺たちだ」

複雑な心境だ。だれもが武道によって心を磨けるわけじゃない。

半年前の自分は、その事実を目《ま》の当たりにしてモチベーションが急降下した。思えば、過去の自分を克服したくて必死で、武道で自分を変えたかったのだから。それは今も変わらないにせよ、でも、あの時とはいろいろと違う。

どんな世界にも、決して尊敬なんてできない大人もいれば、「この人のようになりたい」と憧れることのできる大人もいてくれる。居合がそれを教えてくれた。めざし

たいものだけを見つめつづけていれば、自分は大丈夫。

「それにしても私、よく勝てましたよね。相手は五段だったんですよ」

勝敗は時の運ともいうけれど、さすがに三段分の開きは、それだけで説明できるものではない。なのに、今までの中で最もあっさり勝てたのだ。まさか私、自分の中の何かが覚醒し、底知れぬ潜在能力を発揮した的な……。

「流派が違うから、状況的にはあり得ないが……もし網戸とさっきの人が、同じ流派の形試合で競ったなら、圧倒的にお前の負けだ」

形試合。つまり同じ流派内で、各種の形の正確さや美しさを争う競技だ。

「だが、それ故に網戸が勝てた部分もある気がする」

「え、意味がわからないです」

少なくとも我が身に眠りたる、知られざる能力が発動したわけではなさそうだ。

「そうか？　意識的にしろ無意識的にしろ、相手がとても綺麗で正確なフォームを体現していると、網戸は感じ取ったはずだ。それに吸い寄せられるように、網戸は最も身体に染み込んだ『野辺伏り』を叩き込んだ。まるで、よくできた組太刀を再現してみた、かのようにな。ただそれだけの話だ」

「やはり、この身体には、そのような秘めたる力が眠って……」

「おい調子に乗んなよ。あれが第三回戦だったから行けたんだ。その前の二戦で鍛えてもらったようなもんだしな。もし初戦で当たったら、多分お前が負けていた。わかりやすく言い換えるなら、前の二人が、立ち合いに必要な心構えを叩き込んでくれたからこそ勝てたのだと思う。わかるか？」

　私はごまかし笑いで、ふるふると首を横に振った。

「あの人だって、ただ形が綺麗なだけの人じゃないはずだ。お前と同じ、これまで二回も勝ち抜いてきたのだし。そのうちの一回は、グレーな部分を政治力で強引に塗りつぶしたものだとしてもだ」

　ここまでの長い説明で、結局私は強いのか弱いのか、よくわからなくなってきた。

「えーと、はい、要するに何も考えず、頭まっしろで戦えってことですよね？」

　見当外れな珍回答だったのか、師範代はフレーメン反応の猫そっくりな渋面を作った。

◯

　準決勝だ。

　それはベスト４に生き残ったことを意味する。この事実に、戦慄さえ覚える。

「振り返ってみれば、運だけで勝ち進めた気がする」

試合コート脇、トーナメント表の前で、組みあわせ抽選を始めた運営をぼんやり見つめつつ、だれともなくつぶやくと、プロテクタのチェックをしている萩園さんが、いつになく真面目な口調で、

「ガチンコ勝負ってのは、八割が運。残りの二割が実力だよ」

「それって、何をするにも運まかせで、日頃の稽古とかはあんまり関係ないっていう？」

「逆だよ、うさちゃ。充分に通用する実力を蓄えたのを前提として、運が八割なの。なにしろだれが勝ってもおかしくない者同士がぶつかるんだからね。実力がなければ、運のしっぽすらつかまえられないよ。これは剣術に限った話じゃなく、社会全般に言えるけどね」

「ああ……」

「だから、うさちゃは自分の実力を自負してもいいんだよ。こと、居合に関しては」

萩園さんは、社会的にも有能と呼ばれるに充分すぎるスキルを持っているはずだ。それでもなお、最後は「なにごとも運」なのか。実力があってさえそうなら、スキルらしいスキルを何ひとつとして持たない私は、どう生きていけばいいのか。

「はい、最後にこれ」

萩園さんが、アクリル製フェイスカバー付き頭部防具を、頭上からすっぽりかぶせ

る。世界は、透明なカバーひとつを隔てて、心なしか少しだけぼやけた気がした。

「赤、網戸うさぎ二段。白、楠木美里初段」

ついに来たか、この時が。

勝ち進めば進むほど、いつかきっと当たると思っていた。

互いに一歩前へ。一礼。

すらりと背の高い美里さんは、依然として雰囲気が春風で、ひとかけらの怖さも感じさせない。それが逆に怖い。

三回戦目の時は、相手に合わせてこちらも背筋がピンと伸びたし、心も静かで、最高のパフォーマンスを発揮できた。

なのに今は、心がふぞろいになっている感触だ。ついさっきできたことが、今はまるでダメ。たとえるなら、これまでの三戦は、まるで合わせ鏡のように相手の特質に応じた戦い方ができた気がする。それを手がかり足がかりにして乗り越えてきた。

「はじめ！」

木剣の鍔を、左親指でそっと押さえつつ、

（さて、どうしたものか……）

美里さんは微笑みながらゆっくり進みでる。まるで戦闘の気分ではない。どちらかというとピクニックだ。その背後に透けて見える風景は、風のゆるい午後の浜辺。

（そうか、敵意がまったくないんだ）

これまでは、不思議ちゃんとか真の天然とか、そんな微笑ましいキャラに感じていたものだけど、むしろこれは、

（真性のサイコパス）

もしかしたら美里さん、紛争地域に住んでいたなら、お買い物や食べ歩きでもする感覚で、ためらいもなく銃の引き金を引けてしまうのではないだろうか。

（でも……多分それだけじゃないはず。きっと）

私はたしかに聞いたのだ。第一回戦で、美里さんに敗れた人が「恐ろしい相手だった」とつぶやき残していったことを。敵意のないほんわか娘であるだけなら、普通に斬り伏せて、はい終了、となるのに、美里さんはここまで勝ちあがってきた。

私と美里さん、流派は違っても実質双子関係にある、同じ技を共有するもの同士。ならばいっそ、牽制の意味も込めて抜刀をしておこう。より間合いを広くとって、迂闊に近づきすぎないためにも。

美里さんは、風の軽やかさでためらいもなく接近中。

来る――！

稲妻にでも弾かれたように、私は跳び退《しさ》っていた。これで大きく間合いを開けた。

それなのに。

美里さんはまだ私の間合いの中にいて、横一文字に抜刀した刀を返す軌道で、

（逆袈裟が来る！）

頭よりも足の判断にまかせ、さらに数歩を横に避ける。ふわり……美里さんの剣が舞った。かと思った刹那、一瞬のあとにはまたも私の懐近くに侵入している。

私の正眼は左右にぶれるばかりで、まるで牽制の役には立っていない。とにかく摺り足を絶やさず、動き続けるしかない。コートの白線から出たら失格だ。

美里さんの動きは、さほど素早いようには見えないのに、これまで対戦してきた相手のだれよりも、実質的に俊敏だ。

焦りが、上半身の安定を奪いはじめる。長所を伸ばすため、予選後もまた一ヶ月間の半分ほどを摺り足や小走りに費やしてきた。心が乱れるだけで、こうも崩れるなんて。所詮、短期間の付け焼き刃なのか。

「摺り足による移動は――」

対大会用稽古の最初に、師範代が実演していた、上半身がほとんど揺れない前後左右、自由自在の移動。あの動きは気色悪かったけれど、時に小走りの見本を見せてくれたりもした。

「体幹を安定させることで、とっさの動きに対処しやすいんだ。しかしそれだけではないぞ。今言った防御の用途だけではなく、攻撃にも有利だ。わかるか？」

うん、今ならわかる。嫌ってくらい実感させられてる。この美里さんの動きは、つまりそういうことなんだよね。

——上体が揺れず安定した移動は、遠近感を狂わせる。

人が普通に歩くと、わずかであっても絶対に上半身は揺れる。その揺れが、見る側の遠近把握に役立つ。走ればなおのこと激しく揺れる。

なのにどうだ、美里さんの動きは。

摺り足にしろ小走りにしろ、上体の揺れがまったくないに等しい。まさに私がめざす、腰の上に上半身が乗っているだけの動きを体現している。

まだ間合いの外にいると油断していたら、懐に入られている。揺れない上半身は、まるでその場にまだ留まっているような錯覚を与えるからだ。

「どうだ。騙し絵みたいに遠近感をなくす動きだろ？　これでもまだ俺は下手なほうだがな」

ええ、そうですとも師範代。あなたより遥かに上手い人が、まさに目の前にいて、私を恐怖のどん底に突き落としていますとも。そうとわかれば、油断はしない。が……、

(待って、私の利点、これでつぶされたよね?)

長所破りどころか、負けている。それでも美里さんの瞬間移動の正体を悟ったおかげか、

(摺り足をキープしろ、うさぎ。クールになれ)

私の体幹は持ち直した。不利を完全に埋められないまでも。あるいは、合計二ヶ月にもわたる集中的な地味稽古がなかったら、今頃はとっくに斬られていたかもしれない。くつがえせないまでも、ぎりぎり対抗はできている。

足捌きと同時に、刃風が側頭と肩すれすれを通過。とにかく敵をよく観察しろ。どんなに怖くても、しっかり見ることだけは放棄するな。

できれば焦点を定めず、全体を捉えるようにしたいけど、「視る」を意識。それだけでだいぶ違うぞ。

今。

美里さんの動きは、とてつもなく速い。傍から眺める分には、じつにゆっくりのんびりな印象なのに。決して急がない自然体。無理して速く動こうとしたり刀を振ろう

と力むと、逆に筋肉のこわばりが速度を削いでしまう。余計な力みのない自然体が、一番素早い。

美里さんの体の使い方は、そういうことなんだ。剣の振り方もだ。

そこまで理解が及ぶと、意識が軽くなった。意識の持ち方ひとつで、自分の動きは格段に違ってくる。萎縮すると実力なんて1％も発揮できない。心がリラックスに近づき、かつ、ほどよい緊張を保っていると、限りなく100％に近づく。

一方的に圧《お》されているのなら、圧されている状況込みで楽しもう。

美里さんの右袈裟を空振りさせる。後退で避けたところで、流れを途切れさせないままに一歩前へ、真っ向斬り……へ移る寸前、横へすぐ離脱。危ないところだった。あのまま斬撃を打ち下ろしていたら、即座の切り返しで待ち構える美里さんの刀へ、私の二の腕がまっすぐ突撃するところだった。

（戦えてる、私、戦えてる！）

いつしか私も美里さんも、即興の舞を展開していた。春風にふわり舞う美里さんと、翻弄されつつも決して地面へ落下しない、ひとひらの花弁な私。

綺麗にたとえすぎか。いやそれでいい。戦えている私を何にたとえようとも、だれにも文句をつけられる筋合いなんてない。

カン！

高らかな音が響き渡り、美里さんの真っ向を、斬りあげる格好で受け流す。

我が得意技、野辺伏りだ。

そのまま頸動脈へ右袈裟を叩き込む。

すんなりそれを受けてくれる美里さんではない。防具の下にある細い首を走る頸動脈は、コンマ何秒かの差で、数センチずれた空間に在った。深追いはしない。欲張った瞬間、きっとどこかを斬られる。さっと後退し、間髪を容れず振りかぶる。安心感のある正眼より、いっそ攻撃へ転じやすい構えを選んだ。

双方の体軀が、ぴたりと止まった。間合いぎりぎりに対峙しあう。

睨みあいではない。一方的に睨んでいるのは私のほう。美里さんは美里さんらしく、一方的に微笑んでいる。驚いたことに、その頰が上気していた。息も少し荒い。悔しいくらいに、美しいと感じた。

「楽しいね」

いつもの穏やかさながらも、美里さんの声は少しばかり弾んでいる。この人はきっと、勝っても負けても「楽しかったね」と笑むのだろう。そうだね、ものすごい緊張の連続で、苦しいこともたくさんあったけど、私も楽しかった。美里さんに呼応して、私の口許もほころぶ。

そろそろ決着をつける頃合いかもしれない。あんなに恐ろしい相手だったのに、今はこれを終わらせるのがもったいなくさえある。ああ、私、平常心を取り戻していたよ。視界は、あえて焦点を定めない全体視野。

す……美里さんの切っ先が、掬《すく》いあげるような動きをわずかに見せた。いよいよ来るか。

いや、その動きは意外なものだった。数歩下がって納刀したのだ。

試合放棄?

違う。美里さんの眼が誘っている。

（やろうよ）

そうだ、どちらの流派も「居合」なのだ。そんなの無視して、このまま突き技を繰りだすことも可能だ。それくらい今の美里さんは無防備に突っ立っているだけなのだから。

私は、何のために戦っているの?

勝利をもぎとりたい?

それも大切だけど、それを遥かに超えて重要なものがあることを、私はもう知っている。

いつまで生きたかじゃなく、どう生きたか。

私もまた納刀した。お互い、最後は居合で勝負だ。最大限に離れた場所から二人、抜刀しない平時の姿で、ゆっくり接近しあう。
ほんの数秒後には決着がつく。その確信を胸に。

最終話　居合女子

抜きな、どっちが早いか勝負だ――気分はそんな感覚だ。

決闘相手の接近は、一定速度を保っている。

私もまた、呼吸のリズムに沿って、間を詰めてゆく。

どちらも鯉口を切り、鍔元をへそ前まで出し、右手は柄の上。

来るべき間合いへ踏み込むは右足《うそく》。それを支える左足《さそく》をしっかり意識。

抜刀が早すぎると斬撃が届かず、大きな隙を与えてしまう。

わずかでも遅ければ、シンプルに斬り負ける。

その差、コンマ一秒以下、瞬きひとつほどでしかない。

す、すす……敵はいよいよ目前。敵の上体ではなく、その両足が今どこに位置しているかで、判断しろ。筋肉は緊張しすぎていないはずだ。

行けるかどうかなんて考えない。ただ然るべき瞬間に、然るべき抜刀をするのみ。

勝ち負けを超えた境地に、我が身を置こう。

間合いが遭遇するまで、三……二……左足……右足！

どちらも「基本参」を繰りだしていた。私にとっては、海辺里さんを降《くだ》した決め手技だ。

後の先《カウンター》を狙うより、いっそそれすら許さない先の先しかないと、心を決めていた。

敵の抜刀より先んじて、まさに抜かんとする右手首を切っ先で押さえ込む神速技。

その切っ先が抑え込んでいたのは――私の手首だった。

私の刀身は、鞘から放たれたばかりの空間に留まっていた。

――斬られた。

そう自覚するより速く、美里さんの真っ向による追撃が、私の額を打ち割った。

我が生涯最後の光景は、美里さんの微笑みだった。

○

「勝者、楠木美里初段！」

白旗が三本。

例によって実感が湧きでるのはもう少しあととしても、私は思いの外すんなりすっきり、敗北を受け入れていた。あとでものすごく悔しくて悶絶《もんぜつ》するかもしれないけれど。今この時点では、やりきったすがすがしさのほうが勝っている。

互いに後退し、納刀。一礼。

乱れない足取りでコートを降りた。

皆が、無言の笑みで出迎えてくれる。師範代も萩園さんも、目顔で「よくやった」と讃《たた》えてくれている。だれよりも真っ先に抱きついてきたのは、芽衣だった。

「よかったよ。惜しかったけど、よかったよ」

「芽衣」

「勇気をもらえて『はい、おしまい』なんてことにはしない。単なる他力本願にしない。今のあたし、何かに突進したくてしょうがないよ。うさぎの試合を見て、嫌ってほど悟った。自分の人生で主役を張れるのは、自分しかいないんだよねって」

芽衣は頭がいい。だから先のこともある程度見通せてしまう。数年先には私でも直面しそうな問題も、早々と悩めてしまう。原宿の、あの時あの場所で芽衣が吐露した言葉を思い返す。でも今、あの時と違う何かが芽衣には宿っている気がする。

気が済むだけハグしていた芽衣は、やがて身体を離し、照れ笑いを隠すように、振り返りもせずドアの向こうへ消えた。

芽衣が残した余韻の中、ふっと息をついたところで、唐突に、背中からだれかに寄りかかられた。

「うさぎ……俺、感動しちまったよ。俺って小さい野郎だって思い知ったよ」

「え、ちょ、新畑！」

いたの？　と返しそうになり、口をつぐむ。そういえば、いたっけなあ。気にかける余裕もなかったけど。新畑は私の肩へがっしり手を置きながら、

「俺、迷うのはやめた。そしてお前ら女子も追い抜かしてやるんだ。決めた！」

「あ、う、うん」

何て間の悪いやつ。なんだか、せっかくの余韻がぜんぶどこかへ吹っ飛んでしまったじゃないか。新畑……お前のそういうところだぞ。その新畑は、師範代に腕を摑まれ、ずるずる引き剝がされてゆく。

「よーし新畑、まずはこっち来ようか。やる気出してくれて俺は嬉しいぞ」

「うさぎ、お前にあとでたくさんのありがとうを言わせてもらうぞぉぉ」

嵐は過ぎ去った。

私に浮かんでいた生暖かい笑みは、防具を外し始めると、すっと消える。萩園さんと三川さんが、そっと近寄り、黙々とそれを手伝ってくれる。

やがて。

「その防具を回収しますね、網戸さん」

運営の係員が近寄る。試合前、私に喋りかけてきた女性だ。

「あ、はい」

丁寧に、なるべく乱雑にならないようコンパクトにまとめた防具を受け取ると、

「改めまして、網戸さん、お疲れ様。運営側としては、出場者の皆さんのおかげで貴重なデータが取れました。いえ、それ以上に、素晴らしいものを見せてもらいました」

明らかに大人で社会人の係員さんが、深々と、こちらを尊重するような一礼をし、

「正直な気持ち、うちの団体も参加側にまわって欲しかったです。私が準決勝以上まで行けるかどうかは、ともかくとして」

にっこり小さく忙しそうに手を振り、係員さんは運営ブースへ去っていった。

○

決勝戦まで、十五分ほどの休憩時間が設けられた。

四面に仕切ってあったコートを、真ん中ひとつのみに仕切り直すらしい。

時刻は十六時ちょっと前。一階アリーナの扉をくぐり、寒々とした廊下へ出て、

「気持ちがあふれすぎて、わけわかんない……」

心と体の中で暴れ回る感情をもてあます。二階席へ戻る前に、ロビー脇のレストコーナーでクールダウンしようと思った。決勝戦まで間があることが、ありがたい。

「あ……」

そこに思いがけない、それでいてずっと期待していた人物との遭遇が待っていた。

「網戸さん。お疲れ様……でいいのかな?」

「土屋さん!」

彼女は来てくれていたのだ。どぎまぎしすぎて、出したい言葉が喉の奥で渋滞を起こしている。ただただ、土屋さんの出方を待つしかできない。

「五時の高速バスに乗んなきゃだし、東京駅に急がなきゃだし、単刀直入に言うね。かっこよかった。来てよかった。ありがとうね、招待のチケット」

一瞬のぼせた私の心が、土屋さんの言葉につられて落ち着きを取り戻したところで、ふと、あることに気づいた。土屋さん、ちゃんと可愛くおしゃれしている。

ああそうだ、思い返せば今日だけじゃない。地元の花火大会でも、彼女は浴衣姿で髪も結ってばっちり決まっていた。

いじめられている子は、心にそんな余裕など持てない。自分にはおしゃれする資格なんてない、なんて勝手に卑屈な心境にさせられてしまう。

でも今の土屋さんは、そうじゃない。

「土屋さん、その服かわいい。すごく似合ってる」

「ありがと」

ここで見せてくれた照れ笑いにも、陰りや曇りなんて、ひとかけらもない。つまりこれは、土屋さんがいじめとは無縁の高校生活を送っている、何よりの証拠なんじゃないか。

　嬉しみで心が満たされたその時、思いがけない言葉が、土屋さんの口から放たれた。

「あのね、あの手紙を読んだ時、正直、笑うしかなかったよ」

「え、笑っ……た？」

「ごめん、誤解を招く言い方だよね。あのね、網戸さんにとっては心外かもだけど、こんなことをずっと気にしてたんだって思うと……だって、予想外すぎて」

　これをどう解釈すればいいのか。気持ちの処理が追いつかない。もしかして、すごくバカにされているのだろうか。その事実を受け入れるのが怖くて、心が固まる。

「ああもう、駄目だなあわたし、やっぱり興奮してるみたい。気持ちを整理しなきゃ。まず言いたかったのは、今日は招待してくれてありがとう、ってこと。さっきちゃんと言えたね、うん。次に言いたいのはね、網戸さんが手紙で書いてたとおり、うん、いじめってカッコ悪いよね、ってこと。犯罪だよ、あんなの」

　一息ついて、土屋さんは自販機へ近寄り、

「ねえ、ドクトルピーポー、今でも好き？」

「あ、うん」

「あの薬くささがたまんないよね。小さい頃、網戸さんと一緒に飲んだことあったの、いま思い出したよ。あの時、こんなマイナーなもの好きな仲間がほかにいて嬉しかったっけ。わたしが小学校六年の時、網戸さんをかばったの、案外そういうのが動機だったのかも。あれは自分でもよくわかんない行動だったけど」

静かなレストコーナーを揺るがす盛大な音が、二連続。土屋さんは缶入りドクトルピーポーをひとつ渡してくれた。

「いじめってさ、いじめられたほうは絶対に忘れないけど、いじめたほうって全然覚えてないか、じゃなきゃ勲章みたいに思ってるよね。傍観者ならなおさら自覚なし。網戸さんって結構レアなケースだと思う。だから中学ん時の反省を、あの手紙で読まされた時、本当に意外すぎて笑うしかなくって、次に、深いため息が出ちゃった」

「なんか……ごめん」

「わたしこそ、ごめん。混乱してて上手く言葉がつむげないや。でも、バカ真面目な子だなあって思った。あの手紙、長々と自分の弱さとか情けなさとか、つらつら綴《つづ》ってあって」

「い、いやあ、あの……」

「こないださ、花火ん時に会ったでしょ。そんな親しかったことなかったのに、いきなり声なんかかけてきちゃって、東京でおしゃれになった自慢でもしたいのかな、面倒だけど付きあうか、なんて思ったの。全然違ってたね。もっと違う意味の、ぎゅっと胸にせまる面倒くささだった」

ああ、そんなふうに思われてたのか。考えてみれば当然かもしれない。小学校低学年の時にちょっと仲よくしたことがあるほかは、私へのいじめを一度かばってくれたことくらいなもので、あとは卑屈にいじめ側へ加担してしまったことばかりだったし。

「網戸さんが手紙に書いてくれてたことだけど……」

きっとそれは、土屋さんと同じ高校に進学したYのことだ。

「二年生で同じクラスになって、あいつ、中学時代のことをべらべらしゃべったのよね。自分のことは美化して、わたしのことは貶《おとし》める感じで。わたしを前と同じようなポジションに追い込もうって魂胆だったんだろうけど」

「ひどい……！」

「わたしのほうでも、こうなったら受けて立ってやるって気持ちで、洗いざらい中学でされてきたこと全部ぶちまけたの。そしたらあいつ周囲から、高校生にもなっていじめようなんて、ダサいことやる子なんだって目で見られて。もう立場逆転。ま、わたしはいじめられてた側だったせいで、変に空気を読むのが得意になってたし、あいつは自分が空気を作る側だって思い込みで、ぜんぜん読めなくなってたし」

そうか、そうだったのか。夏に観たり感じたりした、断片的な違和や光景がひとつにつながった気がした。

花火大会の日、思い切ってＹの名前を出したら見せられた、土屋さんの軽蔑。

その前日、Ｙへ土屋さんの話題を出した時の、曖昧で気まずい雰囲気。きっとほかの二人にも、土屋さんの逆襲は内緒にしているのだろう。

「まあ……わたしの味方になってくれたクラスメイトたちが、いじめっ子に正義の制裁を喰らわしてくれたわけだけど、結局これも正義感を隠《かく》れ蓑《みの》にしたいじめなんだよね。中学の時にあいつらがしてた露骨なものじゃないにしても。自分ではわかってたけど、いい気味って気持ちのほうが強かったよ」

「それを否定することなんて、だれもできないよ。私だって土屋さんから軽蔑されても当然のことをし続けてたんだし」

「いやー、それはもういいって。本当はここへ来るつもりじゃなかったのに、朝、目が覚めたら、気分が変わってた。どうせお台場《だいば》の近くに行くんなら、もっと楽しい場所とかたくさんあるのにって思いつつも、結局この会場まで一直線に来ちゃった。網戸さんが、わたしに対してそんなレベルで気にかけてくれてたなんて、予想外すぎたもん。しかも……すごく強くなってるし。準決勝って、まじかよって腰抜かしちゃった」

真顔が、私をまっすぐ凝視する。

「網戸さんは、ずっと自分を責めてて、そんな自分が許せなくて武道に打ち込むって、どんだけバカ真面目なんだろ、ってね」

いたたまれない気持ちが通過し、次いで、どちらからともなく噴きだしていた。

「ここへ来た時、網戸さんが丸太から逃げまくっててハラハラしたけど、どんなに無様でも戦う姿見てたら、あーあ、わたし何やってんだか、って情けなくなったの。だから、もうあいつをいじめ返すの、やめた。やっぱカッコ悪いし、いじめ」

つかの間、互いに物想いへたゆたうような沈黙が流れる。

「ただ、距離は置くよ。あの子はわたしが何をしても、きっと逆恨みしかしないと思うから。見下したいはずの相手からの優しさを、屈辱と感じるタイプだし」

「うん、それが最善だと思う」

二人の呼吸が合った。そう感じたとたん、お互い共感の笑いをくすくすもらした。

けれどすぐ、私は「一番伝えたいこと」を思い出し、背筋を伸ばす。

今こそ言うんだ、面と向かって、私の口で。

「あの、改めてさ……許してとは言えないけど、私、土屋さんに酷いことしてきた。直接顔を見て、ちゃんとそれを伝えたかった」

「網戸さんが思ってるほど、酷いとは感じてなかったよ。ただ、逆らえないいんだな、いい気分じゃないけど、仕方ないかな、って」

「本当に、ごめんなさい」

「でもさ、今の網戸さん、軽蔑したい人じゃないから」

言ったそばから、土屋さんは少しだけ息を呑み、きまりの悪そうな笑みで、

「今の、なんか上から目線かも。こういうの、我ながらちょっと嫌かも。ごめん」

それでも、私は救われた。昔はともかく、今は軽蔑されていない人に、私はなれたんだと教えてもらえたから。

ただ過去の自分の姿は、これから先もずっと見つめていきたい。そんなことを口にすると、またバカ真面目とからかわれそうだけど。

あれだけ斬ろうと躍起になっていた「過去の弱い自分」を、私はもう斬らないことに決めた。土屋さんの、今の境遇が、私にそんな新たな気持ちを与えてくれた。

刀を抜かずして勝つ――それは剣術における最高の極意だ。

過去のことなんて、変えようがない。ただ、弱い自分がいたから、今の自分がいる。もし今後の私に、弱くて卑怯な心が芽生えたら、その時には容赦なく――斬る！

そのための刀は、常に心の中の腰へ帯刀していよう。

（こんなこと考えちゃうから、バカ真面目だなんて思われちゃうんだろうな）

自分の気持ちに照れてしまったら、なぜだろう、ふっと涙が溢れそうになった。それを慌てて、ぐっと堪える。

土屋さんはスマホをチェックし、名残惜しそうに、

「さすがにもう行かなきゃ……あと、よかったらこのメモ、わたしのＳＮＳアカウントなんだけど。網戸さんが使ってないやつだったら、ごめん」

試合直後だからスマホを持参していない、と気を遣ってくれたのだろう。心の中に、おひさまの輝きにも似た嬉しさが満ちる。

「これ、私も使ってるよ！」

私の返答に、土屋さんはあからさまな照れ隠しのしぐさで、空き缶をリサイクルボックスへ放り入れると、さっと駆けだし、バイバイと手を振った。

光さすロビー入り口のあたりで、土屋さんは少しだけ振り返り、

「ねえ網戸さん、年末年始は帰省すんの？　だったらさ、カラオケ行こうよ」

「うん、私の超絶技巧な早口ラップ曲、披露するね！」

私の言葉を背に受け、土屋さんは海風の強く吹く屋外へ消え去った。


「うさたん、遅いよー。もう始まっちゃうよ」

「先輩、控室のお菓子、全部回収しておきました！」

香奈と三川さんに激しく手招きされ、二階席エリア、私のために取っておいてくれた席へあたふた座る。アリーナを見下ろせば、コートの白線は中央の一つだけに統一され、決勝進出者がそれぞれの端へ立ったところだった。

場内は、静まり返っている。水を打った、なんて表現に納得できる静けさだ。

これが他の競技やスポーツだったら、歓声で賑《にぎ》やかなのだろうが、この女子剣豪大会に限っては、静寂こそがふさわしい。

「赤、楠木美里初段。白、オネルバ・エスコラ三段」

どこで情報を仕入れたのか、香奈が耳打ちする。

「欧練覇さんって、フィンランド人らしいよ。流派は九州の薩現流《さつげん》って聞いた」

北欧だ。じゃあ、まさにバイキングの末裔なのかもしれない。

コート上の主審が、赤白両方の旗を天高くかかげる。

「はじめ！」

これが最後だとばかり、審判らは、いつにも増した気合いで一気に振り下ろした。

（あ、スマホ。これは撮影しとかなきゃ！）

探そうとした瞬間、突如の奇声によって意識がコートへ引き戻された。

「チェイストォォォォォ！」

開始宣言後の三秒間。

八双の構え、つまり、顔のすぐ右脇で木剣をまっすぐ天へ向けて立てた欧練覇さんが、猛烈に突進したかと思ったら、あっと言う間もなく美里さんへ肉薄。抜刀の暇すら与えず斬り下ろし、美里さんを吹き飛ばしていた。

——速すぎる。

場内のすべての人たちがきっと、我が目を疑っただろう。

私も呼吸すら忘れて、ただ眼下のコートを凝視している。

仰向けに倒れ、左肩を押さえている美里さんと、豪快な初太刀を叩き下ろした欧練覇さん。

世界は、その二つだけで構成されているかのような一瞬が、そこに在った。

かなり遅れて、白旗が揚がる。主審につづき副審二人の白旗も次々と。

「勝者、オネルバ・エスコラ三段！」

音を失った会場へどよめきが漏れはじめ、次第に強くなってゆく。やがて、まばらな拍手が交じりだすと、すぐに夏のスコールに匹敵する盛大な音へと変わった。

私も放心したまま、拍手していた。

師範代は、つぶやくように今起きたことを反芻している。

「なるほどな……初撃の破壊力を恐れられ続けてきた薩現流だが、現実に目撃すると、すげえとしか言いようがない。幕末、新選組側ではこれを、最初の一撃さえ避ければ大したことがないと分析していたが、その回避が難しいほど猛烈だから、恐れられてきたんだよな。美里と戦うには、今まで以上に最初の一撃目へすべてを注ぎ込む必要がある、と考えたんだろう、あの対戦者は」

ああそうか。美里さんに翻弄されてしまう前に、決着をつける。それは賭けにも等しく、外されれば、逆に欧練覇さんがあっさり斬られていたはず。

どちらにせよ、ほんの数秒でこの決勝戦は終わっただろう。

それほどに、欧練覇さんは美里さんを脅威に感じていたわけだ。

その欧練覇さんは美里さんを助け起こし、気遣う様子を見せながら並んでコートの中央へ立つ。二人、讃えあう様子を見せたのち、改めてコートの二人は両端へ分かれ、互いに一礼。

今大会、最速三秒の試合が、終わった。

○

閉会式で表彰されたのは、欧練覇さんただ一人。二位などない。

残りの出場者は皆、死者なのだ。

私も死んだことが前提なので、もちろん三位決定戦も用意されていない。それでいいと私も思う。というのは少しばかり建前で、むしろほっとしていた。張り詰めたものから解放されると、メンタル的にもう一試合なんて無理。

ぼんやり、偉い人のどうでもいい話を聞き流していると、場内に豪雨が鳴り響いた。

千人分の一斉刀礼だと悟り、あわてて私も膝の前へ愛刀・宇佐飛丸を倒し置き、両手をついてお辞儀する。開会式とまったく同じことやってるよ、私。

上体を起こした時、私の中の緊張の糸が、ふつり、完全に切れた音を聞いた。


時刻は十七時。

帰り支度をしつつ、今ごろ土屋さんは高速バスに乗ったところだろうと思いを馳《は》せていた時、周囲に、妙な緊張が走った。

「破門されてきたので、こちらでお世話になってもいいですか?」

「いいよいいよ、おいで」

口調だけ耳にすると、近所同士の娘さんとおじいちゃんの挨拶だが、内容がとんでもなく重大だ。ぎょっとそちらへ向くと、美里さんがご宗家にご挨拶しているところだった。

「いつかそういう日も来ると思ってたしねえ。ああ、一悶着あっても気にしないでね。山口君の時で慣れてるし」

ご宗家が首をわずかに動かす。その方向に、従者を従え悠然とこちらへ歩いてくる男がいた。窪沼会長だ。

「高内先生、我が門下生が妙なことを言ってご迷惑をおかけしていませんか。大変申し訳ありませんね。さ、行きますよ、楠木君」

「あ、窪沼会長。先ほど会長から破門されたので、こちらへ移ることにしました。長い間お世話になりました」

何の屈託もなく、美里さんがぺこり、軽くお辞儀する。私を含めたその場の全員は、片づけの手をそこはかとなく動かしながらも、注視しないではいられなかった。

「今なら許してあげられます。私もキミのような将来有望な才能を無駄にしたくはありません。少々喝を入れたつもりが、誤解を与えたようですね。早まってはいけません」

このままでは平行線になりそうだと判断したのか、ご宗家が、

「窪沼会長。お互い偉い地位にいると、何かと不自由ですな。団体を束ねる長が一度口から出した言葉は、取り消しが効かないものです。僕の大嫌いな『メンツ』ってのもあるでしょうが、僕が大切にしたい『責任』というものも、団体の長にはついてまわります」

「高内先生、ご無礼を承知で言いますが、これは我が窪沼会の問題なのです。さあ、楠木君、戻りますよ。意地を張れば、この私を貶めることになります。それがあなたの本意ではないと信じています」

窪沼会長は、ますます胸をそらし、傲然と美里さんへ向き直る。

「あ、大丈夫です。これからはこっちで楽しく稽古しますね。ハジメもいるし」

「キミのためを考えてあげているのですよ。キミのせいで高内先生は多大なご迷惑を被るかもしれません。それでもいいのですか。こんなことが知れたら、日剣連は高内先生に対し、よくない印象を持つかもしれません」

それは暗に脅しが入っているように聞こえる。実際、勢いのある窪沼会長なら日剣連への影響力にも自負があるのだろう。

一方のご宗家は愛刀を掴み、どういうわけか、立ち上がりつつ腰へ差した。

不穏な予感を抱いたのか、窪沼会長は一歩下がる。二階席エリアの通路は狭いし、段差もある。それでも一番前の、アリーナへ面した通路は、人が普通に通れるくらいの幅はある。

「窪沼会長」

左手で刀の鍔を押さえつつ、ご宗家が数歩進む。途端、つんのめった。

いや違う。今の私ならわかる。あれは「双輪」における、最初のフェイントだ。

一瞬、ぞっとするほどの気迫がご宗家から放たれたのが、少し離れた位置の私ですら感じ取れた。

当然、それ以上のことはせず、すぐにご宗家は笑って元の立ち位置へ戻ったが。

「いや失敬。窪沼会長には失礼のないよう正装して、ちゃんと立ってご挨拶をと思いましたが、歳をとるとこんなもんですなあ。ご無礼を、お許しください」

「何ですか高内先生。そんな急に動いて驚かせるのは、先生相手に言いたくはありませんが、小学生かチンピラですよ」

苦言を呈す、といった態で窪沼会長は嘲《あざわら》っていた。どうやら窪沼会長は、高内先生がびびらせてやろうとした、とでも思ったのだろう。それは半分だけ正解だ。

二段昇格試験での、師範代による講評と実演で「その動き」が意味することを、私は身に染みて実感している。

敵へフェイントをかける、まさに抜刀せんとするこの動きはまさしく「相手をびびらせるもの」なのだ。問題は……それをやられて、びびることができるかどうか。

ご宗家ほどの技倆ともなれば、仕かけられた側はその柄頭がまるで視界いっぱいに拡がり、一瞬後には斬りつけられる未来シーンを瞬時にとらえ、反射的に身構えるだろう。

窪沼会長は、棒立ち姿勢のまま身構えすらしなかった。自分へ向けられた柄頭が、視界いっぱいに拡がるように見えもしなければ、斬りつけられる一瞬先を予測することもなかった。

あの昇段試験で解説を受けた時の私のように、つまり武道者としてあまりに未熟な私と同様、あのフェイントを恐ろしいと感じもしなかったのだ。少なくとも、ここに居合わせた者たち全員がそれを目撃することとなった。

それを試したご宗家は、この結果を目の当たりにし、とても寂しそうな色を浮かべた。

「僕は、夢涯流の先代ご宗家から多大な恩をいただいています。それもあって、窪沼会長に失礼を働いた門下生を、こちらで引き取りたいと思うのです。うちはこのとおり、居合の界隈でもはぐれ者が集まる、吹き溜まりみたいなものですからなあ。窪沼会長にふさわしくない者を引き受けるのも、先代へのご恩返しですよ」

「しかしですな、高内先生」

窪沼会長は引き下がる様子を見せない。どこか必死ささえにじみでている。

「人として最も尊重すべきは、当人の人格と自由意志だとは思いませんか？」

あくまで温和かつ理性的な表情を崩さないご宗家に対し、

「武道で最も大切なのは、下の者が上の者へ対する礼儀です。このままでは楠木君は武道者の風上にも置けない失礼な者になってしまいますよ」

膠着の空気が流れかけたところで、

「よーお、高内ちゃん。おお、それに窪沼ちゃんもいるじゃないか。世紀をまたいで、またもや好敵手同士のご対面とは懐かしい」

陽気な第三者の声が、この場の緊迫感を突如として溶かした。

「やあ、これは琴平さん。ご挨拶が遅れて申し訳ありませんね、大会開催、お疲れ様です」

　ご宗家が丁寧なお辞儀をした相手は、お腹が豪快に出っ張った老人だった。だれかと思えば、私と萩園さんとの予選試合を見にきてた人じゃないか。

　いや、待って、琴平さんって、今日もどこかでその名前を聞いたような……と記憶を巡らせると、

「あ、大会の立役者だとかいう人」

　私のつぶやきに、山口師範代が小さくうなずく。つまり、師範代をこの慈境流へ移籍できるよう尽力してくれた恩人ということでもある。

「がはは、俺は立場上、企画案を練っただけで、実際の実行委員は永真流の方々さ。いやしかし前回の伝説の剣術試合以来じゃないか、こうしてバチバチと二人がやりあうなんて」

　意味を測りかねて、首をかしげる。前回の伝説の試合以来って……。

「いやいや琴平さん、それはもう過去のことです。栄光のトロフィーなんて、もらった直後から忘れちまうのがいいのです。じゃないと、修業の邪魔にしかなりません」

「お堅いねえ高内ちゃんは。そういうとこが、優勝者の貫禄ってとこで、窪沼ちゃんにはない部分だがねえ。勝敗の差は、案外そこんとこにあったのかもな」

琴平さんの言葉に、窪沼会長が頬を歪める。その声がやたらでかいだけに、なおさらのこと。

「え、師範代、伝説の大会の優勝者って……？」

そっと質問すると、

「ああ、別に秘密にするつもりはなかったが、高内先生だ」

道理で……すとんと納得できた。他の団体は大きな流派に属しているのに、慈境流だけが、人数の少ない弱小団体なのだ。なのに、なぜ出場枠をもらえていたのか、少し不思議に思っていた。

「ああいうお人だからな、一度手にした栄冠のことで、いちいち持ちあげられるのがお嫌いだから、あえて他言はしないが」

こんな身近に、生きた伝説がいたことに感動したいはずなのに、それより強く前へ出てきた感想は、

「……ご宗家も、充分に変人ですね。そりゃ萩園さんみたいな人が集まるわけだ。でもその時の優勝者って、夢涯流の人とか言ってませんでした？」

「あの頃は慈境流を再興するために、夢涯流のご宗家のご厚意で、その本部道場に所属していたからな。その決勝相手が窪沼だったわけだ。それだけにさぞかし無念だろうなあ、高内先生。さっきの『双輪』のことが……」

かつての好敵手が、ご宗家の放った殺気に反応すらできないほど、鈍った事実。ご宗家が見せた、あの寂しそうな顔は、そういうことだったのか。

「で、高内ちゃん、窪沼ちゃん、何かもめてるみたいだが、どうしたんだ？　一応、俺は日剣連の役員もやってるし、何なら相談に乗るぜ？」

　さて、どう説明しようかとご宗家が思案しているところへ、師範代が敢然と立ちあがった。

「ここにいる楠木美里さんが破門されたので、移籍しようという話しあいをしていただけです」

「おお、楠木さん、見事な試合だったな、俺ぁ感動した。しかし、こんな名剣士を手放すとは、窪沼ちゃんも剛毅だなあ。ま、自分に合った場所が一番だろう。そういうことを嫌うお年寄り連中もいるが、俺がいい感じで伝えといてやるよ。移籍なんてどうせ、たまにあることだしな」

　どうやら美里さんが移籍したところで、日剣連が悪印象を抱くことも特になさそうだ。

「いえ、琴平さん、行き違いがあっただけです。誤解につけ込んで、こちらの高内先生が強引に……」

「いい加減にしてください。俺の時はともかく、今回の移籍、結局は窪沼会長の自業自得じゃないですか」

「山口君、キミは目上へ対する敬意に欠けているようです。そんな者に、武道をやる資格はありません」

「また脅しですか。俺の移籍のごたごたで、窪沼会の海外進出が先延ばしになったことに関しては、責任を感じていますが、だからと言って……」

次第に激昂がたまってゆく山口師範代の言葉を遮り、琴平さんが、

「ちょっと、ちょっと待ってよ山口君、何か勘違いしてないか？　窪沼ちゃんの団体の海外進出が実現しなかったのは、君の件とはまったく関係ないぞ」

「え、でも、もとはと言えば俺が不調で、勝てるはずの形試合で惨敗だったせいで……」

「あー、海外進出失敗の理由が、そういう話にすり替わっていたのかあ。いや、山口君の試合はまったく関係ないから。ついでに、念のため言っておくと、この大会が四年も先延ばしになった事情も、それとは関係ないからな」

一同の頭上に、疑問符が走り抜ける。のんびりと物事に動じない美里さんでさえ、少し首をかしげている。

見る間に、琴平さんの全身から、失望にも似た残念さがかもしだされ、

「なるほどなあ。窪沼ちゃん、やっちまったな。あんた、敬意とか武道の資格とか力

説してたけど、自分の都合がいいよう美談に作り替えたり、海外進出のはずがうまく進まなかった責任を弱い立場の人間に転嫁するのは、武道をやる者として、どう思うんだい？」

「琴平さん、それとこれとは話が違います。誤解です。行き違いが……」

「でも窪沼ちゃん、よかったよな。海外では散々だったが、国内じゃなかった分だけ、そんなに問題が可視化されずに済んでさ」

陽気な口ぶりだが、琴平さんの言葉には、明らかな刃《やいば》が混じりはじめている。

「こ、琴平さん、私は武道の未来を担うものとして世界に居合を拡めていますし今では地道な私の活動も実を結びつつあります当地でも剣士の輪が拡がり武士道の素晴らしさに感銘を受けた者も出始めそんな文化貢献のためなら私は身を粉にしても何度でも足を運びつづけ……」

「窪沼ちゃん！」

琴平さんの気迫が、場を打つ。

「そう早口でまくしたてなくてもいいじゃないか。ここは武士の情けで、一つだけ提案を呑んでやってよ。楠木さんのことは、本人の好きなようにさせてやる。これで、どうだ？」

そう睨みつけられ、窪沼会長はやがて観念したのか、美里さんへ向き直ると、

「私はキミを手塩にかけて育ててきました。その期待をすべて裏切って私の武道者イメージに泥を塗りました。それは許される行為ではありません。また、私の想いに反して稽古に真面目に打ち込むことなく今日まで怠惰を貪ってきました。その結果がありの敗北です。もう私にしてあげられることはありません。せめて高内先生にお願いしておきましょう。それが私にできる最後のことです。高内先生、楠木君のことをよろしく頼みますよ」

窪沼会長は一礼し、門下生を引き連れ、足早に去っていった。

自分で破門を言い渡しておきながら、最後の恩着せがましい言葉は、一周回って逆に妙な感心さえ覚えるレベルだ。

その場に、ほっと安堵が流れると、琴平さんはバツの悪そうな笑みで、そっと小指を立てて、

「ま、偉そうなこと言ったが、実は俺もスネに傷あるからなあ。昭和の男の悪い典型ですまんが、これで窪沼ちゃんのことは許してやってよ」

私はぽかんとし、萩園さんは腹を抱えながら笑いをこらえている。

師範代は、遠ざかりゆく窪沼会長の小さな背中を見送りながら、ぽつりつぶやいた。

無念、残念、同情、そのいずれかともつかない気持ちをにじませて。

「あれでも、俺がまだいた頃の窪沼には、団体の長をするだけの実力はあったんだ。

そうじゃないと、会派のご宗家から新しい団体を任されるはずもないんだ。もうあいつには虚勢を張ることしかできないのか……」

その言葉が、私に連想をもたらす。日剣市で、宇佐飛丸に出会えた時の記憶だ。

——その場しのぎの鋭いだけの研ぎは、すぐナマクラになる。剣の技と同じじゃて。手入れを怠ると、容易く錆が浮く。それも剣術と同じじゃて。

骨董商のチョーさんが語って聞かせてくれた言葉だ。

相手の姿はもう視界の外だが、それでも師範代は、眼差しを向けつづけ、

「今の窪沼会は波に乗っているから、しばらくは安泰だろうけど……」

軽蔑しているはずの相手に関してもらしたこの言葉、師範代の気持ちを測るなんて、私には不可能だ。かつての師範代にとっては、苦楽を共にしてきた相手だったんだな……想像できるのは、せいぜいそこまで。

師範代と並んで、窪沼会長の消えた扉を眺める美里さんへ、琴平さんがいたわるように、

「あいつのことは気にしないでさ、自分がまずは幸せになるほうを選んでよ」

と、今度は高内先生へ近寄り、小声で、

「高内ちゃんは、そっちのことに専念しといてな。窪沼ちゃんのアフターケアは、俺に任せておけばいいから。今はいいけど、この先の窪沼ちゃんは……今のあいつは、

あんなふうになっちまったが、それでもまだ何とかしてやりたい情も残ってんのよ」

「琴平さん、僕からも、ぜひ、よろしくお願いします」

折り目正しいお辞儀で、ご宗家は応えた。

「じゃ、そういうことで！　夢涯流と慈境流は双子の間柄。これからも仲よくやっていこうな！」

重そうな腹を揺すり、琴平さんは窪沼会長を追いかけるように、颯爽《さっそう》と去っていった。

賑やかな嵐が通過していった気分だ。

やがて、

「よし、撤収を急げよ。六時を過ぎると会場の延長料金が発生する。貴重な大会をここまで実現してくれた運営に、迷惑をかけちゃいけないからな！」

気持ちを切り替えるように、師範代が手を叩き、皆を促した。

スマホを片手に、だれかと通話していたご宗家が、大声を張りあげる。

「焼肉行きたい人、手を挙げて。うちのカミさんがご馳走《ちそう》してくれるそうだよ」

この一言で、場に漂っていた空気が一変した。

あとは更衣室の順番が回ってくるまで、可能なかぎり撤収を進めるばかりだ。

必要以上に買い込んでいたお菓子類をリュックへ詰め込むのに苦心しながら、私は奇妙な気分で美里さんをちらちら眺める。

その美里さんは、師範代と楽しそうに会話している。

「ハジメ、着替えるのはいいけど、まだ女子がいる前でパンツ見せるの、よくないよ」

「一瞬で終わる。問題ない！」

美里さんは、はじめからこの慈境流にいたかのような自然体で、師範代と絡んでいる。

一方で、どう反応すればいいのか、まだ途惑っている人も多い。準決勝で慈境流の代表——まあ私のことだが——を降した相手が、その直後に移籍してきたのだし。劇的と言うには充分な展開だ。しかもこのあと、一緒に焼肉なのだ。

でも、

（美里さんなら、すぐに馴染んじゃうよね。すっと不自然なく）

極限の緊張感の中で彼女と戦った一瞬一瞬がよみがえる。

その想いにひたったまま、コートを見下ろす。取り払われつつある白線、対戦ボード、運営用の長机たち、積み重なった防具の山。

ふう……深い吐息がもれた。

さて。最後に宇佐飛丸を刀袋へ仕舞い込んでおしまいだ。試合で手にしたのは木剣だったにせよ、心にはいつも宇佐飛丸がいてくれた。物理的に離れていても、宇佐飛丸が「そこ」にいてくれるのとそうでないのとでは、心持ちがずいぶん違ったはず。

その鍔元を摑んだ、その時。

「あ……」

とてつもなく、重く感じられた。モチベーション、気力、やる気、そう呼ばれてしかるべきものが、ごっそりこの身から蒸発した、そんな感覚だ。

扱いかねる虚脱感に、途惑うことすらできないでいると、

「うさぎちゃん、これからもよろしくね。一緒にやってこ。すごく楽しかったよね」

顔を上げてみれば、美里さんが笑顔をそそいでいるところだった。

——はい、これからも一緒に頑張りましょう。

そう言うべきシーンかもしれないのに、私の中でいろんなものが、どうしようもなく急速に燃え尽きている。

「頑張りすぎちゃったやつ、かな」

横合いから萩園さんの手が伸びて、宇佐飛丸を持つ手を助けてくれた。

「萩園さん……」

こんなことを言うと、萩園さんに軽蔑されるかな、それは嫌だな、と思いつつも私

の口から出た言葉は、とても素直だった。

「なんだか私、息切れしてるみたいです。正直……のんびりしたいかも」

　萩園さんは、しかし我が意を得たりと言わんばかりの満面の笑みを浮かべ、私の頭をぐりぐりなで回し、

「そうしなよ。うさちゃはさ、兎と亀の兎みたいにダッシュして、しかも途中で居眠りもせずゴールしたようなもんなんだもん。このあと、ちょっとくらいのんびりしても大丈夫だよ。だって、うさちゃは刀をぶん回す快感と感触がすっかり身に染みついてるんだから、すっきり目醒めたあとは、また猛ダッシュするよ」

　そうなのかな。

　……そうなのかも。

「過去の自分を斬り伏せたい」、その一心を動機にして打ち込んできた居合だ。でも本当にそれだけに過ぎなかったら、ここまでは保たなかった気がする。

　そもそも居合は、楽しかった。

　だから、ものすごく頑張れた。

　これまでの私は、ちょっとばかり肩に力が入りすぎていたかもしれない。それを抜くことができれば、今度こそ本当に自分の居合で生きてゆけるかもしれない。

　この時の自分はどんな顔をしたのか、それはわからない。ただ萩園さんはじっと私

を見つめてから、ぎゅっと優しく包み込む抱擁《ほうよう》で、囁いてくれた。

「うさちゃの成長に勇気づけられたあたしだけど……でもね、自分の成長のためとか、そういう動機は信用しない」

隣から、別の声が私を包み込む。ふわりとした口調で。

「楽しいからやる。それが一番だよ。成長なんて、そのおまけみたいなもんだよね」

萩園さんの胸へ顔をあずけたまま、首を横へ向けると、そこに美里さんの、どこも無理しない春風の微笑みがあった。

——了

作中に登場する剣術流派名、居合形の名前、団体、店名、施設名、イベント名等はすべて架空のものであり、実在のものとは一切関係ありません。

文芸社文庫NEO

もののふうさぎ！

二〇二四年一月十五日　初版第一刷発行

著　者　坂井のどか
発行者　瓜谷綱延
発行所　株式会社　文芸社
〒一六〇－〇〇二二
東京都新宿区新宿一－一〇－一
電話　〇三－五三六九－三〇六〇（代表）
〇三－五三六九－二二九九（販売）

印刷所　株式会社暁印刷

ISBN978-4-286-24729-8